ミナヅキトウカの思考《しこう》実験《じっけん》

佐月《さつき》 実《みのり》

目次

プロローグ　潰れた顔

ぐちゃ、ぐちゃ、と音が聞こえた。

不快な音だった。

燃え盛る小屋の中に、少女は立っていた。壁や天井は赤黒く染まっていて、鼻が曲がるような臭いがした。これまで嗅いだことのない臭いだった。

小屋の中央を、少女は見つめていた。中央には、黒い影がいた。影は振りかぶった腕を何かへと熱心に叩きつけ、そのたびに赤黒い液体が飛び散った。少女は一歩、影に近づく。

「何をしているの？」

と、少女は問いかけた。ぐちゃ、という音が止む。影が、振り返った。

息を呑む。

その影には、顔がなかった。

本来顔のある辺りにはただ深い闇があるばかりで、形はおろか大きささえ、正しく判別できなかった。それは、怪物だった。

ごう、とひときわ大きな音を立てて、小屋が崩れ始める。いつの間にか、怪物は姿を消していた。

崩壊していく小屋の中央、怪物がいた場所に、少女は立つ。顔の潰れた女の子が、床に横たえていた。そして少女は、自らが酷く汚れていることに気づいた。手を見下ろす。

——これは、
血?

少女の手には細く長いものが握られ、その身体は血の赤で濡れていた。

轟音を立てて、小屋の屋根が崩れ落ちる。

何をするわけでもなく、少女はただ、その場に立っていた。

一話

マクスウェルの悪魔

「……はい。水崎《みずさき》大学一回生の神前裕人《かんざきひろと》さん。確認取れました。学生証はお返ししますね」

差し出されるままに学生証を受け取る。まだ数回しか使っていないそのカードだけが、唯一裕人の身元を保証してくれるらしい。視線を感じて顔を上げると、物腰は柔らかに、けれど有無を言わさぬ態度でその人物は続けた。

「辛いお気持ちは充分お察ししますが、もう一度だけ確認をお願いします。あなたが見たままの光景を、憶測や想像ではない事実を教えて下さい」

はい、と裕人は答える。それから必死に頭を働かせようとするけれど、場所が場所のためか上手く思考が回らない。回らないまま、しかしそれでも見たままを刑事に伝えた。

「……大学の歓迎会の帰り道に、水と明日の朝食を買おうと思ったんです。それでスマホでコンビニを探して近道したら、きつい香水の匂いがして。女の人とすれ違いました。そしたらその人の電話が鳴って、少ししたら悲鳴が聞こえて――」

思い出し、「うっ」とまた吐き気を催す。大丈夫ですか、と遠くに聞こえるが、記憶を拒むように視界が歪むばかりだった。

――最悪の大学デビューだ。

入学から数日で怪事件の被疑者扱いされるなんて、笑い飛ばせる話題じゃない。

自身に向けられた疑いの目を晴らすため呼吸を整え、裕人は順番に記憶を解きほぐしていく。

1

「――ということで私の授業では中間と期末それぞれ五十パーセント、二回のテストで成績をつけます。また六十点を下回った者に関しては後日救済措置を取りますので――」

話を聞きながらルーズリーフに食らいついてペンを走らせる。やがて授業の終了時刻に近づき、先生が次回までの課題を提示して講義が終わり、昼休みになった。

大学入学後初めての授業は、どれもそんなふうにして終わった。授業の目的や進め方、成績の評価方法。なんだか冷めているし、なんだかぱっとしない。そんなことを思いながら人脈作りに励む同級生たちを見ていると、冷めていてぱっとしないのは自分のほうだなと気づいて独り自嘲する。大学に来たらすぐに彼女ができるなんて誰が言ったんだよ畜生。

「――よっ、ひーろと」

「っ！」

と、突然肩を組まれて心臓が止まりかけた。それからすぐに溜め息を吐く。

「……裕也か。もうちょっと普通の挨拶がいいな」

霧崎《きりさき》裕也《ゆうや》。自己紹介の時に「へー、裕人っていうのか。てか名前似てるね！」とぐいぐい懐に入り込んできた生粋の陽キャだ。正直いつ斬り捨てられるか気が気じゃない。

「飯何にする？　あ、俺もう一個の方の学食行きたい。不味いって噂の方」

「なんで不味いって言われてるのに行くんだよ」

「不味いって言われてるからだろ」

陰キャと陽キャの会話はこうも生産性がないものなのか。

ただ裕人にとって、裕也の存在はありがたくもあった。

高校から数学にはまり、大学受験も得意科目の数学で押しに押して滑り込むように入学。きっと周りの同級生たちは必死に勉強して、将来のことで悩んで、考えて、あるいは何か大きなものを諦めたり決断したりして。そうやってみんなここにいるんだなと思うと、正直どういう接し方をしていいのかよく分からなかった。

「なあ話変わるんだけど、さっきの授業の先生ヅラじゃなかった？」

「え、違うよ。あれはどう見ても地毛だったよ」

「マジ？　あの年でよくあんな蓄えられるなぁ尊敬するわ」

「尊敬ポイントそこなんだ」

そこにきてこの陽キャだ。なんだか、何もかもがちっぽけで馬鹿らしくなってくる。


「不味くてやたらと量が多い方」の学食はそれでも混雑していて、たった二人分の席を確保するのにも苦労した。見ているだけで満腹になりそうな量の味噌ラーメンを盆に載せて、裕也の待つ席に合流する。混雑する今の時間帯の学食は、時間と自分との戦いだ。

「そういやさ」カレーの染みたカツに齧り付きながら、裕也がこちらを見上げて尋ねる。「裕人も行く？　今日の新歓」

「……あー、」

曖昧に濁した。新入生歓迎会なんて謳っているが、どうせただの飲み会だろう。飲酒なんてしたことがバレたら退学になりかねないし、断るつもりではいたけれど。

「行こうぜ。可愛い子もいるかもよ」

「どうかな。ごちゃごちゃしたところって苦手なんだよね」

「なんだそれ。相関係数ゼロの散布図みたいな？」

「そうそう。データに強い相関があってほとんど直線みたいじゃないとさ」

「あはは、ウケる。傍から聞いたら絶対つまんねーってのがウケる」

裕人も笑う。こういう馬鹿みたいな会話をしている時だけ、裕也と似たようなことを考えていることが嬉しくなったりするものだ。

「こういう身内ネタみたいなの何なんだろうね。数学科にしか伝わらないのかな」

「かもな。まあ、あれじゃね。新歓で先輩との会話に困ってもとりあえず相手の専門分野について質問しといたら無限に喋り続けるだろ。理系あるある」

「……確かに。え、なに、今までそうやって僕に合わせてきたの？」

にやりと、こちらを見ながらカレーを口に運ぶ。

「違うよ。俺なりの処世術。先生にも通用するけど、使いすぎると危険だから注意しろよ」

「危険って？」

「下手に見込みがあると思われたり逆に興味ないのバレたりするからな。あくまでもほどほどに語らせておいて、相手が満足する一歩手前で引くんだよ」

「なるほど、恋の駆け引きだ」

「まあ大抵上手くいかずに振られるんだけどな」

一足先にカツカレーを完食した裕也は「やっぱここ噂通りだったわ」と小さく笑った。かく言う裕人も味のしない味噌ラーメンに飽きていたので、麺と少しの具を片付けて食器を洗う。

「なあ、少しは大学デビューする気になった？」

学食を出て講義室へ向かう道中、裕也はにやにやとそんなことを尋ねた。

「……うーん」

「行こうぜ。行ったら案外面白いって、多分。つまんなかったら一緒に帰ればいいしさ。まあ一番はタダで飲み食いできることだけど」

確かに夕食の食費を浮かせられるのは大きい——なんて考えてはみるけれど、結局は一歩を踏み出す理由を探しているだけなのかもしれなかった。

「……じゃあ、行こうかな」

「よし、そんじゃ七時に校門集合で」

これで何かが変わるのだろうか。この時は、そんな淡い期待もしていたのだ。


「……うっ、気持ちわる……」

慣れないことはするものじゃないなと、この時ばかりは思わざるを得なかった。繰り返し催す吐き気と戦いながら、孤独に自宅へと足を進める。

途中まではなんやかんやで楽しめていたのに、興味本位で度数の低いアルコールに口をつけたらこれだ。頭は痛いし吐き気は止まらないし、裕也だって初めは心配してくれた癖に、何が「俺先輩が送ってくれるらしいから気をつけてな」だ。所詮友情より女か。「先輩も普通放置する……？　具合悪い後輩放置してイケメンの陽キャ取る……？」

まあ、取るわなそれは。

考えていたらまた吐き気が襲ってきた。水が飲みたくなって咄嗟に自販機を探すが見当たらない。仕方なく近くのコンビニを検索して、ついでにトイレを借りようとか、水だけじゃなんだから明日の朝食も買おうとか、そんなことを考えながら目的地へと向かった。大通りに行けばある程度道も明るいのだろうが、いつまで吐き気を我慢できるかだって分からない。最短ルートは通ったことのない道ということもあり少し躊躇いはしたが、そんな逡巡も吐き気に勝つほどではなかった。

街灯すらほとんどない裏路地に入り込む。地図を確認しながら進んでいると、前から異様に甘い香りが漂ってきて顔を上げた。どうやら向こうから歩いてくる女性の香水らしい。

甘ったるい臭いにまた吐きそうになるのを我慢して、臭いの元が過ぎ去るのを待つ。見ると、どこかきつい印象の顔立ちをしていた。こう言ってはなんだが、あまり若くは見えない。

手元の地図に視線を戻してすれ違う直前、女性のカバンから着信音が鳴った。背後で立ち止まる気配がする。その、僅か数秒後の出来事だった。

「――きゃぁぁあああああ!!」

静寂を切り裂く悲鳴。反射的に後ろを振り向き、信じがたい光景に目を疑った。

――なんだ、あれ。

理解が追い付かない。脳が映像の処理を拒んでいる。分からない、分かりたくない。

脚色なくその光景を一言で表すなら、燃えていた。

今すれ違ったばかりの女性が、炎に包まれて暴れていた。

「熱いッ、熱いッ!!」

呆然と立ち尽くす裕人の目の前で、女性は羽織っていた上着を脱ぎ捨てる。しかし既にインナーにも引火しており、脱ごうと脱ぐまいと結果は同じに思えた。いや、そうじゃない。

燃えているのは服だけではないのだ。

――どうして、人体にまで火の手が回っているんだ……!?

「熱い……ッ！　消して!!　消してッ――!!」

「どうした！　何が……」

近隣の住民が騒ぎを聞いて駆けつけたが、すぐに言葉を失った。

「ひ――人が、燃えてる……！」

駆けつけた別の住民が警察に通報してもなお、断末魔の悲鳴は続いた。炎に包まれた女性は苦しみにのたうちまわり、やがてぴくりとも動かなくなる。炎に飲まれて彼女が事切れるのに、三分とかからなかった。

「なんだ、あれ……！」「警察は！」「通報した！」

「おい——おい、しっかりしろ！　大丈夫か——！」

いつの間にかその場にへたり込んでいたらしい。肩を揺さぶられて、裕人はようやく意識を現実に引き戻す。同時に、異様な悪臭が鼻腔を突き刺した。思わず口を押える。

——こんな。こんなことって。

さっきまで生きていた人の。人の肉の、焦げる臭い。

「——っ！」

裕人は堪らず、その場に嘔吐した。

2

到着した警察に第一発見者であることを伝え、現場では吐き気が治まらないからと人生初のパトカーに乗り。警察署では周りに人がいなかったことや出火原因になりそうなものがなかったことも伝え、飲み会で少しだけアルコールを摂取したことは黙っておいて。事情聴取と指紋採取にも協力して、裕人はいくらか落ち着きを取り戻していた。

「――何度も伺って申し訳ないのですが、被害者が煙草を吸っていたなどの様子は？」

「ありませんでした。そもそも暗かったのでよく見ていたわけではないのですが……火がついていたらさすがに気づくと思います」

「まあ最近は電子煙草なんてものもありますからね。しかしだとすると……」

ノックの音が聴こえて、話を聞いてくれていた刑事がドアを開ける。入ってきたのは眼鏡を掛けた別の刑事で、振る舞いからさきほどまで相手をしてくれていた人よりも階級が上だということだけは窺えた。

「警視庁刑事部捜査一課の宗方藤治《むなかたとうじ》です。聴取と指紋採取にご協力ありがとうございます」

捜査一課。ドラマでしか聞いたことないなと、回らない頭でぼんやり考える。

「……いえ」

宗方と名乗ったその刑事は上背があった。肉体的にも精神的にも彼を見上げることが苦痛で、裕人は視線を机の上へと落とす。それを察してか、宗方はゆっくりと椅子に腰掛けた。

「早速ですが神前さん。手短にいくつか私の方から質問があります。重複した内容もあるかもしれませんが、もう一度ご自身の言葉でお答えください」

それから質問に答える形で、さっきの刑事に話したことを宗方にも説明する。被害者の女性と面識はなく、すれ違ったときに感じた特徴と言えば香水ぐらいで、女性は悲鳴を上げる直前に電話で誰かと話していて、振り返ったときには既に燃えている状態で――。

「……あの、」

手を止めて「何か」とこちらを見上げた宗方へ、裕人はうんざりして言う。

「僕、被疑者ってやつですよね。第一発見者だし、一番女の人の近くにいたし、でも通報しなかったし。……あの、いつになったら帰れますか？　僕奨学金で大学行ってるんで、退学とか」

「ああ、でしたら最後に一つだけ」

そう言って宗方は姿勢を正し、やけに神妙な顔を作ってこちらを見つめる。思わず裕人も目を逸らすまいとしていると、「一点、大切なことの確認なのですが」と念を押して続けた。

「今回の一件が事故ではなく他殺だとして――神前さんは犯人が人間だと思いますか？」

――は？

何を言っているのか、すぐには理解できなかった。

あんた、腐っても刑事だろ。いや腐ってもは余計だけど。『犯人が人間だと思いますか』？

「――そんなの、当たり前です」

気づけば声に出していた。それになんだか、とても疲れていた。

「……悪霊の仕業だとか、超常的な力が働いたとでも言いたいんですか？　ありえませんよ、そんなの。だって、それが認められたら、どんな凶悪犯も『悪霊に取り憑かれた』って言い始めるじゃないですか。どんなに物的証拠が揃ったって、『それでも自分はやってない、化け物がやった』が通用しちゃうじゃないですか。おかしいですよそんなの」

睡眠不足やストレスもあって、後半を早口でまくし立ててしまった。肩で息をする裕人に、宗方は一度だけ丁寧に頷いて告げる。

「そうですね。私も同じ意見です」

何なんだこの人。ますます意味が分からない。

「先ほど、神前さんの預けた荷物を検めさせて頂きました。所持品の中にマッチやライター、煙草、その他火を想起させる物は見当たりませんでした。長時間の拘束申し訳ありません。詳しいことはお話しできませんが、現在我々は事故と他殺の両面で捜査を進めています」

つまり一時的に容疑は晴れるが、今のところ他に目ぼしい容疑者はいないということだろう。気を抜くなという、宗方なりの警告なのかもしれない。

それとは別件なのですが、と宗方は名刺と一枚のメモを手渡した。見ると、達筆な字で何やら走り書きされている。

「水崎大学には知り合いがおりまして。この手の事件に詳しい人物ですので、真相解明に知恵を貸してくれるかもしれません。二、三日ほど時間を空けてから彼女を訪ねてみて下さい。それと何か思い出した際にはその番号に連絡を。私からできる力添えはここまでです」

こちらの整理がつくより先に「本日はありがとうございました」と礼を言ってそのまま勝手に去っていってしまう。呆然とその様子を見送って、不意に呟いた。

「……何だったんだあの人……」

立ち去っていく足音を数秒ほど聞き流して手元に視線を落とすと、名刺には宗方の電話番号と、メモには場所と人物名が書かれていた。目を凝らして走り書きを解読する。

「水崎会館３０２……ミナヅキ、トウカ？」

3

翌朝になり、大学にも事情を説明した。二、三日を特別に公欠扱いにしてもらったうえで、裕人は水崎大学を訪れる。もちろん、件《くだん》の「協力者」と顔合わせを済ませておくためだ。

「……ここで、合ってるのかな？」

オープンキャンパス以来ご無沙汰の構内見取り図と古めかしい建物とを見比べて独りごちる。

周辺の施設配置からなんとか辿り着けたものの、新入生には荷が重い宝探しだ。

共通教育棟に隣接する水崎会館には当たり前のように人の気配はなく、ただ静かにその場に佇んでいた。公欠の連絡をする際に電話口で事務員から聞いた話では、館内にはいくつかのサークル室が点在しているらしい。ただそのほとんどが活動実態の不明な幽霊サークルだとかで、悪さもしないから大学側としても無闇に干渉しないのだそうだ。霊感の全くない裕人だが、建物の雰囲気はまるで墓地そのものだった。

三階に上って突き当たりから二番目、３０２号室の前に立つ。ドアには「怪異研究会」とマジックで書かれた紙が一枚、テープで留められていた。サークルの名前だろうが、怪異研究会？　確かに活動内容は見えてこない。どういう経緯でこのサークルに一室が与えられたのか。

一度大きく息を吸い込んで、吐き出す。意を決して、ドアをノックした。

「…………」

おかしいなと思いつつ、再度ノック。番号を確かめてダメ押しの三回目。しかし何度叩こうが返る反応はない。試しにドアノブを回してみると、呆気なくドアが開いた。

「失礼します……」

静かに部屋へと入りながら、裕人は誰にともなく呟く。まず、香りに驚いた。柔らかな花の香り。それから棚いっぱいに詰められた分厚い洋書と、机の上に撒き散らされた何かの資料に度肝を抜かれる。部屋は意外にも広く、奥には応接室でよく見かける革張りのソファと毛布、壁際にはコーヒーメーカーもあり、デスクトップパソコン、エアコンもほぼ新品だ。

無闇に干渉しないとは言っていたが、ここまで自由にさせていいのか？　何から驚くべきかも分からないまま、ぐるりと部屋を見渡す。洋書の他に和書もあるようだ。これも全て、ミナヅキトウカの私物なのだろうか？

「ん……」

と、突然近くのソファから声が聞こえて驚く。そのまま声の聞こえた方を凝視していると、毛布の塊がもぞもぞと動いた。埋もれていて気付かなかったが、初めから誰かソファで寝ていたらしい。

「あ、勝手に入ってすみません。あの、刑事の宗方さんって人に紹介されて来たんですけど」

「……昼寝中。後にして」

「え」

なんともすげない返事だ。せめて侵入者の顔くらいは見てほしいものだが。

「えっと、ミナヅキトウカさんですか？」

「要件なら後で聞く。今日はちょっと寝不足なの……」

「……あの、……」

日を改めて来るべきだろうか。このまま寝かせておいた方がいいのか？　でも、それじゃあなんのために公欠を取ったのか分からない。家に帰って、昨夜の悪夢を思い出しながら一人部屋の隅で膝でも抱えてればいいのか？　――冗談じゃない。

　とにかく、不安を拭い去りたかった。超常的な力だとかそれを装う犯人だとかは、もちろん恐ろしい。でも自分が誤認逮捕される未来だって恐ろしいのだ。警察は優秀だと信じているけれど、どこかで信じきれない部分もある。一人でいると不安に押しつぶされそうなんて、己の心の弱さにまた自嘲する。でも、あんな思いをしたんだ。もう流されたくはない。

「……昨日の夜、不可解な事件が起きたんです」

　語り出しはまるで怪談だ。これは私が大学生の頃に体験した話なんですけどね。いつか怪談風に仕上げて笑い話にでもしなければ、こんなトラウマ割に合わない。

　気のせいか、毛布の塊がぴくりと反応を示した。

「目の前で、突然人が燃えたんですよ。なんの予兆もなく、突然。僕はその場にたまたま居合わせただけなのに被疑者にされて、荷物まで調べられて、おかげでしばらく焼肉も食べられそうにないしもう散々ですよ。でも疑われるのは仕方ないんです、あの場には僕しかいなかったから。だからって僕は何もしてないし、何もしてないことを証明もできません。だからミナヅキさんに力を貸してほしいんです。僕の不安を、僕の都合で今すぐにでも払拭してほしいんです。お願いします、ミナヅキさん。どうか僕に力を貸してください」

　頭を下げて誠心誠意、真心を込めてお願いする。毛布で見えないだろうから実際にはしなかったが、心の中では土下座していた。少なくともそれくらいの心持ちでいた。

そのままの姿勢で三秒。恐る恐る頭を上げると、もぞもぞと毛布が動いた。顔の上半分だけがひょこりと姿を現したが、眠そうな、ともすれば恨めしいような目つきがこちらに向く。

「……なるほど。じゃあ貴方が神前裕人くんね」

名前を言い当てられたことに多少は驚いたが、きっと宗方から連絡が行っているのだろう。はいと首肯し、先を促す。ミナヅキトウカはやはり眠たげに、毛布の中で姿勢を変えた。

「えっと……宗方さんの紹介で、力を貸してほしい？」

「はい、そうです」

裕人の力強い頷きを見て煩わしそうに眼を閉じてから、毛布の住人はこんなふうに返した。

「力を貸す、というのがよく分からないけれど。その必要はないと思うわ」

「えっ……と、どういうことですか？」

「もう犯人は分かったもの」

え、と喉の奥で掠れた音が鳴る。今、なんて？

「……『犯人が分かった』って聞こえたんですが」

「そう言ったわ」

「本当ですかっ？」

僅かに溜めてから、むくりと毛布が起き上がる。声質と喋り方から薄々感づいてはいたが、毛布を脱いであくびをしたのは一人の女性だった。たったそれだけの仕草に、裕人は一瞬で目を奪われる。

長い睫毛と胸までかかった黒く艶やかな髪、白く繊細な肌に整った顔立ち。有り体に言って相当の美人だった。少女とも大人の女性とも取れぬ雰囲気ではあるが、落ち着き方から後者だと分かる。

ふわあ、と再度大きくあくびをして眠そうな目をこすりながら、不意に彼女は机の上にある和書を指し示した。分厚い事典のような、図書館でしか見ない大きさの本だ。

「それ。一三七ページ」

答えは自分の目で確かめろ、ということだろう。近くで見てみると、相当古い本のようだ。傷めないようにそっと、指示通りのページを開いてみる。が、そこには着物を着た女性の妖怪について解説が載っているばかりだった。——どういうことだ？

「——私は小人」

唐突に、ミナヅキが語り始める。驚いて振り向くと、彼女は瞑目したままこう続けた。

「私に与えられた役割はたったの一つだけ。速いものと遅いものを見分け、それを私にしか開けられない小さな窓で仕分ける。たったそれだけの作業をする私を、人は『悪魔』と呼ぶ」

暗号、いや——謎かけか？

遅いもの、速いもの、見分ける、仕分ける。そして『悪魔』。気づいてしまえば簡単だった。

それらの言葉をまとめる解を、裕人は一つしか知らない。

「……マクスウェルの悪魔、ですか？」

裕人が答えるとミナヅキは目を開け、驚いたような表情でこちらを見つめる。

「……意外。知っているの？」

「一応理系なので、なんとなくは。数学科ですけど」

「それなら話が早いわ。次のページ、捲って」

言われた通りにページを捲る。そこには大きく、炎《ほむら》に包まれる女性の姿が描かれていた。焔
の中に鈍く輝く憎悪の目。悪夢のような光景をフラッシュバックしそうになって咄嗟に視線を
逸らすと、絵の下に作者と題名が書かれていた。印象からはまるで真逆の題名だ。

「清姫《きよひめ》」

と、ミナヅキが絵のタイトルを口にする。どうしてこの絵を見せたのか裕人が意味を掴みか
ねていると、次の瞬間彼女はとんでもないことを言い出した。

「それが事件の犯人、日本の怪異『清姫』。今回の一件は、間違いなく彼女の仕業」

＊

時の頃は延長六年、奥州白川《おうしゅうしらかわ》より熊野へ参拝に来た僧がいた。名を安珍《あんちん》と申す。この安珍大変美形で、ある日宿を借りにきた彼を見て屋敷の娘清姫は一目惚れ、女の身ながら夜這いをかける。しかし安珍は参拝中の身、帰りにはきっと立ち寄るからとその場を凌いだはいいが、参拝後もとうとう彼女の元を訪ねることはなかった。

騙されたことを知った清姫は怒りに震え裸足で追跡、何とか道成寺《どうじょうじ》へ向かう道中に追いつくが、当の安珍は人違いだの別人だのの一点張り。更には清姫を金縛りにした隙に逃げ出した彼を見て、清姫の怒りは頂点に達した。深い憎悪と執念が、遂に彼女を蛇身へと堕とす。

日高川《ひだかがわ》を渡り道成寺へと逃げ込んだ安珍を追うは、怒りに火を吹き川を渡る蛇の姿。とうとう逃げ場もなくなった安珍、釣り鐘を下ろしてもらいその中へと隠れるも、清姫の怒りは収まらない。七回り半も鐘に巻き付くや否や、鐘もろとも安珍を焼き殺してしまった。安珍亡き後、蛇の姿となった清姫は後を追うように入水《じゅすい》する――。

4

「──後日談もあるけれど、清姫の伝承についてはこんなところね。これ、私がまとめた資料。宗方さんから聞いた話を時系列順に並べて、現場の写真も撮ってもらったの。それと、これは海外で実際に起こった人体発火現象についての資料なのだけれど──」

立て続けに資料を渡されて、処理が追い付かず思考が完全にフリーズする。すっかり固まってしまった裕人をよそに、嬉々としてミナヅキは続けた。

「こういう仮説を立ててみたの。『マクスウェルの悪魔』みたいに、任意の気体に温度差を生じさせる。この場合は被害者を包む大気そのものね。人体を燃焼させるには少なくとも摂氏一〇〇〇度以上が必要と言われているけれど、発火、つまり衣服を燃やすだけなら──」

『マクスウェルの悪魔』というのは、スコットランドの物理学者マクスウェルが提唱した思考実験だ。例え均一な温度の気体でも個々の分子の運動、速度はばらばらで、速い分子と遅い分子が混在している。これを仕事の無視できる小さな窓の開閉のみで「通り抜けさせる」ように仕分けられれば、仕事をすることなしに「温度差」というエネルギーを作り出せるというのだ。その「分子を観測し窓を開け閉めする存在」のことを『マクスウェルの悪魔』と呼ぶ。

そんなことを呆然と思い出しながら無意識に、訳が分からない、と裕人は呟いた。

「ええと、何か分からないところがあった？　ああ、清姫伝説には幾つかパターンがあるものね。神前くんが知っていたのは絶望した清姫が富田川に入水して蛇になった、という方かしら」

「そうじゃなくて」

知らず、語気が強まった。小首をかしげるミナヅキへと、裕人は疑問を投げかける。

「……これだけ資料があるのに、どうして『犯人は化け物だ』なんて結論に至るのか、理解ができません。少しでも論理的に考えたら分かるでしょう。そんな化け物はいない。だってもし清姫なんて化け物がいたら、これまでにも人体発火が国内で報告されていなければおかしいじゃないですか。でも人体発火が報告されているのはそのすべてが海外です。それとも清姫が川を渡る感覚で太平洋を渡ったっていうんですか？」

分かっている。これは、八つ当たりだ。

「ミナヅキさんは遊び半分で面白おかしく考えてるのかもしれませんけど、僕は目の前で見たんですよ。さっきまで生きていた人が燃えるところを、誰よりも間近で。あの人も被害者かもしれないけど、僕だって被害者なんです。なのに警察には疑われて……僕の気持ちが、あなたに分かりますか？　僕がどんな思いでここまで来たか、ミナヅキさんに想像できますか？」

理解できません、と改めて裕人は言う。資料を握る手には無意識に力がこもっていた。

「論理的に考えれば真っ先に棄却されるべき筋立てです、清姫の犯行だなんて」

今度は「論理的？」とミナヅキが反復する。そして問いかけた。

「先ほどから何度も口にしているけれど、神前くんの言う『論理』ってどういうもの？」

「……はい？」

「神前くんは『論理的に考えて清姫はいない』と言った。その根拠として『これまで国内で人体発火が起こっていない』ことを挙げた。なら、それは論理的なの？　人体発火が観測されなければ清姫は存在しないの？　報告されていないだけで、国内でもどこかで人体発火が起きているかもしれない。清姫は今も第二、第三の安珍を探し続けているのかもしれない。それらの可能性から目を背けて彼女の仕業でないと断定するのは、論理的？」

攻撃する口調でもなく、ただ疑問に思ったことを尋ねるように、彼女は続ける。

「神前くんの言う『論理』は所詮人間が組み立てたものでしょう。その範疇にない怪異を私たちの『論理』に当てはめるのは間違っていると思う」

思わず眉をひそめた。やはり彼女には論理的欠陥がある。そもそもの前提の問題だ。

「それなら、ミナヅキさんが着想を得た『マクスウェルの悪魔』はどうなんですか？　あれだって所詮は科学者の考えた思考実験で、のちに悪魔の存在は科学的に否定されています。既存の『論理』を忌避するなら、『マクスウェルの悪魔』だけを都合よく持ち出すのは卑怯です」

「ごめんなさい、うまく伝わらなかったみたいだけれど、私は『論理』を忌避しているわけではないの。ただ『論理』を妄信して他を受け付けないという姿勢に思うところがあるだけ。自分の『論理』で世界を測るのはいいけれど、それを他人に押し付けてはいけないと思うのよ」

「じゃあ、じゃあ現実的な可能性の評価をしましょう。もし仮に悪魔がいたとしても、密閉された箱の中でなければ温度差を作り出せないと思います。限りなくゼロに近い確率の奇跡が連続して起きるか、永遠にも等しい時間が必要です」

「なるほど、それならきっと清姫は悪魔より上位の存在なのね」

ダメだ、何を言っても通じない。宇宙人と会話しているみたいだ。

「……頭がおかしい。まるで宗教ですよ」

自分だけが正しくて、周りの全てがどうでもいい。そんなふうに聞こえる。

ミナヅキを睨んでいると、彼女は「そうね、そうかもしれない」と平然と頷いた。

「私の見ている世界は、神前くんから見るとそういうふうに映るのかもしれない。けれど、それはあなたも同じでしょう？　科学だって立派な宗教だもの」

何を言っているのか、分からなかった。ミナヅキトウカは目を逸らさない。

「人が観測した事実を人の手で積み重ねて、それを人が定式化する。過程にたくさん人の手が介入しているのに、科学者はあたかもそれを『自然の摂理』であるかのように扱う。言葉や数式すら人の手で作られているのに、神前くんはどうして世界の全てを知ったような気でいるの？　答えは単純、あなたが純粋で真っ直ぐに科学の正しさを信じているから——だから私は、それを『妄信』と呼んでいるだけ」

どこまでも平坦に、彼女は告げた。言葉の一つ一つが、冷たい魔力を帯びているかのようだった。それはまるで、呪いのような。

「……気持ち悪い。付き合っていられません」

耐えきれず、裕人は振り返る。あ、と背後で声がしたが、構わずに部屋を後にした。

「……はぁ、はぁ……」

自宅のトイレで一度吐いた後、冷たい水で顔を洗って鏡を覗き込む。よく見慣れた、けれど普段よりも青白い顔。二日前の悪臭とおぞましい光景を思い出してまた戻しそうになった。口を手で押さえて何とか堪え、呼吸を整えてミナヅキの論説を思い出す。

——人体発火の犯人が怪異の清姫？　ふざけるな。

大体あれが清姫の仕業だというなら、なぜ女性が狙われた。第二、第三の安珍は男性の方が適当なはずで、被害者が襲われた必然性についてミナヅキから説明はなかった。仮にもし無差別に人を襲っているというのなら、それはそれで前例の少なさは弱点になる。それに――。

裕人はミナヅキに手渡されたまま返し損ねた資料を見る。綺麗に情報が整理された資料の中には、代わり果てた遺体の写真が混ざりこんでいた。上半身は皮膚や眼球に至るまで炭化しているが、辛うじて脚だけは綺麗なままだ。それがかえって不気味だった。

もしそれでもミナヅキが清姫の犯行だと主張するなら、この「脚」はどう説明する気だ？　伝承の通りなら中途半端なことはせずに、全身を燃やし尽くすのが筋だろう。

一人になった途端、どんどんと否定の材料だけが溜まっていく。裕人はただ苛立っていた。何より論理的解釈を放棄し、怪異の存在を歓迎するミナヅキの態度に腹が立っていた。

腹いせにスマートフォンを起動し、番号を入力していく。三回目のコール音で相手が出た。

『……はい、宗方です』

落ち着いた声音。やはり最終的に頼るべきは警察だろう。

「神前です。先日はありがとうございました」

『ああ、神前さん。何か思い出しましたか』

「いえ、そうではなくて。実はさっき、ミナヅキトウカさんに会ってきたんです」

『今日、ですか』

なぜか驚いたように返された。ええ、と苛立ち任せに先を続ける。

「まるで宗教に勧誘されているようでしたよ。偏った思想を持っていて、洗脳でも受けている気分でした。あの人、本当に頼りになるんですか？」

他意はない、ただの愚痴だ。もし宗方に「はい」と肯定されても、もうあのサークル室に足を運ぶことはないだろう。宗方経由で資料も返してもらい、今後一切の関わりを断つ。そのつもりでいた。

しかし宗方からの返答は、予想とは少し違うものだった。

『今日ではまだ早すぎます』

「――はい？」

『二、三日ほど時間を空けて訪ねるようにとお伝えしたはずです。まだ熱が下がっていない』

「どういう意味ですか？」

電話越しに溜め息が聞こえる。宗方から感情的な音を聞くのはこの時が初めてだった。

『現在捜査中ですので、今後はあまり気軽に掛けないようにしてください。追ってこちらからまた連絡します。では』

「あ、……なんだよ、みんなして」

なんだか宙に放り出された気分だ。広くはないリビングから青空を見上げて、手元の資料に目を落とす。否定することは簡単だが、そこで終わっては生産性がない。清姫犯人説に代わる、別の合理的解釈が必要だ。

「やってやるよ——やってやるよ、このくらい」

情報さえ揃っているなら、後はそれを整理すればいい。そうだ、楽勝だよこんなもん。

人類の歴史が培ってきた『論理』の前に、怪異は存在しえない。あるのは事実と必然だけだ。


ミナヅキの整理した資料を二日かけてじっくり読んで、事件（仮）の流れは漠然と掴めた。

被害者の世良益美《せらますみ》は帰宅途中、出火原因不明の不審火により死亡。近隣住民による消火で完全燃焼とはいかないまでも、上半身の炭化が酷く司法解剖の結果に期待はできそうにない（恐らく現在解剖中）。しかし目撃情報などから当日の益美の動きは把握できたという。

事件の日の昼頃、益美は夫の隆《たかし》に見送られて家を出た。自宅マンションの防犯カメラがその時の益美を捉えている。益美は友人たちと食事を楽しんだのち高級ブランド店でバッグを購入、それを置きに自宅へ戻り、夜になると再度家を出て別の友人が経営するエステサロンへと向かった。益美が事件に巻き込まれたのはどうやらその帰りだったようだ。

彼女に近しくアリバイのない人物は二人、益美の夫の世良隆とサロン経営者の倉井麻衣《くらいまい》。会社役員である隆は当日既に就寝していたと証言しており、倉井はサロンの戸締りをしていたという。また事件の夜益美に電話を掛けたのは倉井で、イヤリングの忘れ物について確認するためだったそうだ。益美のスマートフォンは熱と衝撃で復元不能まで壊れてしまっていたそうだが、倉井のスマートフォンには証言通り通話履歴が残されていた。

「……んー、」

がしがしと頭を揉む。一見するとどこにも矛盾はない。もちろん邪推の余地はたくさんある。例えば夫婦仲に限界を感じた隆が益美のスマートフォンを改造し、遠隔操作で発火するように仕組んでいたらどうだ。それなら火元もごまかせるし、凶器ごと証拠を隠滅することもできる。しかし入念な準備と高い技術が必要となるし、何より確実ではない——少なくともバッグを焦がして終わり、という可能性も捨てきれないはずだ。

そうなると電話を掛けた倉井を疑いたくもなるが、同居人でもない限り端末に細工をするのはほとんど不可能だろう。隆と倉井が共犯という可能性もあるが、二人はお互いの連絡先も知らないという。利害の一致を考えれば不倫が真っ先に思い浮かぶが、連絡手段がないなら不倫のしようもない。

溜め息が漏れる。どれだけ考えても邪推は邪推、詰まるところ合理的でも論理的でもない解釈の一つにすぎないのだ。しかしそれで納得するミナヅキではない。もう正直、事件の真相だとか怪異だとかはどうでもよかった。今はとにかく、ミナヅキを唸らせる推論が欲しい。

「……でもぶっちゃけ、ほとんど無理ゲーなんだよな」

いずれにしても問題は火元だ。出火原因が分かっていないことが一番の課題であり、この人体発火現象を紐解く唯一の鍵だ。……だと思う、多分。分からないけど。

頭の中で関連性のない単語を思い浮かべ、星と星を繋げて神話を後付けする要領で単語からストーリーを作っていく。香水、電話、人体発火、マクスウェルの悪魔。これが悪魔の仕業ならどれだけ話が単純になるだろう。益美が選ばれたのは全くの偶然で、気分屋の悪魔が気まぐれに火をつけた。簡潔で矛盾がない。もうそれでいいんじゃないか。

「あー、もー……」

二日以上散々悩んだ挙句出した結論が、悪魔犯人説。最高だ。清姫犯人説と遜色ない。

これはもう、認めざるを得なかった。無駄に種類を取り揃えて言うなら降参、負け、投了だ。

あれだけ息巻いていた割にあっさり撃沈してへこんでいるところへ、一通のショートメールが届く。確認すると、差出人は宗方からだ。

文面を二回読み直して、裕人は思わず溜め息を吐いた。あり得ないことだった。

現職の警察官によれば、どうやらミナヅキが事件の真相を明らかにしたらしい。

5

――今更どんな顔をして会えばいいものか。

「怪異研究会」のサークル室を目の前にかれこれ数分間立ち尽くし、裕人はそんなことにぐるぐると頭を悩ませる。ご無沙汰してます、先日はどうも――なんて言えるわけないし。宗方さんに来てくれって言われたんですよ――嘘ではないが、なんだか言い訳がましくないか？　真相が分かったそうですね。聞かせてもらいましょう――何様だ、僕は。

「時間通りですね」

「ひゃっ⁉」

突然声を掛けられた反動で変な声が出た。見れば宗方とその相棒だろうか、いかつい体つきの刑事がこちらを訝しげに見つめている。

「ああ、ご挨拶するのは初めてでしたね。こちらは佐々木、私の相棒です。以前神前さんにお話を伺った際には別件で動いてもらっていましたので」

「はあ、それはどうも」

ぺこぺこと頭を下げると、佐々木も一度だけ会釈を返した。「では行きましょうか」と宗方が躊躇なくドアをノックする。くぐもった返事が聞こえて、心臓がぎゅっと引き締まった。

「宗方です。入ってもよろしいですか？　――水無月さん？」

どうぞ、とどこか元気のない声が聞こえて不思議に思うが、宗方が気にした様子もなくドアを開けたので、裕人も佐々木の後に続く。部屋の中からは、やはり柔らかな花の香りがした。

「水無月さん――水無月さん、起きてください。毛布離して、ほら」

恐る恐る顔を上げると、ミナヅキは以前と同じように毛布にくるまっているようだった。頑なに毛布を離さない彼女を何とか起き上がらせて、宗方は向かいのソファに座る。佐々木は彼の隣に座り、裕人は適当な椅子を引っ張り出してそこに腰を下ろした。そうこうするうち、ミナヅキが毛布の塊からひょこりと顔の上半分だけを出す。どうやら本当に落ち込んでいるらしい。

「……残念な報告なのだけれど、」

「大丈夫です。分かったんですね」

宗方に促されるまま、こくりとミナヅキは頷く。そして心底落胆したように告げた。

「人体発火、怪異の仕業じゃなかった。……事故でもないわ。犯人は人間」

「詳しくお聞かせ願えますか」

「…………」

一呼吸ほどたっぷりと落ち込んだ表情を見せてから、彼女は静かに語りだす。彼女の脳内でのみ再現、検証された、彼女だけの思考実験を。

＊

まずは犯行手段と火元についてだけれど、その前に人体発火について少し解説するべきね。人体自然発火現象には複数の原因が推測されているけれど、どうしても仮説の域を出ないものが多いの。だから今回は、その中でもまだ現実的な仮説について、優先的に考察したわ。

一つ目が、アルコールの大量摂取による発火説。大量摂取したアルコールが体内に残り燃料化する、という仮説だけれど、アルコールを摂取していない人も被害に遭っているし、燃料化の前に中毒死する可能性が高いという見方もあってこの説を支持する人は少ない。

二つ目は、リンによる発火説。大気中で燃焼するリンが発火を引き起こす、という仮説ね。リンが大気中で容易に発火することは確かに有名だけれど、大気ほど酸素がない体内でリンが自然に発火するとは考えにくくて、この説もなかなか支持されない。

他にもプラズマ発火説や人体帯電説、発火性遺伝子説なんてものまであるけれど、どれも発火の理由について詳しく言及しているものはないわ。そんな中でも、実証実験に成功した仮説が一つだけあるの。それが、人体ロウソク化仮説。

具体的にはこう。まず何らかの原因で衣服に火が付いて、その火が被害者の皮膚を裂いて皮下脂肪を溶かしていく。溶けた皮下脂肪が衣服などに染み込んで、それを燃料として更に人体を焼いていく。これを繰り返して燃焼が進み、皮下脂肪の薄い脚部だけが残される。豚の死体を使った実験では五時間で骨まで焼き尽くされて、実際の人間の遺体を使った実験では約四十五分でロウソク化現象が確認されたらしいわ。その時も脚だけは残ったみたい。

ただこの仮説だけでは出火原因までは言及できない、火はどこか別のところから持ってくるしかないの。でも人体ロウソク化仮説を認めてしまえば、人体が直接発火しなくても問題はない。つまり「人体自然発火」ではなくて、「単なる発火」としてこの事件を捉えることができる。

黄《おう》リンなどの不安定物質による発火、天かすや石炭などの燃料酸化による発熱燃焼、発酵に伴う内部温度上昇による発火、落雷による出火——自然発火の原因にも様々なバリエーションがあるけれど、どれも事件当日の夜の環境とは合致しない。そこで私は、「接触せずに加熱する方法」を別の視点から考えたの。いつも使っているからすぐに思いついたわ——電子レンジを。

とは言っても、閑静な夜の路地裏で偶然マイクロ波が被害者を照射するとは考えにくい。だから少し形を変えて、高出力レーザー光による発火の可能性を考察した。最新の高出力レーザーポインターなら数秒でタバコに火をつけられる。ある程度距離が近ければ、物陰から衣服を燃やすことはそう難しくないはず。被害者が唯一脱いだ上着だけれど、背中の一か所にだけ不自然な焦げ跡があったでしょう？　レーザーが背中に当たっても音はしないし、直接肌を照らしていないから温度変化も感じにくい。衣服が燃えるまで気がつかなかったのでしょう。

燃えやすくなっていたとはいえ、衣服を発火させるには少なくとも数秒間レーザーを一点に照射し続ける必要があるけれど、歩く速度に合わせて照射角を変えれば問題はない。でも犯人には一つだけ誤算があった。普段なら被害者の他に誰も通らないはずの道を、一人の学生が歩いていたのよ。いくら被害者に気づかれないといっても、強力な一筋の光は他から見れば一目でそれと分かってしまう。だから犯人は、学生が被害者とすれ違うまで待たなければならなかった。たったの数秒でも、犯人にとっては「燃えるか燃えないか」の大きな瀬戸際になる。きっと犯人も焦ったのでしょうね。何とか足止めしようと、咄嗟に被害者に電話を掛けた——。

6

「――え？」

咄嗟に被害者に電話を掛けた？　ということは、犯人は。

「もちろんそれだけで被害者が立ち止まる保証はないわ。けれど、彼女は不幸にも電話に気づいてしまった。立ち止まり、通話に応じてしまった。その数秒の間にレーザーが衣服を急速に加熱して、彼女の体に火をつけた――滲み出た皮下脂肪が衣服に染み込んでしまえば、簡単に火が消えることはない。喉を火傷すれば呼吸困難で脳に酸素が行き渡らなくなって、『火を消す』なんて複雑な思考もできなくなる。筋肉が焼ければ体を動かすことも苦痛になって、そうなれば最後、あとはただ死を待つだけ――これが、私の立てた仮説」

気落ちした様子で、ミナヅキはそう締めくくる。まるで先日とは別人のようだった。

「……あの、質問というか、素朴な疑問なんですけど」

言うと、ミナヅキが瞳だけを持ち上げる。裕人はそのまま彼女に尋ねた。

「人間の体って、そう簡単に燃えるものなんでしょうか。衣服に火がつくのは理解できなくはないんですが、人体となると……ほら、ミナヅキさんもこの前言ってたじゃないですか。『人体の燃焼には少なくとも摂氏千度以上必要だ』って」

「燃焼には、そうね。でも言ったでしょう、『燃えやすくなっていた』って。事件当日の状況であれば、人体に火が燃え移ることも不可能ではないわ」

「どういうことですか？」

「──オイルか」

宗方が割って入る。「倉井のエステサロンではオイルを使用していました。恐らくそれが」

「エステで使用したオイルが肌や髪に付着し、浸透する。被害者は店でシャワーを浴びてから帰ったようだけれど、その間に衣服に霧吹きなどでオイルを染み込ませていたのでしょう。神前くんも言っていたじゃない。『強い香水の臭いがした』って」

「──あ、」

燃え盛る炎の記憶と結びついた、甘ったるい香り。言われてみれば確かに、香水というよりはアロマに似ていたような──？

「被害者はどこへも寄らず真っ直ぐ自宅に向かっていたのに、シャワーを浴びてから香水をつけるのは不自然だわ。サロンから被害者宅までは徒歩でおよそ三十分の距離、犯人が車を使えば時間的矛盾もない……ポインターの購入履歴を確認してみて。高出力のものはあまり出回っていないから、すぐに裏が取れると思う。それと、これも私の勘なのだけれど」

この時だけは毛布から顔を出して、真剣な表情で彼女は告げた。

「倉井さん、もう一台携帯を持っているわ。恐らく既に処分しているだろうから、携帯会社に問い合わせて通話履歴を確認して。……きっとそこに、答えがある」


「――彼女の言った通りでした」

ミナヅキが〝推論〟を披露した数日後、誘われたコーヒーチェーン店の一席で、宗方はそんなふうに切り出した。

「倉井は一年ほど前から世良隆と不倫関係にあり、そのことで世良益美に金銭を要求されていたようです。倉井の経営するサロンに頻繁に出向いていたのもそのためで、客として来るときも施術料を払うことはなかったとか。そんな状態が一年続き、やがて隆に離婚の意思がないことを悟って、今回の犯行を思いついたと」

逮捕後の倉井は取り調べにも素直に応じ、計画から実行までの全てを語ったらしい。初めはレーザーポインターで失明させるだけのつもりだったが、サロンのオイルを発火させられることに気づいて全身を火傷させる計画に変更したこと。殺す意思はなかったもののその危険性については充分認識をしており、減刑の可能性が低いことまで宗方は教えてくれた。

ミルクとガムシロップをたっぷり入れたアイスコーヒーを飲む合間、彼は続ける。

「倉井に連絡用の携帯を買い与えたのは隆だそうで、自身は社用携帯で連絡を取っていたようです。恐らく常習犯なのでしょう。益美に恐喝の余罪がある可能性もありますので彼にも聴取をしていますが、知らぬ存ぜぬの一点張りで。困ったものですよ」

「あの、それはいいんですけど、こんなところで話しても平気な内容なんですか？　あとそういうのってあんまり僕に言わない方がいいんじゃ……」

「当たり前にダメですよ、本当は。でも今日しか時間が取れなくて水無月さんにも連絡がつかないので、せめて神前さんにと。人を隠すなら人混みの中、雑談を隠すなら雑談の中、ですね」

　そう言って微笑む。裕人は逡巡して、けれど結局尋ねた。ずっと訊きあぐねていたことだ。

「……あの。ミナヅキさんと宗方さんの関係って」

「ああ。……そうでした」

　宗方が崩していた姿勢を正す。

「端的に申し上げれば、遺族と警察です。……神前さんは既に熱のある彼女を見ていると思うので率直にお伝えしますが、彼女はとあるきっかけで怪異の存在を心から信じるようになった。しかし純にその存在を信じるあまり、粗末な怪異を受け入れられないんです。どこかに穴を見つけると、彼女の頭の回転は怪異の犯行の証明ではなく、『それを騙った何者か』を炙り出すことに向けられる。言い方を選ばなければ、私はそれを利用しているにすぎません」

――怪異の存在を信じるあまり、怪異の存在を否定する？

冗談みたいだが、本当なのだろう。彼がそれを利用しているというのも、きっと。

腕時計を一瞥し、まだ飲み切っていないカップを持って宗方が立ち上がった。

「では、私はそろそろ。神前さんもご協力ありがとうございました。ぜひ彼女にもよろしくお伝えください」

小走りに佐々木の待つ車へと向かう宗方を見て、忙しい人だなと心の中で呟く。それからふと、『よろしく伝えて』ってなんだ……？」と首を傾げた。

店を後にして、澄み切った空を見上げる。人間の醜い心情などにはまるで無関心に、純粋な青はいつも通り清々しくそこに佇んでいた。

怪異研究室のドアの前まで来て、軽くノックをする。今度はもう躊躇わない。

「神前です。今いいですか？」

どうぞ、と中から返事が聞こえて裕人はドアを開ける。いつも通りの花の匂い。ミナヅキトウカもいつも通り――ではなく、毛布の住人は今日はソファにいなかった。散らかっている資料や本を片付けながら、「ああ、神前くん」と彼女は微笑む。

「ちょうどよかった。片付け、手伝ってくれる？」

「……一旦窓開けましょうか」

二人がかりで片付けを済ませて、裕人はミナヅキに事件の真相を話して聞かせる。初めは静かに聞いていた彼女だったが、裕人が語り終わるや否や懲りずにこんなことを漏らした。

「やっぱり、彼女は清姫だったのね」

「……その話はもう済んだんじゃ？」

「ねえ、神前くん。もしも安珍が僧ではなく、彼に妻がいたら清姫はどうしたと思う？」

真剣な表情で、ミナヅキは尋ねた。どんな奇妙な形式であれ、問いを出されれば答えたくなってしまうのは理系の性《さが》だろうか。

「えっと、そうですね。現代で言うところの不倫に走る、とか」

「そうね。安珍も僧でなければ、清姫の誘いを断りはしなかったと思う。でも安珍には家庭があって、彼はそこにいる方が幸せなのよ。けれど清姫との関係も断ちたくないから、安珍は夜を迎えるたび彼女に嘘をつき続けるの。『妻とは別れるつもりだ。これからは二人で暮らそう』」

それはミナヅキの想像に過ぎない、思考実験の延長のようなものだ。でも、続きが気になった。その話が、どのように現実に作用するのか。

「私はね。正妻への嫉妬に狂った清姫は、やっぱり蛇になってしまうのだと思う。一年の間彼を待ち続けて、彼の言葉を信じ続けて、妻と別れようとしない彼をそれでも信じたくて、清姫はきっと奥さんの方を殺すわ。それで、やっと二人は結ばれる」

「……でも、清姫は蛇の姿になったままですよ」

そうね、とミナヅキは儚く笑う。

「現実に二人が結ばれることはない。蛇になった清姫を恐れて安珍は逃げ出し、それを見た清姫は彼の気持ちが自分へ向けられていないことを悟るのよ。だから彼女は、自らの罪を認めた」

そんな、まさか。

「奥さんを殺したのは自分だって、倉井は世良隆に告白したってことですか？　でも彼がそれを受け入れてくれなかったから、倉井は警察に全てを話した……？」

「さあ、それは分からないわ。でも、どうして倉井さんは被害者の目を失明させようとしたのだと思う？　どうして全身に火傷を負わせようなんて思いつくの？　目を潰してしまえば愛する人の姿を奪えるし、醜い姿に変えてしまえばきっと旦那さんに捨てられるわ。一年間、倉井さんは耐えた。耐えて待ち続けて、裏切られたことを知った。それでも愛する気持ちが変わらなかったのなら、きっと彼女は清姫になる——なんて、全部私の妄想。忘れてね」

そう言ってミナヅキは微笑を浮かべる。でも裕人の心には、彼女の推論が深く刺さった。

もし。もしも自分が、倉井だったら――。

「……それでも僕は、不倫をした人が悪いと思います。だって、友人の旦那さんだったら好きになる前に普通離れようとするじゃないですか。でも彼女は一線を越えた。どういう成り行きであれ、それは倉井さんの意思だと思うんです。それがそもそもの過ちです」

「私も概ね同じ意見。けれど少し違うわ。誰を好きになろうと、その人に罪はない。清姫が安珍を想い続けることにも、安珍がそれに応えないことにも罪はない。その先が問題」

前に言いかけたことの続きだけれど、とミナヅキは裕人を見上げる。どこかたしなめるような視線を感じた。

「自分の『論理』を妄信して、世界を測ろうとすること。それ自体には良いも悪いもないわ。けれど、相手の『論理』を受け入れずに否定するのは良くない。例えばあなたが過去にタイムスリップして、ニュートン力学の欠点を本人に力説したらどうなると思う？　相手の『論理』を否定するというのはそういうことよ。私は決して、神前くんの『論理』を否定しない。神前くんは神前くんの見方で世界を見つめて、何が正しいのかを見極めて。それを私に教えて」

「……すみませんでした。あの時は少し、いや結構気持ちが焦ってて――えっ？」

い、い、い、

私に教えて？

「あ、そうだ。これ書いておいたの、入部届。サインはここ」

「え、いや、あの、」

「こんなに熱心に通ってくれたのは神前くんが初めてだから嬉しい。あ、あとで他のメンバーも紹介するわね。あとこれ、この部屋の予備の鍵なのだけれど――」

――この人、僕が入部目当てで通ってたと思い込んでるのか……!?

よろしくお伝えください。今になってふと、宗方の言葉を思い出す。

「……まあ、いいか」

「?」

これも青春。いいじゃないか。美人の先輩と廃墟みたいな建物の一室。怪異を研究する……活動内容不明のサークル……いいじゃないか……。

「出だしだけかよ……」

「ええと、何か分からないことある？　入部届は私が責任を持って提出するけれど」

「いえ」

さらさらと自分の名前を書き入れ、入部届をミナヅキに突き返す。そして言った。

「神前裕人です。よろしくお願いします」

「うん、知ってる。いい名前よね。神の御前《みまえ》って感じで」

「それ普通苗字に対して言わないですけどね……。そういうミナヅキさんは、どんな漢字を書くんですか？」

「ああ、そうか。うん、分かった」

ペンを手に取り、綺麗な字を書いて裕人に見せる。

「水無月《みなづき》透華《とうか》です。これからよろしく、神前くん」

水無月、透華。想像よりずっと綺麗な名前だ。

——怪異を信じるあまり怪異を否定する、か。

とてもいい。本人はまあ、どこか——いや結構、かなり抜けてるけど。

「あの、透華さんそれ入部届……」

「……あ、」

そんなふうにして、裕人と透華の奇妙な関係が始まった。

二話

シュレーディンガーの猫

――クソ下らねえ。

すすり泣く老人たちを内心辟易して見下しながら、吉澤翔《よしざわかける》は大理石の壁に背をもたせかける。死んだ人間に価値なんてないのに、どうしてこいつらは金を掛けて死体を焼こうとするのか。到底理解ができなかったし、するつもりもなかった。

多少面識はある程度の田村昭雄《たむらあきお》の告別式も終わり、火葬場へと参列者が移動する中、最後尾から抜け出した吉澤はひとり喫煙所へと向かう。ただでさえ今日は気に入りのジャージを着てきたってのに、喪服の年寄連中に囲まれただけで線香の臭いが染みついちまった。煙草に火を点けながら、スマホのトークアプリを起動する。

「……ったく、てめえから呼び出したんじゃねぇのかよ」

小林《こばやし》からのメッセージを読み返して、軽く舌打ちする。そこには「遺産の一部をくれてやる」といった旨の文章と、彼にしては珍しく日時と場所も記されていた。吉澤が昭雄の葬式に参列したのは他でもなく、そのメッセージに釣られたからだった。

てっきり金目の物を運ぶ手伝いをさせられるのかと思っていたが。紫煙を吐き出し、イラつき任せにメッセージを送る。既読はつかない。あのクズ野郎、もしかして寝てるのか？

「おい、そこで何しとぉ！」

やべ、といつもの癖で煙草の火をねじ消す。慌てて振り向けば何のことはない、篠原《しのはら》という中年の警官がこちらを見ていた。

「んだよ、店長かと思ってマジビビったじゃねーか」

「式の最中や！　煙草ふかしてねえで早ぐ戻れ！」

「っせぇなあ！　いいじゃねーかよちょっとくらい。大体お前ら辛気臭えし線香臭えし、」

「いいから戻れ‼」

——びく、と思わず二本目の煙草を落とす。篠原とは数回会ったことはあるが、こんな剣幕は初めてだった。大抵こっちが強気に出れば曖昧に笑って引き下がるのに。

「……ちっ」

めんどくせえ。この手の老害は相手にするだけ時間の無駄だ。今回だけは従っておく。

篠原に見張られながら火葬場に戻ると、まさに棺を運んでいる最中だった。老人が老人の棺を運ぶ。数年後にはお前らもそうなるんだよと心の中で吐き捨てる。

そのときだった。

——ゴンッ。

音が、聞こえた。くぐもった音だった。少ししてまた「ゴン！」と鳴り、周囲が騒然とする。

「動いた！」「中に何かおる！」

「なんだ……？」

棺を運んでいた年寄連中が騒ぎ始め、斎場の職員が奥からバールを持ち出してきた。棺桶の溝にバールを噛ませ、力任せに蓋を引き剥がす。するとそれまで覗き込むようにしていた老人たちが、「ああ！」と息を漏らして一斉に後ずさった。遮るものがなくなって、吉澤も遠目に棺の中身を確認する。そして目を見開いた。

「——呪いだ」

と誰かが言う。

そこにあったのは、田村昭雄の遺体ではない——小林の、遺体だった。

1

「そういや裕人。どこ入るか決めた？」

講義中、忙しなく手を動かしながら裕也が尋ねた。黒板とルーズリーフの間で視線を行き来させながら「入るって？」と裕人は訊き返す。定理の証明を書き写す感覚はきっと写経に近い。

「サークルの話。これ終わった後松田《まつだ》と適当に見て回るんだけど、裕人も来る？」

「ああ、ごめん」

そうだった。タイミングがなくてすっかり伝え忘れていた。

「サークルなんだけど、この前入っちゃったんだよね。なんていうか、流れで」

「え、マジ？」

よほど衝撃だったのだろう。こちらを見る裕也の手は止まっていた。まじ、と裕人は笑う。

「丁度この後も呼ばれてるんだ。だから、ごめん」

「いや、それは別にいいけどさ。……どんなん？」

返答に困った。あのサークルがどんなところかなんて、正直裕人にもよく分からないけど。

「水無月さんって人のとこ。まあまあ楽しそうだよ」

え、と喉の奥から絞り出したような声が聞こえた。続く裕也の言葉に裕人の手も止まる。

「水無月って、もしかして水無月透華先輩？」

「え？　知ってるの？」

「知ってるも何も、そこそこ有名人だろ。俺いろんなとこで名前聞くから覚えちゃったよ」

聞くところによれば、透華については真偽不明の噂がいくつもあるらしい。曰く、ミスコン主催者の熱烈な勧誘を「迷惑です」の一言で撃退した。曰く、数多くのサークルが彼女を引き抜こうと画策したものの、どれも失敗に終わった。曰く、彼女は警視総監の隠し子であり、彼女の元には頻繁に部下が様子を見に来ている——。

「最後のは尾ひれ付きすぎじゃない？」

裕人は苦笑する。恐らく第三者が宗方の存在をいたずらに誇張したのだろう。

「まあな。さすがにそれはガセだって話。そんでもインパクトはめっちゃ強いし、噂が広まってからは無理な勧誘とかどこも控えるようになったんだとさ」

「へえ。……そんなに有名な人だったんだ」

素直に感心する。噂は所詮噂だが、それだけ注目される存在だということだろう。

笑いながら、裕也は言った。

「まあ、色んなこと抜きにして変人だって噂も多いけどな」

否定のしようがなくて、裕人は曖昧に微笑む。

怪異研究会と書かれた紙の上からドアをノックして、「入ります」と裕人は言った。はーいと返事が聞こえ、ドアを開けてから声の主が透華ではないことに気が付く。見ると、パソコンの前に見慣れない人物が腰を落ちつかせていた。

毛先を赤く染めたショートボブに、横顔ですらはっきりとした顔立ち。具体的に何がとは言えないが、どこか気が強そうな印象の女性だった。

「透華ならすぐ戻ってくるから。そこら辺適当に座っててよ」

「……えっと、」

どちら様ですか？　尋ねる前に、ああとその女性は裕人の顔を見上げる。

「そっか、一応初対面だもんね。初めまして、宮下薫《みやしたかおる》です。所属は情報工学科、透華と同じ二回生。よろしくね、神前裕人くん」

「なんで、僕の名前」

「そりゃ透華から散々聞かされたからね。初めての後輩で舞い上がってるんじゃない？　まだ去年立ち上げたばっかのサークルだしさ」

そう言ってモニターに視線を戻した。以前透華の言っていた「他のメンバー」とは、どうやら彼女のことだったらしい。なんだか落ち着かなくて、荷物を置きながら裕人は尋ねる。

「あの、このサークルって宮下さんの他には」

「薫でいいよ。他の部員ならいない。あたしと透華とあんただけ。まあ薄気味悪いし、サークル誌にも載せてないからね。勧誘とかもしないし、存在自体知ってる人の方が少ないいんじゃない？」

あたしはそれでいいけどね、と伸びをする。しかしサークルに所属している当人が「薄気味悪い」なんて言うとは少々意外だ。てっきり変人ばかりが集まっているものと思っていたが。

「薄気味悪いとは心外だわ」

驚いて振り向く。裕人の背後には、いつの間にか透華が立っていた。薫が言う。

「おかえり。始めよっか」

「うん、お願い」

「あの、始めるって何を」

「神前くんは座っていて——あ、」

何かを思い出したようにビニール袋を漁ると、がっかりしたような表情で透華は言った。

「クラッカー、買い忘れちゃった」


「——じゃ、神前の入部を祝して。かんぱーい！」

薫の合図で裕人の歓迎会が始まった。まさか自分ひとりのためにこれだけ盛大に祝われるとは思っていなくて、妙にそわそわしてしまう。

「……何も、ここまでしていただかなくても」

「いーのいーの。こういうのは気持ちだからさ。それくらいあんたのこと歓迎してるってこと」

透華を見ると、微笑んで頷いていた。それならまあ、いいか。

「じゃあ改めて自己紹介したいんだけど、その前にこのサークルについて説明しないとね。活動目的とか気になってるだろうし」

え、と思わず声が漏れた。「あるんですか？　そんなの」

「そりゃあるよ。怪研《うち》だって、一応は正式なサークルなんだし」

確かに、言われてみればその通りだ。活動目的か。目的──ツチノコの発見、とか？

薫が机の引き出しから一枚の紙を取り出して、「えーっとね……」と読み始める。

「超自然現象の解析及び既存の科学的知識の再考、未確認生物並びに未確認物体の解析及び非科学的現象の科学的検証、これらを通じ各々の固定概念の枠を取り外し、より多角的な視点と問題解決に対する多様な手段を獲得することを本サークルの活動目的とする」

かがくひかがく、もんだいかいけつ？　まったく酷い呪文だ。一つも頭に残らない。

分かった？　と薫がこちらに視線を投げた。いえ、まったく、と裕人は答える。

「だよね。あたしが創設願《これ》読みに行ったときの学務長と同じ顔してる」

「いや、というよりそんなはっきりした活動目的があるとは……」

内容ははっきりどころかもやもやしていたが。

「まあそんな感じの緩いサークルだからさ。来たい時に来て適当にくつろいで帰ればいいよ」

それから簡単な自己紹介が始まった。各々自分の所属と学年を言い合って、趣味や特技について一言加える。薫の趣味は「ネットサーフィン」で、透華の趣味は「寝ること」だそうだ。

裕人は真剣に趣味について考えた結果、「数学……？」と答えた。間違いではないと思う。

「透華さん、哲学科だったんですか」

「ええ。……意外？」

「意外といえば。妙に理学分野に明るいなと思っていたので、てっきり物理が専攻なのかと」

大袋のスナック菓子をつまむ。この量を三人で食べきれるのかが不安だ。

「てか、神前が数学科ってのもまあまあ驚きなんだけど。得意な分野ってあるの？」

「得意、ですか。得意かは分からないですけど、解析とか幾何は面白いなと思います」

「あー、微分方程式とかベクトル使う分野か。ついていけてるの？　すごいじゃん」

「いや、まあまだ冒頭ですし……」

「行列は習った？」

訊かれるまま、裕人は答え続ける。まさか数学に興味を持たれるとは思いもしなかったから、純粋に嬉しかった。でも、なんだろう。何かが心に引っかかる。

結論から言えば、裕人の予想は正しかった。裕人は忘れていたのだ。理系は自らの専門分野について質問されると――。

「そういえばさ。ゴールデンウィークって空いてたりする？」

一通り数学の話題で盛り上がった後、不意に薫が尋ねる。すっかり気分もよくなっていた裕人は、言葉の裏も読まずに「はい」と答えた。それが、全ての始まりだった。

「何かあるんですか？」

「まあ、そうね」

ちらと薫が透華に視線を投げる。裕人もそれを目で追った。透華は、瞑目していた。

「――私は箱の中で眠る猫」

始まった。

その時になって、裕人は完全に理解した。何もかも、仕組まれていたことだった。

「箱の中では二つの未来が重なり合って存在している。一方の私は寝息を立てているけれど、もう一方の私が目覚めることはない。そこへ誰かがやってきて、箱の中を覗き込んだ。その瞬間未来は一つに収束し、私はそれに抗えない」

ゆっくりと目を開け、面白い話を聞いたの、と透華は笑う。その瞬間、休日を満喫する裕人の未来は永久的に失われた。

2

水崎大学の最寄り駅である水戸駅は、連休初日ということもあってかそれなりに混雑していた。学生には不評の納豆像の前に薫の姿を確認して、慌てて小走りで駆け寄る。

「すみません、お待たせしました」

「ん？　おお、早いね。待ち合わせより五分も前じゃん」

じゃあ行こっか、と薫が駅の構内に歩き出す。一度辺りを見回して、裕人は尋ねた。

「透華さんは？」

「先に乗って待ってる。楽しみで昨日寝られなかったんだってさ」

言いながら、改札の前を素通りする。切符売り場も見送って、さすがに不思議に思った。

「電車じゃないんですか？」

「んー？　あれ、もしかして聞いてなかった？」

「ほとんど何も。透華さんは『山を登ると思うから』としか」

「ああ、だから登山服なのね。そういえば神前って免許持ってる？」

「いえ、まだ……」

「じゃあずっと私かぁ。まあいいや。てか荷物それで足りるの？　泊りだけど」

「――えっ？」

階段を降り、一台の車の前で止まる。ボディの上半分がクリーム、下半分がブラウンで塗装されたコンパクトカーだ。後部座席ではよく見慣れた毛布の塊が横になっていた。

「はあ、そんなことだろうと思った。じゃ、服は途中で買ってくか。荷物後ろ積んで、乗るのは前ね。透華寝てるから、起こさないであげて」


高速道路を走っていると眠くなるという薫の話し相手になって、その流れで薫から事件の詳細を聞いた。なんとも不可解な事件だった。

話によれば事件が起こったのは数日前、とある斎場でのことだ。

その日葬儀が行われていたのは田村昭雄、今から向かう霧野狐村《きりやこ》の村長を務めていた人物のものだった。人望も厚く、温厚な人柄で知られていたらしい。

葬儀はつつがなく進行し、遺体を火葬しようとした時だった。昭雄の遺体が入っているはずの棺から突然、物音が聞こえたのだそうだ。

驚いた周囲の人々が棺を開けると、そこにいたのは田村昭雄とは別の人物――小林将司《まさし》という男の遺体だった。田村の遺体は別の棺から発見され、先日無事に火葬を済ませたらしい。

「棺の内側からはしっかり指紋も見つかったらしくてね。にもかかわらず、小林の死亡推定時刻は遺体発見時から少なくとも二十四時間以上前だったの。どういうことか分かる？」

「ええと、それってつまり――」

「つまり、棺を開けるまで被害者は生きており、かつ死んでいた」

いつから起きていたのか、透華が会話に割って入る。「面白いでしょう？　まるでシュレーディンガーの猫みたい」

「シュレー……なに？」

「シュレーディンガーの猫です。元は量子力学の曖昧さを批判するために用いられた思考実験ですが、今ではむしろ量子力学の特異性を説明する際に用いられることが多いみたいです」

ピンと来ていない薫のために、裕人は少々長い解説を挟んだ。

量子力学の扱う世界、ごく小さなミクロの世界では、確率によって未来が重ね合わせの状態で存在していると言われている。未来が決定されるのは事象が観測されたとき――例えばある確率で当たるくじを引いたとしたら、くじを引いた瞬間ではなく、引いたくじが当たりかどうかを観測したときに未来が決定する……らしい。

「シュレーディンガーの猫はそれを悪用したというか、ミクロの世界と現実世界の境界を曖昧にしているんです。つまりごく小さな世界の話を、意図して現実に作用させています」

まず観測窓のついた鋼鉄製の箱を用意し、その中に猫と放射性元素を置く。この放射性元素は一定時間あたり五十パーセントの確率で原子崩壊するので、それを観測するための装置も取り付ける。その際、装置が原子崩壊を検知すると電気的に猫が殺される仕掛けにしておく。

「ミクロな視点における原子の未来は『放射線を放出した』、『していない』がそれぞれ五十パーセントずつ重なり合って存在しています。しかしそれは同時に『装置が原子崩壊を検知するか』、『猫に電流が流れるか』という未来にまで及んでいるわけです。つまり観測者が観測窓から猫の生死を確認するまで、猫は生きており、かつ死んでいるという状態が生まれます」

一見すれば矛盾にも思える思考実験。シュレーディンガーの猫。

裕人は溜め息を吐く。「でも確か、量子力学的に矛盾はないそうですよ。文脈を過激に誇張して読み取ったというか、実際には観測結果が二つの状態の選択になっているというだけで」

「ふーん。難しいこと考える人がいたもんだね。現実には『起こる』か『起こらないか』の二つしかないのに」

それは何というか、大胆な解釈だ。後部座席から透華が言った。

「とにかくこの事件の一番の魅力は『死体の置かれた状況』にあると思うの。被害者はどこから運ばれて来たのか。どのタイミングで遺体がすり替えられたのか。蓋が開けられるまで被害者は生きていたのか、それとも死んでいたのか――ね？　とっても面白いでしょう？」

裕人は溜め息を吐く。全く、どこも面白くない。

「人が亡くなっているのに面白いも何もありませんよ……。それに、棺には仕掛けがなかったんですよね？　そもそも現実世界にミクロの世界の話を持ち出すのは突拍子もないように思いますよ。生きている状態と死んでいる状態が混在するなんて、現実的ではありません」

「現実的でないから、怪異の仕業なのでしょう？」

さも不思議そうに、透華は首を傾げる。そうだった。

彼女の言う「面白い」とは、人の死や事件に向けられるものではないのだ。


霧野狐村は某県の片隅にある農村だ。いっときは炭鉱や温泉地として賑わっていたが、現在では高齢者が数十人ほどしか残っていない、いわゆる限界集落らしい。

整備されていない山道を抜けると途端に視界が開け、そこからすぐに村に着いた。普段はのどかな田園地帯なのだろうが、頻繁に警察車両とすれ違うためか何やら物々しい雰囲気だ。巡回中の警察官も田畑で作業する住民も、見慣れない車を警戒しているようだった。

「……ものすごく視線を感じますね」

裕人が言うと、平淡な口調で薫が言う。

「観光客が珍しいってのもあるだろうけど、それだけじゃないだろうね。警察も村の人たちも、あんまりあたしたちのこと歓迎してないみたい。ま、そらそうか」

山の麓にある旅館へと向かい、チェックインして荷物を預ける。小さな宿でも内装は綺麗で、どことなく衰退していく村の哀愁を感じさせた。手続きの最中透華が誰かに電話を掛けていたが、用件だけを伝えてすぐに通話を切ったようだった。視線に気づいてこちらを振り向く。

「それじゃあ、私はもう行くから。薫ちゃんをよろしく」

「行くって、どこにですか」

「宗方さんのところ。捜査資料が見たいの」

ここにもいるのか。あの刑事、もしかして各県に一人ずつ配置されているんじゃないか。

「僕も行きます」

「一人でも平気。それより神前くんは薫ちゃんと一緒にいて。仲良くしてね」

それだけ言い残して、透華は足早に去ってしまった。その後姿を見送っていると、「なに、振られたの?」と薫がからかう。どうやらチェックインが終わったらしい。

「透華さん、宗方さんのところに行くみたいです。僕たちはどうします?」

尋ねると、薫は不敵に笑った。いたずらを思いついたような表情だった。

「それなんだけど、どうせなら聞き込みでもしない? このまま透華の帰り待つのも暇だしさ」

「聞き込み、ですか」

なんだか面白そうだ。それに時間潰しにはなるだろう。

いいですねと口走りそうになるのを堪えて、「やってみますか」と裕人は答える。そうこなくちゃ、と薫は笑った。

*

スピーカーからは控えめな音量でラジオが流れていた。

大野康則《おおのやすのり》はレジの内側で新聞を広げる。霧野狐村には娯楽がない。あるのは酒と野菜と温泉くらいだが、それだって他と比べれば決して秀でているとは言えなかった。生きていくには多少不便だが、今から他でやっていくことも考えられない。だからみんなここに残っている。

村唯一のスーパーの前を、またパトカーが通り過ぎた。今日だけで三度目だ。店内は閑散としており、客の姿はない。それもこれも「不要不急の外出を控えろ」という、警察からのお達しのせいだった。殺人犯がどこに潜んでいるか分からないからというお題目だが、どうもそれだけではないように思える。まあ、予想していたことだ。今更焦りはしない。

いずれにせよ、こう毎日目を光らされては窮屈だ――三日も前の新聞を眺めながら、大野がそんなことを考えているときだった。出入り口のベルが鳴る。

「こんにちは」

入ってきたのは、柿田《かきた》という腰を曲げた老人だった。新聞を置いて席を立つ。

「いらっしゃい。なんが足んねえもんでもあったが」

「んだな。じゃ、ナスとキュウリだけ貰うわ」

「はいよ」

野菜を袋に入れる。レジで会計をしているとき、柿田が声を潜めて言った。

「ここらで若者《わけの》が声掛げて回ってるらしい」

「何人。警官け？」

「警官とはちげな、若い男と女二人。どごまで話す」

「どごまでも何もねぇ」

代金を受け取り、野菜の入った袋を手渡した。

「——あれはお狐様の〝呪い〟や。んだべよ？」

「……んだ。間違いね」

「まいど」

店先まで、大野は笑顔で送り出す。また来るわ、と柿田が曲がった腰をいっそう曲げた。

3

車で村のあちこちを回って、二時間ほどが経っただろうか。「ありがとうございました」と頭を下げて、裕人と薫は車へと乗りこんだ。腰を落ち着けた途端、意図せず溜め息が漏れる。

「……警察ってすごいですね」

ぼんやりと、そんなことを呟いた。運転席の薫があははと笑い飛ばす。

「ほんと、びっくりするくらい収穫ないね。ま、仕方ない。詳しいことは透華待ちかなぁ」

そうですね、と裕人は答える。確かに時間は潰せたが、二時間の対価を考えると憂鬱だ。

「――〝呪い〟って、何なんでしょうか」

先刻話を聞いた翁《おきな》もその前の老夫婦も、事件の日のことを尋ねると誰もが口を揃えて「呪いや」としか答えなかった。その先を訊こうものなら、「知らん方がええ」「首さ突っ込むな」とはぐらかされるのだ。中には初めから喧嘩腰の住民までいて、聞き込みは充分に難航していた。

「さあ。でもこれで一つ、はっきりしたことがあるね」

「何ですか？」

「小林さんの死は村の人たちにとって、少なくとも嘆き悲しむことではなかった」

返答に迷う。確かに、住民の語り口はそんな感じだった。まるで「罰が当たったのだから死んでしまうのも無理はない」とでも言うような。

「……小林さんは、何か咎められることをしたんでしょうか」

「だから、今度はそれを聞きに行くんでしょ。いいじゃん。捜査っぽくなってきた」

薫は車を走らせる。住民に教えてもらった通りに道を進むと、やがて交番に到着した。駐車場に入った薫が、あれ、と首を傾げる。

「誰かいるのかな」

裕人も見ると、駐車場には黒のセダンが停まっていた。先客だろうか。でも、どこかで見覚えがあるような……？

考えながら車を降りる。交番のドアを開けて、裕人は小さく「あっ」と漏らした。ようやく心当たりを思い出すと同時に、先客の正体を知ったからだった。

「あ、佐々木じゃん。久しぶり。そっちも聞き込み？」

清姫事件の真相解明に同席していた、寡黙な宗方の相棒。軽々しく呼び捨てにされた佐々木は心底鬱陶しそうに、「お前たちも来ていたのか」と仏頂面の眉間に皺を寄せる。彼の声を聴いたのはこれが初めてだったが、思ったよりも低い声だ。

薫が答える。

「まあね。透華は今宗方さんのとこに行ってる」

「どうでもいい。俺はお前たちを信用していない」

むっと、薫の視線が熱を帯びた。

「はあ？　なにそれ」

「素人が捜査を掻き乱すな。……迷惑だ」

では後ほど、と佐々木が交番の警官に会釈をしてその場を去る。佐々木が行ったのを怒りの眼差しで見送って、「何なのあいつ」と薫が吐き捨てた。

「まあそいに怒らんでも、捜査中の刑事さんはみんな気ぃ立つもんだっぺよ」

先ほど佐々木と話していた警官が薫をなだめる。年齢は五十代後半といったところだろうか。篠原と名乗ったその人物は、「嬢ちゃんら」と二人の顔を順番に見て笑った。

「道にでも迷たんけ思ったけんどが、刑事さんの手伝しとったか。偉いのぉ」

まるで孫をあやすかのような笑顔と口ぶりだ。笑い返して薫は言う。

「そうなんです。私たち頼まれて聞き込みの手伝いをしてるんですけど」

これはまたとんでもない嘘だ。「ちょっとお伺いしたいことがあって。今いいですか？」

「別にかまねよ。おっちゃんに答えられることなら」

「ありがとうございます。あの、亡くなった小林さんって、どういう人だったんですか？」

篠原の表情があからさまに曇る。逡巡するような間を置いて、それから苦笑した。

「……小林か。まあ一言で言えば、クズやな」

「クズ？」

「ああ、クズやあれは。子供ん頃から店のもん盗むわ他の家の子怪我させるわ、年寄りから騙し取った金で勝手に都会行くわで。たまに帰ってきたか思えば、また昭雄さんにたかって金を無心する。ああまでなったらもう病気やな、後から治せるもんでねぇ」

それから篠原は、小林の家庭環境についても簡単に教えてくれた。

小林は母子家庭で育ったが、田村昭雄と血の繋がりがあった。正確には田村の妾《めかけ》の子、ということらしい。小林が村を去ってすぐに、彼の母は病気で亡くなった。恐らく心労が祟ったのだろう。その葬式にも、小林は参列しなかった。

妻の強い反対もあって、田村は小林を法的に養子にはしなかったようだ。しかしその妻が他界してから、田村は何かと小林の面倒を見るようになった。昭雄さんなりの罪滅ぼしだったのかもしれん、と篠原は言う。

「どんなことしても、あれは昭雄さんの息子やからな。村のもん全員、あのバカのことはそれでもちゃんと面倒見とった。……甘やかしすぎたんやな、あれを」

疲れたように、篠原は笑う。くたびれた笑みだった。

なんと返していいのか分からなかった。見ると薫も同じだったようで、三人の間に不透明な沈黙が下りる。すると我に返ったらしい篠原が「んだ」と再び笑顔を見せた。

「こんないしけーおっちゃんが相手してもな。村役場さ行ぐとよがっぺ。小瀧くんには連絡しとくわ」

何か触れられたくない話題でもあるのだろうか。そんなことを、裕人は思った。


言われた通りに村役場に行くと、「どうぞ」と男性が出迎えた。村の住民に比べて随分若い。役場には他に人がいないから、彼が篠原の言う「小瀧くん」らしい。

「小林については、そうですね。昔のイメージもあるので、変わらないな、としか」

「変わらない、というのは？」

「そのままの意味です。昔からやんちゃで、周りに迷惑を掛けてばかりだったから」

聞けば小瀧は進学を機に村を離れていたらしく、その間の小林を知らないのだという。

考え込む素振りを見せた後、思い出したように小瀧は言う。

「そういえば、あいつには連れがいたはずですよ。誰だっけな」

「連れですか」

「そう、たしか吉澤だ。今は警察に聴取を受けていると思う。話を聞けるのはその後かな」

薫が小瀧と話している間、手持ち無沙汰の裕人は壁に掛けられた写真に見入っていた。清流や山の風景、冬の温泉や大きな岩の写真など、観光資源になりそうなものばかりが飾られている。以前はそれらを目当てに訪れる観光客もいたのだろう。

「写真、気になる?」

小瀧に声を掛けられ、ああ、いえ、と裕人は振り返る。

「綺麗だな、と思って」

「そう。それはよかった」

「小瀧さんが撮影したんですか?」

「まあね。だいぶ加工してあるけど」

「えっ」

改めて写真を確認する。注意深く見ても、色彩に不自然さはない。小瀧が笑う。

「二年前まで、そういう仕事をしてたんだよ。それなりに軌道に乗っていたんだけど、『人手不足だから来てくれないか』って昭雄さんに頼み込まれてね。彼女にも無理を言って帰ってきた。そのせいで、今じゃすっかり連絡もつかない。……まったく、何してるのか」

写真を見て、小瀧は目を細める。まるで自らを責めるような口調だった。

興味の対象が変わってしまったらしい。薫が尋ねる。

「喧嘩したんですか？　その、彼女さんと」

「ん？　……ああごめん、ちょっと口が滑った。今のは忘れてほしい」

微笑んで言った小瀧の目は、どこか、寂しそうだった。


夜になり宿に戻ると、「おかえりなさい」と透華が出迎えた。一足先に戻っていたらしい。

「ただいま戻りました」

「遅かったのね。観光は楽しめた？」

薫が顔をしかめる。

「全然。暇だから聞き込みしてきたんだけど、収穫はほとんどゼロ。そっちはどう？」

「資料は貰えたわ。今はそれを読み込んでいるところ」

裕人と薫が近づくと、該当部分を指し示しながら透華は続ける。

「被害者の胸には獣の爪痕のような切り傷があったそうなのだけれど、それは刃物でつけられたもので間違いないみたい。直接の死因は失血、背中から心臓に向けて鋭利な刃物で貫かれている。体には他にも細かな切り傷があったけれど、事件との関連は分からない。そしてこれね」

『死亡推定時刻』と書かれた項目に、透華が指を置いた。「被害者の死亡推定時刻は事件二日前の夜でほとんど固まっている。なのに、多くの住民がそれを否定しているの」

「どういうこと？」

「これを見て」

透華が自身のスマートフォンを差し出す。画面にはどこかの防犯カメラの映像が映し出されていた。どうやらモニターに映されている映像をスマートフォンで撮影したものらしい。

「スーパーの防犯カメラの映像。『葬儀の直前に小林さんを見た』という証言が多数あって、事件当日の映像を確認したらしいのだけれど――本当に小林さんが映っていたの。おかしいでしょう？　小林さんは、この時すでに亡くなっているのに」

亡くなったはずの人間が、防犯カメラに映った？　そんな、ばかな。

これがそう、と透華はひとりの男性を指し示す。男性は陳列棚の前をうろうろと歩いており、電話で誰かと話している――振り返った小林の顔が、はっきりと映像に記録されていた。

「今度こそ間違いなく怪異の仕業ね。こんなこと、現実には起こりようがないもの」

確かに、おかしい。おかしくはある。でも大抵の現象は切り取り方次第でいくらでもおかしくなるものだ。勝ち誇ったように笑みを浮かべる透華に、裕人は尋ねる。

「これ、映像がすり替えられてるってことはないですか？　それか、似ているだけの別人とか」

現実的に考えればそうなる。もしそうでないのなら、検死結果の方がおかしい。

しかし透華はかぶりを振った。

「警察の方も初めそれを疑ったのだけれど、カメラ自体はまだ新しいもので映像の差し替えは難しいみたい。もしやるとしたら相当の技術と、カメラ四台に記録されている一週間分の映像──1TB《テラバイト》の容量をその場ですり替えることになるから、時間も掛かるし現実的じゃないって。それと、映像に映っているのは小林さんで間違いないわ」

「何か証拠が見つかったんですか？」

「いいえ、勘。私の」

なるほど。それは世界一宛にならない勘だ。

裕人は溜め息を吐く。ふと薫に視線を向けると、彼女は映像を冒頭から巻き戻していた。何やら真剣な表情で画面に食いついている。薫が尋ねた。

「……透華、これ本データないの？」

「本データって、防犯カメラの映像？　さすがに借りては来られなかったけれど、宗方さんなら映像を持っていると思う。おかしなところでもあった？」

「……まあ。気のせいならいいんだけど」

そんな煮え切らない返事を残して、その日の活動はひとまず終わった。

4

翌日、朝食を食べ終えると透華は「多分お昼ごろには戻るから」と再び宗方の元へ向かった。

さて今日は何をして時間を潰そうという話になったとき、薫から「ちょっと付き合ってくれない？」と提案された。やはり昨夜の映像が気に掛かっていたようだ。

件のスーパーは住宅地からほど近く、旅館から車で数分の距離にあった。駐車場はそれなりに広いがスーパーと呼ぶには小さく、コンビニよりかろうじて大きいくらいといった印象だ。入口近くに車を停めると、店の中の様子がよく見えた。店主と思しき男性が、レジ台の奥からこちらを覗いていた。

「すみません」

店に入り、薫が男性に呼び掛ける。いらっしゃい、と男性は言った。

「何かお探しですか」

「いえ、そうじゃなくて。あの、この動画について少しお話を伺いたいんですけど——」

防犯カメラの映像を見せる。昨日透華から送ってもらっていたらしい。

「これは、うちのカメラやね。なしてあんたらがこれを？」

「実は私たち、警察にお願いされて捜査の協力をしているんです」

「ほお、若いのに感心するわ。学生みたぐ見えるけんど」

なかなか鋭い。嘘をつきたくないのでただ微笑んでいると、薫が言った。

「よく言われます。もしよろしければ、実物の映像を見せてもらえませんか？」

男性は淡白に答える。「映像なら見せたやろう。データも渡した」

「それが、移植の時に大事な部分が破損しちゃってたみたいで。お願いします、もう一回だけ」

品定めするような視線。ややあって、男性は言った。

「そーいたごとなら、別にかまねよ。店の裏あれごれ見せんのは嫌だけんど、警察の手伝い言われちゃしゃあんめ」

男性は大野と名乗った。裕人の見立て通り彼は店長で、他に従業員はいないらしい。バックヤードに案内されている間にその話を聞いて、「じゃあ今お客さんが来たら大変ですね」と裕人が言うと、「あんたらのおかげでめった来《き》ねから大丈夫《だいじ》だよ」と返された。どうやら警察の対応に思うところがあるらしい。代わりに謝るわけにもいかなくて、裕人は黙り込む。

「ほれ、ここ」

鍵を開けて通されたのは、なんてことはない休憩室だった。机の上に一台のデスクトップPCが置かれており、その隣には端子がむき出しのUSBメモリと大きめのレコーダーが雑に置かれていた。モニターは現在も店の様子を映し出している。聞けば大野は一日のほとんどをレジ台で過ごしているようで、この休憩室はあまり使っていないらしい。

「このＵＳＢは？」

「さっき嬢ちゃんが見せたカメラん映像。なんか一週間でデータが消えるらしくてな、慌てて小林の部分だけそいつに落としたわ。そのパソコンで見れんど」

「失礼ですが、このパソコンの容量ってどれくらいですか？」

「さあなぁ。でもケチって安いの買ったんで、そいに大したもんでねぇ」

「店にあるパソコンはこれだけ？」

「んだ。使い方もよく分からんから、持っててもしゃあんめ」

どした、映像見に来た違うんけ、と大野は言う。見させていただきます、と薫は答えた。

薫はそれから無言で、かぶりつくように映像を見る。気になるところがあれば映像を止め、巻き戻し、また再生しては止めてを繰り返した。そのまま十分ほど時間が流れる。

するとようやく満足したのか、顔を上げて微笑んだ。

「ありがとうございます。これ、この場でもう一回コピーしても？」

「かまね。何ならそれごと持ってってもいいくらいだけんどが、まーた破損だなんだ騒がれでもかなわねかんな」

もう一度お礼を言って、薫が鞄からノートPCを取り出した。読み込みが終わるまで暇になりそうだったので、裕人は大野に尋ねる。

「この防犯カメラって、いつ設置されたんですか？」

「ついこないだだな。一か月か、二か月か」

「じゃあほんとに最近ですね。でもどうして急に？」

「この時期はあのバカが戻ってくっからよ。店のもん手あたり次第盗ってぐもんだから、いい加減警察にもしょっぴいて貰わんとな」

「小林さんですか」

「他に誰もいんめよ」

「はは……ですよね」

それが分からないよそ者だから訊いたのに。いや、むしろよそ者だから強く当たるのか。

何となく話題を変えたくて、「そういえば」と裕人は尋ねる。

「こういうカメラの相場ってどのくらいなんですか？　すみません、勉強不足で」

「んだな。まあ安くして一台五万ぐらいでねえか。四台で二十万だかんな、レコーダーも合わせたらそんなりに高くつく」

それを聞いてか、薫が顔を上げた。「カメラの取り付けはどなたが」

「そんなん業者に決まってっぺよ。俺にはやり方がさっぱり分からんからな」

「そうなんですか。業者さんに頼むと結構取られるんですよね」

「んだな。知り合いっつってもまぁ、取るもんはしっかり取られたわ」

データの移植が終わる頃、急かすように大野は言った。

「したら、もう帰ってくれっけ。ここも鍵閉めたいし、あんたらがいたら落ち着かね」

「その鍵、スペアは」

「ねよ。この鍵は俺がいつも持ち歩ってる。部屋ん鍵を閉め忘れたことも、あんたら以外の部外者を入れたこともねぇ」

「事件当日、大野さんも小林さんが店に来たのを目撃しているんですよね」

「んだよ。その他には誰も来てねぇ。それとあれは事件じゃねぐで、〝呪い〟や。お狐様の」

――お狐様？

その時、こんにちはぁと店の方から声が聞こえた。いらっしゃい、と大野は声を張り上げる。

「婆さんが来ちった。もういがっぺよ。はよ帰れ」

半ば強引にバックヤードから追い出される。先ほど声を投げた老婦人が、冷ややかな視線で裕人たちを見つめていた。

店を出て車に乗る。シートベルトを締めながら、薫は言った。「大野さん、嘘ついてると思う」

「嘘?」

「防犯カメラ。買ったって言ってたけど、短期間なら借りる方が安いんだよ。カメラ二台とレコーダーを合わせて、一か月で五万円くらいだったと思う。小林さんが来る時期が分かってるなら、その月だけレンタルした方が安上がりで済むはず。購入に踏み切ったなら誰か詳しい人でもいるのかと思ったけど、取り付けは業者にお願いしたって――変じゃない?」

そうだろうか。裕人にはよく分からない。

「単にレンタルできるってことを知らなかっただけかもしれませんよ」

「うん、そうかもね。でもカメラだけじゃないんだよ。不自然に思わなかった? 『パソコンの使い方が分からない』って言いながら、USBにはきちんと映像が保存されていた。それも欲しい部分だけ丁寧に。あのPCでそこまで編集できるとは思えない」

そんな、見た目だけで性能が分かるものだろうか。うーん、と裕人は首を傾げる。

「宗方さんたちが、手伝ったんじゃないですか。それか知り合いの業者さんとか」

「警察がそこまでするかな。それに大野さん、『部外者を入れたことはない』って言ってた。あの様子じゃレコーダーを外に持ち出すとも考えにくい。少なくともどっちかは嘘だよ」

それはいくら何でも疑いすぎでは。裕人が言おうとしたとき、スマートフォンが鳴った。メッセージを開く。透華からだった。

「透華さんが旅館に戻ったみたいです。この後どうしますか？」

「とりあえず旅館まで行くから、神前は透華の近くにいて。あたしはこのまま宗方さんのところに行ってくる。少し確認したい」


旅館の前で薫と別れ、裕人は透華と合流する。すると彼女は突然「村役場に行きたい」「案内して」とせがんできて、結局裕人は言われた通りに道案内をするはめになった。車なら数分でも、歩くとなるとそれなりに遠い。

「霧野狐村で有名な怪異、ですか？」

ええ、と真剣に頷く透華の後ろで、裕人は大きくあくびをする。二日分の疲労が、主に足に集中していた。今日もぐっすり眠れそうだ。

小瀧は一度考える素振りを見せた後、「妖狐かな」と呟く。

「狐ですか。そういえば村の名前にも狐がいましたね」

透華が言ったのを聞いて、裕人は大野の言葉を思い出した。

「もしかして、〝お狐様〟ですか？」

「へえ、よく知っているね」

「いえ。さっきそんな話を聞いたので……」

小瀧は笑う。

「村の名前にある野狐というのは、悪さをする狐のことなんだ。この村に伝わるお狐様の伝説がそのまま名前の由来になっているんだけど——後ろの写真を見てごらん」

振り返る。そこには昨日も見た、美しい風景写真が飾られていた。

「しめ縄を巻かれた岩があるだろう？　この村ではその岩を殺生石《せっしょうせき》と呼んでいてね」

「殺生石？」透華が首を傾げる。「那須のものが有名ですよね」

「うん、玉藻の前が化けた岩だね。でもこの村に伝わっているのは別の妖狐の伝説なんだ」

「どんな伝説ですか……っ？」

きらきらと目を輝かせて食いついた透華を見て、「うーん」と小瀧が困ったように笑う。

「まあこのまま立ち話もなんだし、今日は人も来ないだろうから——今から行ってみる？」

そんな成り行きで、いつの間にか裕人は車に揺られていた。

＊

あるところに、孝六《こうろく》という青年が住んでいた。この孝六は大変働き者で顔立ちもよく、男に慕われ女に愛されていた。村の者たちはこの青年を、宝物のように大切に扱った。

ある日孝六が山仕事をしていると、罠に掛かった一匹の狐を見つけた。心の優しい孝六は罠を外し、自らの握り飯と瓢箪《ひょうたん》の水を狐にやった。狐は一度頭を下げ、その場を立ち去る。

その晩、美しい娘が孝六の家を訪ねた。山を越えるには暗くなってしまったから、一晩泊めてほしい。親兄弟が死んで、顔も知らぬ親戚のところへ行くのだと娘は言う。孝六は娘を快く受け入れ、けれど明くる日も明くる日も娘は孝六の元を離れなかった。ある時、娘がこのままここにいてもよいかと尋ねた。孝六は承諾し、二人は夫婦《めおと》になった。

娘と孝六はしばらくの間幸せに暮らしていたが、それを快く思わなかったのは村の女たちだ。どこの娘とも知れぬよそ者が孝六を誑《たぶら》かし、と怒りに震え、孝六が仕事で家を空けたある晩、女衆は決起して娘の寝込みを襲った。刀で切り付けられた娘は狐となり、山へと逃げた。

命からがら逃げおおせた狐はこの姿では孝六に会えないと嘆き、川の清水で身を清めた。再び美しい娘へと変じた狐は孝六の元へ向かうが、待ち伏せていた女衆に斬り殺される。

峠に投げ捨てられた狐の死骸のなんと無残なことか。すると狐の怨念が死骸を大きな岩へと変じ、女衆の魂を一人残らず引きずり込んでしまった――。

5

「――これが霧野狐村に伝わる妖狐伝説。物語ではその後七つの災いが村を苦しめるんだけど、娘を生贄に捧げるとぴたりと止んだそうだよ。生贄の風習は一五〇年くらい前まで続いていたらしい。物語自体は後世の創作だろうけど、峠では実際に若い女性が事故に遭うことも多くてね。そうした背景もあって、殺生石の周りは今も立ち入り禁止なんだ」

もしかしたら妖狐は寂しいのかもしれないね、と小瀧は悲しげに笑った。

頂上に到着し、車から降りて階段を上る。頂上の看板には「霧野狐峠」と記されていた。開けた視界の先、その気になれば跨いで越えられそうなロープの向こう側に、殺生石はあった。

「あんまり近づきすぎないようにね」

後ろから小瀧が注意する。透華と一緒にロープの手前まで近づくと、その大きさに圧倒された。これが全て怨念でできているなんて、冗談にも考えたくはない。

ふと隣を見ると、まさに透華がロープを跨ごうとしているところだった。ほとんど反射的に、裕人は彼女の肩を掴む。「……何してるんですか」

「大丈夫。近づきすぎない。ただ少し感触を確かめに行くだけ。気になるでしょう？　怨念と魂が石化すると何岩《がん》になるのか」

「近づきすぎないって、それもう触る前提じゃないですか。ダメですよ」

「じゃあ写真、せめて写真だけ撮らせて？　大丈夫、少ししか近づかないから——！」

写真を撮って満足げな透華を連れ戻していると、小瀧が手すりの近くで足元を眺めていた。視線の先には、どうやら花が供えられているようだ。事故で亡くなった女性への献花だろうか。

「小瀧さん、それ……」

「……ちょうど去年もここで一人亡くなってね。ここから足を滑らせて川に落ちたらしい。三日後に数キロ先の下流で見つかったんだ。それから僕が、毎月花を交換しに」

「去年、ってことは、」

うん、と静かに頷く。

「よく知っている人だった。笑顔が素敵な人で、潔癖ってくらいに綺麗好きでね。まだ村に来て日が浅かった。殺生石の話はしたことがあったんだけど、あの日どんな思いで彼女がここに来たのかは、僕にも分からない」

ふと、小瀧が空を見上げた。ほんのさっきまでは青かった空も、今ではオレンジ色に染まりつつあった。

「辛いことがあると高いところに行きたくなると言っていた。そこから人や自然を見下ろすのが好きなんだって。……だから、それだけの話なのかもしれない」

高いところ。小瀧の言うそれはきっと、この場所のことではないのだろう。

振り向いて、彼は笑う。その目はやはり、どこか悲しげだった。

「すっかり夕方になっちゃったね。暗くなってきたし、そろそろ戻ろうか」


「――事故、だったんでしょうか」

戻った宿で、そんなことを裕人は呟く。小瀧の表情が妙に頭から離れなくて、結局あれからもずっと考えてしまっていた。

「小瀧さんが言っていた、亡くなった女性の話？」

戻ってからというもの、透華はまたも分厚い和書を広げて怪異の検索に勤しんでいる。本から目を離さない彼女に「はい」と答えて、裕人は居住まいを正した。

「あれから少し考えたんですけど。やっぱり自殺だったんじゃないでしょうか」

「それは、随分思い切った推論ね。どうしてそう思うの？」

どうして、か。答えに少し迷って、結局裕人は口にする。

「殺生石の近くで亡くなった、というのが引っかかるんですよね。女性は小瀧さんから妖狐伝説を聞いていた。だから、殺生石の元で眠れば安らかに死ぬことができると考えたんじゃないでしょうか。でもそうはならなかったから、最後には自ら命を絶った」

言い方を選ばなければ、自殺なんてどこでもできてしまうのだ。でもあの場所で足を滑らせたというのなら、そういう推論も立つ。……と、思う。

「なんて、透華さんの目的とは関係ないですよね。すみません」

一年も前に起こった事故だ。今の事件とは何の関係もない。

しかし意外にも、毅然とした態度で透華はこう告げた。

「いいえ。事故と事件はしっかり繋がっているわ」

「……はい？」

聞き間違いだろうか。彼女は今、何と言った？　事故と事件は繋がっている――まさか。

「もしかして透華さん、もう犯人が分かったんですかっ？」

「ええ、ようやく見つけた」

そんな。いやそうか、そうだった。すっかり忘れていたけど、怪異マニアである以前にこの人は頭がいいんだ。

「教えてください。一体誰が犯人なんですか？」

「神前くん、これを見て」

手招きされるまま透華の和書を覗き込んで、落胆する。まあ、そうだろうなとは思ったけど。

「霧野狐村の妖狐伝説——聞いたことがあるとは思っていたけれど、語り口に若干の違いがあるのね。五十年前に編纂《へんさん》された話だと、妖狐は男性なの。特徴的だったからよく覚えているわ。人を化かし、心に棲みついて死を促す——やっぱりこの事件、妖狐が犯人ね」

「……それは随分、思い切った推論で」

「あのね、よく聞いて？　まず二年前の事故と今回の事件の共通点なのだけれど——」

まだ熱が冷めていないのだろう。熱く語られる妖狐犯人説を適当な相槌で聞き流していると、「ただいまぁ」と薫が戻ってきた。

「おかえりなさい。何か分かった？」

「んー、まあちょっとね。はっきりしたことは言えないけど、何となく」

明日は映像を詳しく解析してみるよ、と薫が笑った時だった。

「——あー、クソッ!!」

玄関の方から怒号が聞こえた。三人ともびくりと肩を揺らして、顔を見合わせる。

裕人がそっと廊下の様子を窺うと、ジャージ姿の男性がどかどかと床を踏みつけながら歩いていた。女将がその後を追いかける。

「吉澤様、他のお客様もいらっしゃいますので……」

「触るな！　こんなクソみてぇな場所懲り懲りだ！」

女将に向かってそう吐き捨て、借りているらしい部屋のドアを叩きつけるように閉めた。

たったの数秒でここまでかというほどに、最悪の印象だった。

「さっきのが吉澤？」

いつの間にか裕人と同じ体勢で廊下を覗いていた薫が言う。「なんかすごい苛立ってるけど」

「今は話を聞けそうにありませんね」

裕人が言うと、同様に廊下を覗いていたらしい透華が口を挟んだ。

「明日宗方さんに訊いてみましょう。あそこまで気が立つのには何か理由があるはず」

ほう、と裕人は感心する。熱があっても、それなりに事件の真相に興味はあるのか。

見ると、透華は目を輝かせていた。

「もしかしたら妖狐を目撃しているかもしれない……！」

「……そっすね」

色んな謎が残ったまま、捜査二日目が終わる。そして三日目の早朝。

犯人が、捕まった。

6

　歓喜の歌――ベートヴェンの交響曲第九番の第四楽章で歌われる歌で、日本では「めでたい歌」として広く認識されている。それくらいの知識は裕人にもあった。

　しかしそれが明け方、もとい寝ているときに大音量で流されると体の芯に訴えかけるような恐怖を覚えるものだ。思わず飛び起きてしまうような類の、原始的な恐怖を。

「……びっくりした」

　冷や汗をかいて飛び起きると、そこは天国でも地獄でもなかった。部屋中に響き渡る音響の出所はすぐに見つかって、布団の上から透華を揺さぶる。

「透華さん、透華さん……電話ですよ」

「……今は寝させて」

　透華は布団を被ったまま離さない。消え入るような声だった。と、唐突に音が止んで静寂が訪れる。というか、なんで着信音が第九なんだ。

　裕人が大きくあくびをしていると再び歓喜の歌の大合唱が始まって、中途半端なところであくびが止まってしまう。代わりに出るべきか逡巡していると、透華ではない手が躊躇なく電話を取った。目をこすりながら「もしもし？」と薫が出て、すぐに顔つきが変わる。

「はい、分かりました……神前、悪いけどすぐ着替えて」

「……どうかしたんですか？」

ぴしゃりと襖を閉められる。寝間着を脱ぐ音に交じって、薫の声が聞こえた。

「犯人、捕まった――昨日の夜自首したって」


車で交番へ向かうと、騒ぎを聞きつけた住人が既に集まっていた。幸い掻き分けるような人の量じゃなくて、裕人と薫は交番から出てきた〝犯人〟の姿を確認する。間違いなかった。

「――篠原さん！」

小瀧の声が聞こえて、項垂れていた篠原が顔を上げた。駆け寄ろうとする小瀧を「マサ坊！」と誰かが呼び止める。腕組みをした大野だった。

「警察の邪魔すんでねぇ。役場に戻れ」

「……でも、」

「戻れ！」

びくりと、小瀧が体を震わせる。その様子を見た篠原は、困ったように笑っていた。それから一度頭を下げて、連れられるまま警察車両に乗り込む。その後ろを宗方が歩いていた。

「宗方さん」

薫が呼んだ。こちらに気づいた宗方が、会釈をして歩み寄る。

「昨晩彼が自首しました。供述通りの場所から凶器が見つかり、今は鑑識の結果待ちです」

それからこれを水無月さんに、と宗方は白い封筒を手渡した。「私は一度、彼と一緒に署へ戻ります。それの扱いにはくれぐれも気を付けてください」

それだけ残して、宗方は車に乗った。篠原を乗せた車が、静かに発車した。


「――起きませんね」

布団の塊は呼吸に応じて穏やかに上下している。すやすやと寝息を立てる透華を一瞥し、「寝かせてやって」と薫が言った。

「ここ最近寝てなかったのよ、透華。一度興奮すると眠れなくなるみたいでね――それより、」

机の上に置いた封筒を凝視する。表には「水無月さんへ」とだけ書かれており、封もされているから開けてしまうと痕跡が残る。透華が見逃すとは思えない。

「どうするよ、これ。あたしらが勝手に見ても大丈夫なの？」

「構わん」

と、背後に立つ佐々木が言った。

「どうせお前らにも知れ渡るんだろう。資料の扱いにだけ細心の注意を払えばいい」

むっと、薫が顔をしかめる。振り返り、背後の大男に食いかかる。

「てか、何でしれっとあんたがいんのよ。なに、暇なの？」

「暇なわけあるか。ただ宗方さんに『残れ』と言われた。本来なら俺も篠原の家宅捜索に回るところだが、お前たちの力になれと言う。『このままでは終わらないかもしれない』と」

あの人の考えは分からない、と続けて零した。警察は日本の中でも特に強固な縦社会らしい。

ふうん、と薫が挑発する。

「あらあらそれはかわいそうに。じゃあ精々頼りにしてるわ、佐々木巡査」

「巡査部長だ、宮下薫」

眉間を揉み、溜め息を吐く。「不服だが、今はいい。それより資料を読み込め」

佐々木が封を切り、中の資料を取り出した。篠原が自首した旨を記したメモの他、事件の流れや聴取の内容などが事細かにまとめられている。また事件とは別に霧野狐村で起きた過去の事件、事故も数件リストアップされている。昨年の死亡事故に赤くマーカーが引かれていた。

「佐々木さん、これは？」

マーカーを指さして裕人が尋ねると、思ったよりも明瞭な答えが返ってくる。

「当時の捜査記録によれば、その事故には二人容疑者がいた。しかしどちらにもアリバイがあり、現場の状況からも足を滑らせた痕跡が見つかったため、不運の事故として処理されたんだ」

「二人の容疑者、ですか」

嫌な予感がする。そして大抵の場合、こういう予感はよく当たるものだ。

佐々木は険しい表情になり、ふう、と息を吐いて先を言った。

「その容疑者というのが、小林と吉澤だ。亡くなったのは宮崎麗子《みやさきれいこ》、当時二十七歳。事故当夜彼らの在宅を証言したのは、先日葬儀が行われた前村長——田村昭雄だった」

雨音が聞こえる。


「吉澤さん。少しよろしいですか？」

吉澤の宿泊する部屋のドアをノックし、佐々木は呼び掛ける。「警察の者です。開けてもらえませんか？」

その言葉に反応してか、ゆっくりと、ドアが開いた。

生気を失ってやつれた顔と、鋭い眼光。しかし心身ともに疲れ果てているのか、そこまで攻撃的な目つきには感じない。吉澤は眉を寄せ、佐々木とその後ろの裕人、薫を順に睨みつける。

「……んだよ。また聴取か？　もう話すことなんてねぇよ」

「いえ、今日はそれとは別件で。少しお時間頂いても？」

「どうでもいいけどよ、俺マジで関係ねぇからいい加減車の鍵返せよ。バイトクビんなったらサツは責任取ってくれんのか？」

「昨年起こった、宮崎麗子さんの滑落事故についてお伺いしたいのですが」

吉澤の悪態を無視して佐々木は宮崎の写真を見せる。吉澤の表情が、明らかに固まった。

「……は？　……知らねえよ」

「吉澤さん、昨年もこの村にいらしてましたよね。その時何をされていたか確認を、」

「知らねえっつってんだろ‼」

宮崎の写真から目を逸らし、途端に激昂した。まるで何かに怯えているようだった。

「お前らのやり口は知ってんだよ！　そうやって意味わかんねえこじつけで逮捕すんだろ！」

「落ち着いてください。我々はお話を伺いたいだけで」

「知らねえ！　そんな女知らねえよ、これでいいだろ‼」

そのまま勢い良くドアを閉め、内鍵を掛けられる。襖を叩きつける音が聞こえた。

「……あれは、話を聞ける感じではなさそうですね」

「何かは隠してるっぽいけどね。ねえ佐々木、この鍵って開けられないの？」

ふう、と佐々木が肩の力を抜く。

「女将さんにマスターキーを借りれば開けられるだろうが、無茶を言うな。それにあの様子では、そこまで有益な情報は期待できないだろう。お前たちに危害を加えられても堪らん」

「へえ、意外と警察っぽいとこもあるじゃん」

「報告する手間が増えるからな」

「警察じゃなかったら引っぱたいてるわ」

言い合いながら外へ出て、黒のセダンに乗る。外からでは分からなかったが、内装はしっかり警察車両だった。移動中も順調に雨脚は強まって、やがて次の目的地に到着する。

「あの事故について、ですか？」

村役場はこの日も閑散としており、相変わらず小瀧以外に人はいなかった。何か思い出せることがあれば、と佐々木は頷く。「当日宮崎さんに変わった様子は？　何か些細なことでも」

「そうですね」

一度考える素振りを見せてから、小瀧は答えた。

「以前もお答えしましたが、特に変わった様子はなかったと思います。……ただ、」

伏せていた視線を上げ、どこか不安そうに、佐々木に尋ねる。

「事故に関しては、あの二人の関与が噂されていましたよね。……警察は捜査したんですか？」

「ええ。捜査の結果、事件性はないと判断しました。事故当夜の峠に他の人物がいた形跡はなく、ご遺体に外傷も見られず、死因も川への落下に伴う出血性ショックと断定されましたので」

佐々木が答えると、小瀧は力なく微笑む。しかしその目は、笑っていなかった。

「そこに、田村さんの証言が乗っかったわけですね。もう一つの証言を抑え込んで」

少し遅れて、その通りです、と佐々木が首肯する。

「事故の直前、峠へ向かって走っていく車を見たという証言は、確かにありました。ですが記憶が曖昧で、聴取の途中に証言を撤回されたそうです。一方で田村さんの証言は明瞭であり、実況見分の結果からも偶発的な事故である、と」

「土砂降りの中を峠に向かうことが偶発的、ですか」

不意に、小瀧が窓の方に目をやる。田畑や住宅地、静かな村の風景が、そこにはあった。

「証言らしい証言が取れないのは仕方ないのかもしれません。この村の人口は今や三十人にも満たない、そのうち僕を除けばほとんどが七十から八十代の高齢者です。田村さんには発言力がありましたし、急死されるまではっきりされた方でしたから」

吉澤は事故についてなんと？　と小瀧が尋ねる。それには裕人が答えた。

「宮崎さんについては、『知らない』って。それ以上は何も教えてくれませんでした。なんだかすごく怒っていて、とても話が聞ける状態ではなくて」

「……そうですか」

小瀧の表情がよく見えない。振り返り、それから無理に笑うように彼は言った。

「沼田のおばあちゃんの家に行ってみてください。きっと当時のことを覚えていると思います」

「——あの晩のことならよぉく覚えてる」

教えられた家を訪ねると、玄関先に出てきた媼《おうな》はしわがれた声で饒舌に語った。

「スリップ音言うんけ、キュルキュルいう音が雨ん中さ交じっで聞こえでぎてな。夜更けになんや思て外さ覗けば、白い大きな車が家ん前に停まっとるわけさ。それもなんちゅうかな、こう斜めんな。したっけが勢《いぎご》いよぐドア閉めで、そんまま勢《いぎご》いよぐ峠さ走ってったわけさ」

「……それが、小林さんと吉澤さんの車だったと？」

「んだ。あんな派手《あくどぃ》なのこの村のは乗らん。道も悪いし、狭くて引っ掛けるからな」

「警察にはどのように」

佐々木の問いに、沼田の媼はしわだらけの顔を更にしかめる。

「今話した通りさ。だけんどが、あんたらはうんうん頷いた思えば、『本当に二人が乗ってたんやな』言いよった。そうは言ってない、白くて大きな車を見ただけや言い直したけんど、『本当に見たんやな』言って何遍も何遍も念を押してくる。そのうち私も歳だがら、見間違いはなかったか言われたらあったかもしれん、私は本当に見たんやろか不安なって、『分からん』答えてしまった。したらそれっきり、家さおっ帰されてそれっきりや」

そこで急に黙り込み、瞑目して先を続ける。

「……麗子さんには悪いことしたんで、あの晩のことはよぉく覚えてる。忘れるわけない。あんとき私が、もっとしっかりしとったら。したら、あの人もまだ浮かばれたやろうに」

「どういうことですか?」

佐々木が尋ねるが、媼《しじみ》は答えない。代わりに、息を吐き出して言った。

「……よそ者さ関係ねぇ。忘れてくろ」

その表情を見て、これ以上情報は得られないと踏んだのだろう。佐々木は「ありがとうございました」と礼を言い、車へ戻ろうとする。裕人と薫も頭を下げ、その後ろに続こうとしたときだった。

「警察言うんは」

と、突然媼が呼び止める。深刻な表情だった。

「警察言うんは、悪人を裁くもんだっぺよ。んだば、何さ善くて何さ悪いかの区別はつくんだっぺ。でもな、あんちゃん。正しいこと言うんは、弱い。損するんはいつも真っ当に生きとるもんだけや。……それはよぉく、肝に銘じとき」

「損をするのは真っ当に生きてる人だけ、か」

佐々木が運転する車の助手席で、薫は呟く。

「あのおばあちゃんは、二人が何かしたって確証を持ってる感じだったけど」

「でも肝心の証拠が上がらなかった。峠には確かにタイヤ痕が見られたが、雨のために事故当日のものとまでは断定できなかったそうだ。疑うのが仕事とはいえ、ないものをあるとは言えない。曖昧な一件の目撃証言だけではアリバイも崩せないし、そもそも他殺の線自体薄かった」

うーん、と薫が唸る。

「事故か、他殺か。そこでも食い違う意見がシュガーレディの猫を生んだってわけね」

「シュガー……なんだ？」

「シュレーディンガーですよ、薫さん」

唐突に猫を抱いた砂糖の貴婦人が出てきて訂正する。なんというか、優雅だ。

先ほどの媼の話を聞いて、佐々木にも何か思うところがあったのかもしれない。独り言でも呟くように、ワイパーの速度を上げた。

「……雨脚が強まってきたな。今日はここまでにしよう」

宿に戻ると、借りている部屋の近くから誰かを呼ぶような声が聞こえた。不審に思って様子を窺うと、吉澤の部屋の前に女将が立っている。

「吉澤様。吉澤様聞こえますか」

「どうかしましたか」

「ああ、刑事さん。それが、先ほどから吉澤様が返事をなさらなくて……」

夕食を運ぶ時間を伺いに来たところ、一向に返事がないという。「代わってください」と佐々木がドアの前に立ち、数回強めにノックをした。

「吉澤さん、いいですか。開けますよ」

「ちょっと私、裏に回って見てみる」

「頼む。……内鍵が掛かってる。マスターキーは？」

佐々木が尋ねると、女将は小さく首を振った。「あれは非常事態に備えてのものですので……」

「吉澤さん。吉澤さん、ドアを開けてもらえませんか」

何をするべきか裕人が判断しかねていると、「佐々木！」と戻ってきた薫が言う。

「窓が開いてた。おかしいよ、外は凄い雨なのに……！」

佐々木が女将を見下ろす。冷静に、彼は言った。「非常事態です。鍵を」

部屋に入ると中は真っ暗で、人の気配はまるでなかった。全開の窓からは雨風が強く吹き付け、ばたばたとカーテンがはためいている。佐々木が外を確認してから窓を閉めると、私物の散乱した部屋に静寂が訪れた。

部屋の状態からも、宿泊費の踏み倒しという雰囲気ではない。そもそも吉澤は車の鍵を持っていないはずだ。考えられる可能性は、そう多くはなかった。

「……！　佐々木さん、これ……！」

足元にそれを見つけて、裕人は血の気が引く。

くたびれたシーツの上に、数滴の赤い斑点。見間違いではなかった。

血痕を確認した佐々木が目を見開く。その時だった。

「——騒がしいようだけれど、何をしているの？」

その場にいる全員が一斉に振り向いた。そして恐らくその全員が、一瞬だけ思考を停止する。

冷静に、佐々木が言った。

「……こちらのセリフだ、水無月透華。お前こそ何をしている」

廊下では羽毛布団の塊が膝を抱え、シーツの隙間から猫のような双眸がこちらを覗いていた。佐々木に言われなければ、透華本人だと気づくのにもう少し時間が掛かっただろう。

言われた透華は落胆したように目を伏せ、「……別に。気にしないで」と小さく零した。

「ただ落ち込んでいるだけ……今回は期待していたから、とても残念だわ」

その言葉を聞いて、佐々木の表情が変わる。

「まさかお前、犯人が分かったのか……⁉」

純白のシーツの怪異は、一度だけこくりと頷いて。

「犯人、妖狐じゃなかった。全部彼の仕業よ――ええと、もしかして急いだ方がいい……？」

7

「――小瀧さん！　小瀧さん、いますか？　開けてください！」

裕人たちが着く頃には、既に村役場は消灯していた。しつこくノックをして繰り返し呼び掛けるも、返る応答はない。ドアも施錠されているようだった。

「……ダメだ、繋がらない」

お掛けになった電話番号は――という女性のアナウンスの途中で佐々木は電話を切る。「小瀧さん！　いたら返事をしてください！」

ふと思い立って、裕人は駐車場を振り返る。そして気づいた。

「佐々木さん！　小瀧さんの車がない！」

「――っ！　乗れ！」

セダンに乗り込むと、車はすぐに発車した。佐々木が運転しながら付近に残っていた警察に応援を呼び掛け、赤色灯を点灯させる。降りしきる雨を掻き分けるように進みながら、佐々木はミラー越しに後部座席を睨んだ。

「説明しろ、水無月透華――なんで分かった？」

それまで瞑目したまま動かなかった透華は、ゆっくりと、瞼を持ち上げる。

「……目が覚めてすぐに、机の上の資料に気づいて目を通したの。そしたら、」

「ちょっと待て。おい神前！　資料の扱いには注意しろって言ったよな⁉」

「ええっ⁉　だってててっきり、佐々木さんが管理するものなんだと……！」

「佐々木だってそんな感じの空気出してたじゃん。あんたも悪いよ」

自前のノートパソコンで映像を解析しながら、薫が冷静に言い放つ。ぐっ……！　と佐々木が歯を食いしばった。「続けて？」と薫が言うと、透華は窓の外を眺めながら小さく頷く。

「丁寧にマーカーが引かれていたから、ちゃんと見落とさなかったわ。昨年霧野狐峠で起こった死亡事故。捜査線上に二人の男性が浮上するも証言に守られ、アリバイを崩すことができなかった。現場や遺体の状態からも事故と断定、その後捜査は打ち切られた。……そして事故から一年が経ち、当時の容疑者の一人が殺害される事件が起こった」

雨音は止まない。木々の鬱蒼と生い茂る山道を、一台のセダンが駆けていく。

そして彼女は静かに語った。相変わらず独りよがりで、けれどどこか冷たい真実を感じさせる、彼女だけの思考実験を。

＊

この事件、一番私の頭を悩ませたのは犯人の狙いだった。目的、というのとは違う。私が疑問に思ったのは、どうして犯人はあんなことをしたのか――つまり、「なぜ死体が動くなんて演出をしたのか」がずっと分からなかったのよ。死んだはずの人間が動き出すだなんて、まるでゾンビかヴァンパイアでしょう。でもそんなことを考えていたおかげで推論が立った。犯人の狙いは、ある人物を恐怖させること――何のことはない、本当にただの演出だったのよ。

棺から聞こえた物音、体に刻まれた獣の爪痕に、直前までは生きていた遺体。そう考えると恐怖演出以外の何物でもないでしょう？　スピーカーを内側に仕込んでおけば「中で暴れる音」を鳴らすことはできるし、指紋は遺体を棺に入れる時につければいい。

人は自然には発生しえない現象に遭遇したとき困惑し、理解が及ばなければ恐怖するわ。そして同時に、理解の及ばない奇怪な現象には何らかの理由をつけたがるもの。だから小林さんの死体が晒されたとき、犯人はすかさず「呪いだ」と呟いた。ある人物の心理を揺さぶり、無意識に「呪い」をすり込ませるために。

もう見当がついていると思うけれど、その標的にされたのが吉澤さん。宗方さんから聴取の記録を見せてもらってから、ずっと違和感があったの。彼の供述によれば事件当日、篠原さんに怒鳴りつけられて、渋々火葬場に向かった。そして目撃者の一人になった。ほら、なんだか偶然にしてはできすぎているでしょう？　まるで事件の方が吉澤さんを待っていたみたいじゃない。初めから犯人の狙いが吉澤さんであったのなら、この偶然は辻褄が合う。

だから私は、密かに篠原さんが犯人かもしれないと思っていた。けれど違ったわ。だって仮に篠原さんが犯人だとしたら、今のタイミングで自首をするメリットがないもの。固執していたはずの吉澤さんは健在で、とても目的を達成したとは考えにくい。仮に共犯者がいたとすれば、篠原さんの自首によってそちらも芋づる式に逮捕される可能性がある。警察官である篠原さんがその可能性を見落とすとは考えにくい。だとすれば、自首によるメリットは一つだけ

――真犯人の擁護。

篠原さんには、自らを犠牲にしてまで守りたい人がいた。共犯者であって、共犯者でない。きっと密接な協力関係ではなくて、犯行を黙認する程度の関係なのでしょう。

小林さんと吉澤さんに深い恨みを抱き、警察官である篠原さんが肩入れしてしまう相手。そこまで辿り着けば、必然的に犯人は絞られる――。

8

「――ちょっと待ってください。それでどうして、小瀧さんになるんですか」

思わず遮った。だって、そうだろう。彼女はさっきから何も具体的なことは言っていない。まるで予め犯人を決め打ちしていたかのような、論理の飛躍を感じる。

透華はきょとんと裕人の顔を見つめて、「何も不思議はないように思うけれど」と首を傾げた。そして思いがけない一言を続ける。

「恋人を自殺に追い込んだ元凶なんて、憎くて当然じゃない」

――恋人？

「こ、恋人って、亡くなった宮崎さんと小瀧さんがですか？　そんな、ありえないですよ」

「知らなかったのか？」驚いたように、佐々木がミラー越しにこちらを一瞥した。「小瀧は当時宮崎麗子と交際していた。だから今日、事故の話を聞きに行ったんだ」

「でも、だって。小瀧さん、『恋人とはもう別れた』って」

「……違う」

タイピングしていた薫の指が止まる。「小瀧さんあの時、『今ではもう連絡がつかない』って言ってた。……そういうことだったの」

　言われて、裕人も思い出す。そして解釈を再検討する。

　――彼女にも無理を言って帰ってきた。

　あれは、「宮崎を巻き込んで帰省したこと」を言っていたのか？　最後に呟いた『何してるのか』は恋人に向けた言葉ではなく、自分自身に向けた言葉だった……？

　そんな、めちゃくちゃだ。あんなの誰だって文脈を読み違えるに決まっている。

　佐々木が訝しむように顔をしかめる。

「それより、自殺に追い込んだ元凶というのはなんだ？　宮崎麗子の件は事故じゃなかったのか。田村昭雄の証言は」

「小林さんは事ある毎にお金を無心するような人でしょう？　田村さんも素直に応じていたということは、脅せば命令に従うような関係だったと容易に推測できる。それに宮崎さんの件が単なる事故なのであれば、こんなに複雑な復讐劇は思いつかない。私はあくまでも、仮説を立てる余地があると踏んで考察しているだけ。根拠なんてない」

　言い切った。確かに彼女が話しているのは単なる「思考実験」だ。可能性や蓋然性の世界に証拠は必要ない。むしろ彼女は、そういったものを後から付け加えているようにも感じる。

　透華は続けた。

「撤回された証言があったでしょう。『男性二人が車で走り去るのを見た』、という証言」

正確には「白い車が走り去るのを見た」という証言だ。警察の解釈と沼田さんの主張が食い違ったことが原因で、後から証言が撤回された。

まるで決められた台本に沿って話を進めているかのように、淡々と透華は告げる。

「それが仮に真実だったとして、二人はなぜ峠に向かったのだと思う？　もしその車に、宮崎さんが乗せられていたら？　――趣味の悪い連想ゲームだわ」

人里離れた田舎。あらゆる音をかき消す雨。暗い夜道を一人で歩く女性――誘拐。

背筋が冷える。

「ただでさえ地元の人からは忌避される峠、ましてや大雨の降る夜中に人の気配はない。そこへ連れていかれた宮崎さんは、二人にいいように遊ばれた――もし、それが真実なら。〝潔癖な〟彼女は、自分を許せると思う？　どんな顔をして恋人に会えばいいの？　……きっと彼女は、自分を責めた。そして雨の中に力強く佇む殺生石を見て、妖狐伝説を思い出すのよ――」

――川で身を清めた狐は美しい娘に変じ、愛する人の元へと向かう。

小瀧から聞いた話だ。彼はそれを、宮崎にも話したと言っていた。

「雨に濡れ放心状態になった彼女は、柵を越えて川を見下ろした。辛いことがあったとき、いつもそうしていたように。そして故意かどうかは判別がつかないけれど、彼女は足を滑らせた

――これが、私の立てた仮説」

ある側面から見れば事故、自殺。別の側面から見れば殺人。

裕人は奥歯を食いしばる。でも、それではまだ足りない。

「……小瀧さんは、何か確証を持っていたってことですか？　小林さんと吉澤さん、二人が犯行に及んだという確証を」

「恐らくは、そうでしょうね。覚えていない？　事故について語ったときの、彼の口調」

言われて思い出す。ほろ苦い微笑。

『あの日どんな思いで彼女がここに来たのかは、僕にも分からない』

彼は、恋人の自殺を暗に仄めかしていたのだ。救えなかった自分を責めながら。

「――解析終わった」

助手席に座っていた薫が、後部座席にパソコンを渡す。スクリーンに映し出されていたのは、例の防犯カメラの映像だった。「再生してみて。すぐに分かる」

言われるまま映像を再生し、二人で画面を覗き込む。違和感は瞭然だった。

映像の左下には、撮影されたときの年、日付、時間がそれぞれ表示されている。しかし一つだけ、妙に目立つ箇所が存在していた。裕人は呟く。

「……日付だけ、解像度が違う」

うん、と薫は言う。

「よく見るとフォントも違う。フィルターを掛けてごまかしてあったんだけど、上手く合成したもんだよね。小林さんが映った映像をベースに、後から日付を上書きしたんだよ。編集した一週間分の映像を予めレコーダーに転送しておけば、警察にそのまま提出できる」

村役場に飾られていた、いくつもの写真を思い出す。そのすべてが美しく加工された、けれどどれ一つとして現実にはない偽りの色彩。

薫の言葉に佐々木が注釈を加える。

「小瀧は帰郷前、東京で映画製作に携わっていた。ＣＧや画像処理の知識はある」

恐怖を煽る死体演出、監視カメラのフェイク映像、復讐。

あらゆる状況が、小瀧の犯行を示唆していた。

「でも、それじゃ……」

——誰も、気づいていないのか？

今の仮説がすべて正しかったとして。今回の事件の根っこには、もっと大きな。

「ええ」

緩く瞑目し、透華が息を吐いた。

「分かっているわ。神前くんの疑問は、きっと正しい。あなたの目にはそれが何より残酷で、論理的でない結論になるのでしょう。でもね」

目を開き、真っ直ぐに前を見つめる。ぞっとするほどに、その横顔は美しかった。

「覚えておいて。人は論理的に行動するわけではない――例え自らが間違っていると知っていても、感情の正しさを優先することもある。貴方はそれを、ただ真っ直ぐに受け止めて」

着くぞ、と佐々木が言った。


駐車場の奥、頂上へと続く階段の手前に、一台の車が停まっていた。遠くから見てもすぐに分かる。裕人は一度、あの車に乗ってここまで来ている。

「……小瀧さんの車だ」

小瀧の車の前方を遮るようにセダンを停め、佐々木が無線で付近の警察に呼び掛けた。

「至急至急、霧野狐峠にて容疑者のものと見られる車を発見。山頂付近に逃走した模様――」

「二人は行って」

と、薫が言った。「あたしは残る。宗方さんにも連絡しないといけないし、万一のために運転できる奴が残っておいた方がいいでしょ」

無線を切り、「ダメだ」と佐々木は言った。

「お前たちは全員残れ。小瀧が何をするか分からない」

「あんたより二人の方がよっぽど説得に向いてると思うけど？」

数秒の沈黙。迷う暇はないとでも言うように、佐々木が勢いよくドアを開けた。こちらを睨む。「二人とも俺の後ろにいろ。邪魔はするな」

裕人は頷いて車を飛び出し、透華もその後に続いた。

階段を上っている途中で、急激に雨脚が弱まった。微細な水滴が大気を満たす。吸った空気の重々しさは、まるで酸素を織り交ぜた水の中のようだった。足を取られないよう階段を駆け上がっていると、頂上の方から悲鳴が聞こえる。野太い絶叫だった。

「……っ！」

上りきり、視界が開ける。辺りを見回す必要もなかった。殺生石のほど近く——献花されている柵の目の前に、小瀧ともう一人の姿があった。

「小瀧さん！」

「来るな‼」

首にナイフを突きつけられた吉澤の姿を見て、裕人は足を止める。息を呑んだ。

「……想像より早かったな。君たちが気づくのは始末が終わってからだと思っていたのに」

吉澤には既にいくつか切り傷があり、シャツのあちこちが血で赤く染まっていた。その傷跡は、小林の遺体の状況とよく似ていた。

吉澤は目を剥き、全身で荒く呼吸している。引きつった表情からは一切の生気を感じない。

「た、助けて……！　助けてくれ——！」

「そこから一歩でも動いたら首の動脈を切り裂く」

気が動転した吉澤とは反対に、酷く落ち着いた口調で小瀧は言った。押し付けられたナイフが皮膚を薄く裂いたらしく、首から僅かに流血する。過呼吸に陥った吉澤は既に顔から血の気が引いていて、体の力がほとんど抜けているようだった。気絶寸前のようにも見える。

「やめろ小瀧。そのナイフを下ろせ」

「刑事さん。なんでこんな奴のこと助けようとするんですか。こんな、生きる価値もないクズのこと。こいつを助ける意味ありますか」

小瀧は口元に笑みを浮かべる。しかしその目は笑っていない。静かに、佐々木は答えた。

「……命は等しく命です。他人が勝手に奪っていいものではない」

「同じことを、この醜い人殺しに言えますか」

強く、ナイフを押し当てる。

「無価値どころじゃない——こいつらは生きているだけで周りに危害を加える。殺すしかないじゃないですか。これ以上不幸を増やさないためにも」

「話を聞く。小瀧、ナイフを下ろせ」

歪な笑みを浮かべた。とうに何かが壊れてしまっているようだった。

「分かってない。分かってないんですよ、刑事さん。貴方の目にはこいつが人間のように映っているんでしょう。哀れな被害者のように見えるんでしょう。でもそれは違う。こいつは人間の皮を被った化け物ですよ。こういう化け物は誰かが始末しないといけないんです。誰かがしっかり息の根を止めてやらないと、こいつはまた人を襲う」

「何もしねぇ！　何もしねぇよ‼　俺は脅されて協力しただけだ！　俺は――」

「黙れ‼」

絶叫が上がる。小瀧が吉澤の胸を切りつけたからだった。切り口から血が滴る。傷口は横一文字に、まるで獣に裂かれたかのような跡を残した。でも浅い。どうやら殺さないように加減をしているようだった。

「嘘をつくな。次同じことを言ったら指を一本ずつ切断するからな」

吉澤が嗚咽を漏らす。恐怖と痛みで体の痙攣が止まらないようだった。怒りが収まらないのか、小瀧は目をぎらつかせたままこちらに向かって言う。

「警察は碌な捜査をしなかった。たいして調べもしないままこの犯罪者を野放しにした。こいつらが何をしたか知らないでしょう？　どれだけいかれてるか知らないでしょう？　こいつらは一年前のあの日、麗子を攫ってレイプした。それを苦にして麗子は死んだ。でもそれだけじゃないんですよ。麗子の死が事故で処理されて四十九日を迎えたその日、役場宛にメールが届いた。中には動画ファイルが添付されていました。どんな動画だと思います？」

息が、詰まる。今にも泣きだしてしまいそうな、危うい笑み。

「一部始終が映っていましたよ。ボイスチェンジャーで声を変えられていましたが、犯人はすぐに分かりました。彼女の悲鳴に笑って、嬲《なぶ》って、一通り蹂躙したら雨の中に放り出すんです。ね？　いかれてるでしょう？　こいつらが化け物だって言った理由が、よく分かったでしょう？　あれから一年、僕の時間は止まったままなんです。このゴミをゴミのように扱って、絶望の底に叩きつけて、苦痛の中でじっくり死んでもらわないと僕は前に進めないんですよ」

「――映像が、残っているのか」

佐々木の表情が引き締まる。

「警察に提出してください。再捜査すれば吉澤を起訴できる。ここで殺す必要はない」

「証拠が見つからなかったら？　僕が捕まって、こいつがまた野放しになるだけだ。遅いんですよ、何もかも。警察は役に立たなかった、無力だった。……これは、その結果でしょう？」

小瀧が笑みを隠し、ナイフを握りなおす。吉澤から情けない悲鳴が漏れた。

「嫌だ、嫌だぁぁあ！」

「やめろ！　考え直せ小瀧！」

小瀧は答えない。代わりに、彼の独白は続く。

「……何度も、思い出すんです。あの時僕が帰省するなんて言わなければ。あの夜、仕事なんて放っておいて一緒にアパートに帰っていれば――」

ぞっと、殺気を感じる。目を見て分かった。あれは――本気だ。

「あああぁぁぁああ‼」

「小瀧！」

「――小瀧さん」

凛とした声音に驚いて振り返る。言ったのは、それまで沈黙を貫いていた透華だった。

小瀧が目だけをこちらに向ける。透華は半歩、前に歩み出た。

「今、貴方の前には二つの選択肢がある。彼らがしたのと同じように弱者を蹂躙し、一方的に命を奪うか。それともこの場で彼を赦《ゆる》し、自らの罪と向き合って生きていくか。……貴方は、どうしたい？」

それを聞いて、小瀧の動きが止まる。その隙を見逃さず、裕人も続いた。

「小瀧さん、自首してください！　きっと宮崎さんもこんなことしてほしくないはずですよ！　罪を償って、宮崎さんの分まで生きてください！」

「………………」

不意に、殺気が消える。しかし小瀧は俯いていて、その表情はよく見えない。

「もう一度だけ訊く」

と、小瀧が言った。

吉澤は咽び泣きながらも、ゆっくりと背後の小瀧を振り返った。小瀧は静かに、初めと同じく落ち着いた口調で先を続ける。

「……これが最後のチャンスだ。麗子を攫い、犯し、その様子を撮影したのはお前か？」

咄嗟には答えない。吉澤は目を泳がせ逡巡し、ただ荒く呼吸している。最善の答えを模索しているようにも、死の恐怖に怯えているだけのようにも見えた。しかしやがて、小刻みに頷く。

「あ、ああ、ああ、そうだ。でも俺は借金をネタに脅されて、仕方なくやったんだ！　悪いことをしたと思ってるよ！　でも、俺は……！」

「――そうか」

小瀧が遮る。そしてゆっくりと顔を上げ、その時ようやく彼の表情を確認できた。

彼は、笑っていた。

その笑みを見て、裕人は総身の筋肉が一斉に強張《こわば》るのを感じる。口元に浮かぶ微笑。けれどその目は、まるで狂気の――。

「――小瀧ッ!!」

気づいて佐々木が駆けだす。だが遅かった。

吉澤の鳩尾《みぞおち》には深々と、ナイフの刃が突き刺さっていた。


「――吉澤！　しっかりしろ、吉澤!!」

佐々木の声で、遠のいていた裕人の意識が引き戻される。気づけば小瀧は後ろ手に手錠を掛けられ、しっかりと目を開けたまま地面に横たわっていた。恐らくあの後すぐに組み伏せられ、そのまま拘束されたのだろう。

「吉澤！　吉澤――」

小瀧の視線の先に、吉澤がいた。体の中心にナイフが刺さったまま仰向けに倒れ、がくがくと全身を痙攣させている。呼吸が荒く、佐々木の呼び掛けにも反応はなかった。傷口にハンカチを押し当てているが、流血が止まらない。手当のために裕人が駆け寄ろうとすると、「来るな！」と佐々木が制して足を止めた。恐らく不用意に吉澤を触らせないためだろう。

横たわったまま目を見開き、一瞬たりとも吉澤から目を逸らさずに、小瀧は言う。

「ナイフは抜かない方がいいですよ。血が噴き出して死ぬのが早まるだけです。……病院までは車で一時間ほどかかります。静脈を狙って血を抜いておいたので、まず助かりません。それならせめて苦しんで、この世に生まれてきたことを後悔しながら死んでもらわないと」

「吉澤、吉澤……！」

佐々木が必死に呼び掛けるが、吉澤はもう息をしていなかった。緩やかに、彼の周りに血溜まりが拡がっていく。吉澤の脈を確認し、佐々木は俯いた。彼は、震えていた。

「……罪を償わせることも、更生の機会すら与えないまま命を奪うなんて……こんなこと、間違ってる」

「……刑事さん。貴方は根本的に間違えています」

吉澤の死を見届けてゆっくりと立ち上がり。やはり悲しげに、小瀧は笑った。

「――償いの利く罪なんて、ありません」

サイレンの音が近づいてくる。全てが終わってようやく、応援が駆け付けたらしい。

「これでやっと、僕は先に進めます。刑事さんのおかげです。ありがとうございました」

深々と頭を下げる小瀧に、佐々木は何も返さなかった。

やがて小瀧は到着した警察に連行され、病院へと搬送された吉澤は死亡が確認された。

9

宗方に呼ばれて、裕人は駅近くの雑居ビルを訪れていた。プレイカフェ。その名の通り、クラシックなボードゲームやカードゲームをプレイできるのが売りのカフェらしい。

「小瀧の逮捕を受けて、篠原が口を割りました」

と、チェスをプレイしながら宗方は言った。序盤なので、特に考えずにポーンを動かす。

「送られてきた動画について小瀧から相談を受け、篠原の方から警察に持ち込むよう提案したそうです。しかし警察署に足を運ぶたび風当たりが強くなり、『ポルノ映像を持ち込むいかれた奴を署に入れるな』と上層の人間に苦言を呈され、『もうやめにしよう』と口走ったと泣きながら、彼は語ったそうだ。

警察官でありながら、篠原は小瀧の力になれなかった。全くの無力だった。以来、小瀧は熱心に二人の殺害計画を立て始めた。警察に捕まらないことではなく、いかにして二人に苦痛を与えるか、いかに絶望させるかに注力していたという。期せずしてその計画を知ってしまった篠原は、しかし彼を止めることができなかった。

少し離れた席から、男性客の歓声が聞こえる。宗方は平淡に、その先を続けた。

「吉澤に小林の死体を見せた例の演出は、吉澤の自白を促すためのものだった。それが最後のチャンスのつもりだった。しかし想定通りに吉澤は口を割らず、計画は進行した。……当初の計画では、吉澤を生きたまま火葬する手筈だったそうです。しかし思いの外捜査の進展が早かったために、焦りを感じた篠原が自首することで捜査を妨害した。

防犯カメラの映像工作も、こちらの妨害のためでした。宮下さんのご指摘にあった通り、大野は自身でカメラを購入していなかった。カメラの購入、設置はすべて小瀧が行い、彼が映像を改ざんする様子を大野は後ろで見ていたそうです」

「……そうですか」

白と黒の盤を眺め続ける裕人の顔を、宗方は観察でもするかのように一時《いっとき》見つめる。「神前さんは既にお気づきでしょうが」と前置いて、ビショップを動かした。

「小林の死体遺棄と吉澤の拉致、加えて防犯カメラ映像の改ざん、事件直前まで小林が生きていたとする虚偽の証言。これらはすべて、小瀧や篠原、大野だけでごまかしの利くものではありません――村の全住民が被疑者となった今回の事件を、警察は重く受け止めています」

そうだ。初めから、今回の事件に救いはなかった。

小林の遺体を棺に入れて保管するには、斎場職員の。映像を上書きするには大野の。吉澤の拉致、拘束には旅館の女将の。証言一つを取ったって、住民の協力は欠かせない。

あれはただの殺人ではなかった。村全体が協力して一つとなり、容認した殺人なのだ。

『正しいこと言うんは、弱い』

溜め息でも吐くような、しわがれた媼の言葉を思い出す。村の住民は決して、自分たちの行いを隠そうとはしなかった。

また一つ、ポーンを前に出して、裕人は尋ねる。

「……住民の皆さんは、やっぱり逮捕されるんでしょうか」

宗方はアイスコーヒーを一口飲む。それからゆっくり、息を吐いた。

「我々のような公的権力は、須らく正しくあるべきです。それを失ってしまえば民間人を逮捕することはおろか、法律を行使することもできなくなってしまう。法律という正しさは、我々警察の規範です。例外はやがて前例となり、前例は次の例外を生む。線引きが曖昧になる。それは我々の従うところの正しさではありません。正しさとは、常に厳格であるべきです」

宗方がルークを動かし、ポーンを取った。誰がどう見ても、裕人に不利な盤面だった。

「殺人幇助も犯人蔵匿も、日本の法律では犯罪です。法にそう認められている限り、我々はそれを容認するわけにはいきません」

その通りだ、と裕人は思う。命が等しく命であるように、罪もまた等しく罪であるべきだろう。そう厳格に定めなければ、際限なく「例外」が生まれてしまう。正しさが揺らいでしまう。

裕人が次の一手を考えていると、「神前さん」と宗方が呼んだ。裕人は顔を上げる。

彼は、疲れたように笑っていた。

「職業柄、基本的に私は事件やその犯人に肩入れをしません。感情はときに正常な判断を鈍らせ、取り返しのつかない過ちを招きます。しかしこうも思うのです。感情を殺して厳格なルールに縛られる我々は、機械と何ら変わらないのではないかと」

哲学的ゾンビ。そう言って、宗方は微笑む。

「水無月さんに言わせれば、私はそういう状態らしいです。感情がなく、心がなく、しかし他の人間と同じ反応、言動をとる。傍から見れば人間と見分けはつかないが、心がない。ただ人間と同じように振る舞っているだけ――我々警察は、本来そうあるべきなのかもしれません」

さて、と宗方が立ち上がった。チェスは結局、裕人の惨敗だった。

「行くんですか？」

「ええ、丁度到着したようなので。今日の私はただの顔繋ぎです。仲良くしてやって下さい」

笑って立ち去る宗方を見送っていると、入れ替わりに別の人物がやってきた。少し意外な相手だった。

「佐々木さん」

裕人が呼び掛けると、どこか居心地が悪そうに佐々木は座る。そして席に腰を落ち着けるや否や、単刀直入に彼は言った。

「小瀧からお前に伝言がある」

「伝言？」

佐々木は頷く。注文を取りに来た店員に「アイスティーを一つ」とだけ頼んで、店員が立ち去ったのを確認してから内容を伝えた。

「『死んだ人間のために生き続けるなんてごめんだ』と。……それが、お前の言葉に対する答えらしい」

――宮崎さんの分まで生きてください。

「……そうですか」

裕人は曖昧に微笑む。あの時咄嗟に口をついて出た言葉は、小瀧にとっては酷く滑稽に聞こえたのかもしれない。『誰かの分まで生きろ』なんて無責任なセリフを、今生きている人間に言われたくはないだろう。

カフェのメニューを開き、佐々木が一つ、咳払いをする。

「今日はそれだけを伝えに来た。謝礼や贈与はできないが、飲食代くらいは出そう」

「え、いやいいですよ」

「黙って奢られておけ。友人の食事代を受け持つだけだ、金銭の受け渡しはない」

まったく最後まで警察らしい……と、一拍置いてからある言葉が引っかかった。

「友人?」

「聞き流せ。お前はいちいち細かすぎる」

「え、佐々木さんには言われたくないな」

「放っておけ。……それと、」

不意に佐々木が言い淀んで、裕人は首を傾げる。意を決したように、彼は言った。

「水無月透華だが」

何か不穏な空気を察する。透華が、なんだ？

「今回の件を通して、なぜ宗方さんが彼女にこだわるのか、分かった気がした」

「……どういうことですか？」

そのまま黙って先を待っていると、店員がアイスティーを運んできた。それが去った後で、佐々木は重々しく口を開く。

「小瀧は小林と吉澤のことを、人間の皮を被った化け物、と言っていたな。それと似たようなものを感じるんだ」

「透華さんから、ですか」

ああ、と佐々木は答えて口を閉ざす。先の続け方に困っているようだった。

アイスティーを一口飲んで、佐々木は言う。

「心の内側に、何か大きくて黒いものが巣食っている。宗方さんが彼女を気に掛けるのは、それがいつ肥大するのか分からないからなのかもしれない――水無月が向こう側へ行くことを、恐れているのかもしれない」

それから佐々木は、ひと息にアイスティーを飲み干した。氷のたくさん残ったグラスを机に置いて、真剣な眼差しを裕人に向ける。

「見張っておけ、とは言わん。ただ、ちゃんと見てやれ。俺からはそれだけだ」

伝票の下に五千円札を挟んで立ちあがる。去り際、佐々木はふと足を止めて呟いた。

「……今回の件、君たちに感謝している。水無月と宮下にも、そう伝えておいてくれ」

向こう側。その言葉が妙に、裕人の頭から離れてくれなかった。


佐々木と別れた後、その足で裕人は大学に戻った。相変わらず不気味な水崎会館の三階、怪異研究会と書かれた紙の上から扉を二回、ノックする。

「神前です。いいですか？」

どうぞ、と中から声が聞こえてドアを開けた、次の瞬間。

――パァン！

「ぅひっ⁉」

突然大きな破裂音と派手な色が出迎えて腰を抜かしかけた。落ち着いてから見ると、透華と薫の手にはクラッカーが握られていた。状況を把握しきれず、固まったまま裕人は尋ねる。

「……何のドッキリですか？」

「何って……神前くんの歓迎会だけれど」

「歓迎会って……前に一回、やりましたよね？」

笑みを引きつらせる裕人に「ごめんね」と薫が苦笑した。

「透華って変なこだわり強くてさ。『クラッカーがなきゃ歓迎会とは言えない』って聞かなくて」

「……もしかして、今日二人が宗方さんの誘いを断ったのって」

「だからまあ、それも含めてごめんってことで。ほら、座って座って。宗方さんから色々聞いてきたんでしょ？　聞かせてよ」

二度目の歓迎会が始まって早々、話題は血生臭い殺人事件の真相についてだ。宗方から聞いたこと、佐々木からの感謝の言葉も形を変えずに、そのまま二人に伝えた。

所々相槌を打つ薫に対して、透華はやけに静かだった。神妙な顔つきで何かを考えているらしい。やがてぽつりと、彼女は呟く。

「やっぱり、妖狐は男性だったのかもしれないわね」

どこからどうしてそうなったのだろう。裕人の疑問に答えるように、透華は微笑んで続ける。

「だって、変でしょう。女衆が刀を持ち出すのは。普段からその扱いに慣れている訳ではないし、包丁や簪《かんざし》、そうでなければ農具を持ち出す方が自然だわ。それでも刀を選んだのは、妖狐を斬り殺す必要があったからよ。霧野狐村の語源は野弧を斬ったことだもの」

薫がスナック菓子をつまみながら言った。

「まあ確かに、女の人にしてはちょっと短絡的な感じはするけどね。昔話の類だったら、女衆が陰でいじめるっていう方がしっくりくる。陰湿な感じで」

「そうね。となれば、刀を持つのはやっぱり男性の方が自然。追われるのは男狐《おぎつね》であるべきだわ。『村一番の働き者を誑かす女狐を退治する』ではなくて、『村一番の美女を誑かす妖狐を退治する』方が、話としての筋が通る」

「……えっと、それは何か大事なことなんですか？」

裕人が口を挟むと、もちろん、と透華は答えた。

「今回の事件、どうして小瀧さんは『呪い』という表現をしたと思う？」

「それは、吉澤さんに罪の意識を自覚させるため、ですよね」

「恐らくは。でもそれだけなら、何も『呪い』に拘る必要はないでしょう。恐怖演出にしたって、なんだか婉曲的な気がしない？」

「だから、妖狐伝説っていう具体的なストーリーの力を借りたんじゃないですか？　その方が『呪い』の説得力も増しますし――」

そこまで言って気が付いた。そうだ。真に『呪い』を恐怖するのであれば、〝お狐様〟のストーリーは欠かせない。でも村の出身でない吉澤は、妖狐伝説を知っていたか……？

透華は微笑む。

「妖狐に誘《いざな》われたのは宮崎さんではなくて、小瀧さんだったのかもしれない。身勝手な男たちに切り伏せられた妖狐の亡霊が、小瀧さんと自らの境遇を重ねた。そんなふうにも考えらない？」

ふと、連行される寸前の小瀧の様子を思い出す。

記憶の中で、透華が小瀧を呼び止めた。彼女は尋ねる。

『その選択に、後悔はない？』

そのとき小瀧は、まるで憑き物でも落ちたかのように笑った。笑って、こう言ったのだ。

『彼女を失った以上の後悔なんて、ありません』

愛する者を奪われた妖狐。もしかしたら本当に、小瀧の心には怪異が棲みついていたのかもしれない。復讐に囚われ、ただ相手を〝死〟へと誘《いざな》い続ける怪異が。

そんなことを思いながら、裕人は透華を見つめる。彼女は既に別のことに興味が向いているらしく、薫を相手に何やら熱弁を振るっていた。

——心の内に棲む怪異、か。

ちゃんと見てやれ。佐々木の言葉を反芻する。

「神前くん」

呼ばれて、裕人は意識を引き戻す。透華がこちらを見つめていた。

「大丈夫？　何か悩み事？」

「……いえ。大丈夫です」

小さくかぶりを振って、裕人は笑う。

「改めて、よろしくお願いします。透華さん」

目を逸らさず、しっかり見ていよう。観測している限り、透華の未来に重ね合わせは存在しない。もし仮に道を踏み間違えたときは、手を引いて連れ戻せばいい。

彼女は、箱の中で眠る猫ではないのだから。

一瞬驚いたような表情を浮かべて、透華はふわりと微笑んだ。

「うん、よろしく――改めてようこそ、怪研へ」

三話

中国語の部屋

津崎陽哉《つざきはるや》の遺体が見つかったのは、午前五時を少し過ぎた頃だった。

きっかけは匿名の通報だ。指令室から連絡を受けた交番勤務員がマンションの大家に連絡、呼びかけにも反応がなかったため部屋を確認したところ、ベッドに横たわる津崎を発見した。その後搬送先の病院で死亡が確認されたが、発見時すでに脈はなかったという。

「現在死因の特定を急いでいますが、遺体に目立った外傷はなく、着衣にも乱れはなかったそうです。他殺の線は薄いでしょう」

佐々木が言うのを聞き流して、遺体が発見されたベッドの前で宗方は考え込む。それから短く尋ねた。「遺書は?」

「今のところそれらしいものは見つかっていません。ただ――」

不意に途切れた言葉の続きを追って、佐々木を見る。彼は、どこか渋い表情をしていた。

それだけで十分だった。

「何か別のものが見つかったんですね？」

「……はい。これなんですが」

溜め息混じりに、佐々木が机に置かれたノートＰＣをこちらへ向ける。前屈みにモニターを覗き込んで、「なるほど」と宗方は眼鏡を掛け直した。

「聞きそびれていましたが、匿名通報の内容はなんと？」

顔をしかめたまま、佐々木は手帳へと目線を落とす。そして言った。

「――『知人が呪い殺されたかもしれない』、と」

まあ、そんなとこだろう。姿勢を起こして、宗方は呟く。

「厄介ですね」

口調とは裏腹に、その口元には薄く笑みが浮かんでいた。

持ち主を失ったＰＣのモニターには、メールが映し出されている。

『これより七日の後に、貴方は生涯を終えるでしょう。祈りを忘れずに、悔いのなきようお過ごしください』

1

「なぁ裕人。実際水無月先輩ってどうなん？」

終業のチャイムが鳴り、がやがやと騒がしくなった講義室。その喧騒の隙間を縫って、友人の松田がそんなふうに尋ねてきた。

「どうって、何が？」

「いや、なんか俺変な噂しか聞いたことないからさ。同じサークルなんだろ？　実際のとこどうなんかなって」

「んー……？」

返答に困る。松田がどの噂をどんなふうに聞いたのかはわからないが、あまり気分のいい話題ではない。とりあえず、当たり障りのない回答でごまかしておく。

「別に、割と常識的な人だとは思うよ？　確かにちょっと、……結構、ズレてるとこもあるけど。噂されてるような奇行みたいなのは、……少ししかないし」

椅子に座ってぼーっと虚空を眺めたりだとか、砂糖の容器にコーヒーを注いだりだとか、ぶつぶつと何かを呟いた後にこの世の終わりのような落ち込み方をしたりだとか。構内で目撃された彼女の奇行の数々は裕人の耳にも届いている。そして残念なことに、それらの多くは概ね正しいものだから、裕人には否定のしようがない。

そう思って濁したのだが、どうやら松田が知りたいのはそんなことではないらしかった。

「ばっか、それは天然キャラだろ？　そっちはいいんだよ別に。問題は本当に美人なのかってこと。写真とか持ってねぇの？」

あー、と裕人は白けた視線で友人を見つめる。そういえばこいつはこういう奴だった。

色々とバカバカしくなって、教科書を片付けながら適当に答える。

「写真は、持ってないな。でも綺麗な人だよ」

「へー。彼氏とかいるんかな」

「さあ、どうだろうね」

こういう会話は苦手だ。さっさと切り上げるために、直接急所を狙い撃つことにする。

「ま、少なくとも松田は相手にされないと思うけど」

「ひでぇ!?　俺まだ何も言ってないのに？」

「下心くらい分かるよ。松田ってなんかこう……顔立ちが変態っぽいし」

「よし、一旦俺の両親に謝罪してもらっていいか？」

「おーい」

こつん、と後ろから松田の頭が小突かれる。裕也だった。

「お兄さん、うちの連れにあんまりちょっかい掛けないでもらえます？　奥手なんでそういうの苦手なんですよ」

「あれ、なんか俺知らないうちにナンパして、しかも失敗してる？」

ふ、と思わず笑う。裕也は時々、こういうさりげないフォローをする。そういうところが、彼に友人が多い理由のひとつなのだろう。

二人の漫才のようなやり取りを横目に、じゃ、と裕人は軽く右手を上げた。

「この後も呼ばれてるから、ちょっと行ってくる。またね」

えー？　と不満そうに松田が言う。

「いいなぁ。俺も見てみたいなぁ、水無月先輩。写真ないなら後で会わせてくれよ。偶然ばったりみたいな感じでさ」

「うーん、松田はなんか嫌」

「ふわっとはっきりした拒絶やめろ？　哀れな童貞に希望くらい持たせてくれよ」

そう言われても、これっぽっちも会わせたくないのだから仕方ない。はっきりした理由はないけど、なんか嫌だ。

考えた挙げ句、トドメのつもりで裕人は告げた。

「裕也なら別にいいんだけどなぁ。松田は、ぅん」

「分かった、もう分かった。そんじゃ裕也に写真撮ってきてもらうわ。それならいいだろ？」

釈然としない。よくはない気がするが、裕人が決めることでもないだろう。

「まあ、本人に許可取ればいいんじゃない？　盗撮とかじゃなければ」

「よっしゃ。じゃ、裕也。後のことは任せた」

「冷静になんでだよ？」

突っ込みながら、「ま、そのうちな」と裕也は肩をすくめた。


「失礼します」

裕人がサークル室に入ると、透華はもうソファにいた。机の上には分厚い本が散乱している。また何か、調べ物に熱中しているのだろう。よくあることだし、最近は特に気にもならなくなってきた。

「こんにちは、神前くん」

こちらを振り向きもせずに、透華は言う。見たところ薫はまだ来ていないようだ。「こんにちは」と返しながら、ふと目に留まって裕人は尋ねた。

「あれ、なんか珍しいですね。今日は本じゃないんですか？」

透華が真剣な表情で睨んでいるのは、本ではなくスマートフォンだった。それなら机の上に散らかった本は何だと訊きたくなるが、きっと途中で調べ物の舞台をインターネットに移し、そのままウィキの巡回でも始めてしまったのだろう。学生の間では割りとよくある光景だ。そうやって知識欲を満たしている間は気持ちいいけど、満足して切り上げる頃になると、結局自分が何を調べていたのか忘れていたりするんだよなぁ。分かる分かる。

そんな感じで頷きながらひとり納得していると、「ええ、まあ」と空返事を返された。なんだ？いつもの透華らしくない。何となく気になって、マグカップを取りに行く素振りで後ろから画面を覗き見ると、どうやら誰かとチャットをしているようだった。

――彼氏とかいるんかな。

どくん、と心臓に嫌な感覚が走る。

いや、まさか。ないない、透華に限ってありえないだろう。これまでそんな素振りはなかったし。というか、いても別におかしくないのでは？　大学生だし年上だし、美人だし――。

「ところで、神前くん」

「はい、なんでしょう!?」

不意に呼ばれ、小さく飛び跳ねる。危ない、心臓が止まったかと思った。振り返った透華が、何か不思議なものでも見るような目つきで「どうしたの？」と小首を傾げる。「いや、何でもないです」と胸に溜まった息を吐き出した。

「あの、ごめんなさい。反省してます。なんですか？」

「どうして謝られたのかが分からないけれど。神前くんは、『シンギュラリティ』という言葉を聞いたことはある？」

シンギュラリティ？　なんだろう、最近どこかで聞いたような気もするが……。

「ああ。技術的特異点、でしたっけ。丁度この前情報の授業で話題に上がりました」

確か、人間と人工知能の臨界点を指す言葉だったと記憶している。人工知能の知性が、人類のそれを上回る際の転換点。そこを越えれば、加速度的に人工知能の強化が進むという。

うん、と透華が頷いた。

「そう、そのシンギュラリティ。神前くんは、何を以てすれば『ＡＩが人類の知性を超えた』と言えると思う？」

いきなりなんだ、藪から棒に――と思ったが、勝手に端末の画面を覗いた罪悪感がある手前、一応真剣に考える姿勢を見せておく。それっぽい解答を用意して、裕人は答えた。

「えっと、そうですね。自発的に成長できるようになったら、とかじゃないですか？」

「自発的に成長？」

うーん、と頬をかく。正直あまり深く考えていないので、とりあえず話しながら適当に形を整えていくことにする。

「ＡＩって、知識量だけで言ったら人間なんてとっくに超えていますよね。それでも自分自身を構成するプログラムだけは、人間に作ってもらうしかない。逆に言えば、それさえ乗り越えてしまったら、あとは自分で勝手に成長していくと思うんですよ。際限なく成長できるという見込みが立った時点で、人間の管理下に置いておくのは難しいんじゃないですか？」

案外それっぽくなった。まあ、ほとんどが情報の先生からの受け売りだから当たり前だろう。実際、最近ではプログラミングのサポートをするＡＩも出てきたというし、技術的にまるきり不可能、というわけでもないはずだ。

ふうん、と何かを考え込むような素振りを見せる透華に、気になって尋ねる。

「でも、どうして急に？　何か気になることでもあったんですか？」

「まあ、そうね。それに、ちょうど今も話していたところだったから」

言って、自身のスマートフォンをこちらに差し出した。恐る恐る受け取り、画面を見る。

「……これ、対話型ＡＩってやつですか？」

画面には、簡潔な質問とそれに対する回答がつらつらと並んでいる。なんだか相手のいない壁打ちみたいな、眺めていて悲しくなるような履歴ばかりが残っていた。

「そう。昨日から少しずつ質問してみたのだけれど、ちょっとびっくりして。最近のＡＩって賢いのね。質問には数秒以内に回答があるし、これなら人類の知性を追い越す日も近いのかもしれない」

そういうボットは割と前からあったし、そもそもこれでは対話というより一問一答だ。スマートフォンを返しながら、きらきらと目を輝かせる透華に裕人は苦笑する。

「このやり取りで知性を感じるのも凄いですけど……。透華さんはどうなんですか？」

「どうって？」

「シンギュラリティについて。『人類の知性を超える』条件は、何だと思います？」

ああ、と真面目な顔つきに戻る。少し考えてから、透華は答えた。

「私は、『感情を持つようになったら』だと思う」

「感情って、ＡＩがですか」

「うん。神前くん、中国語の部屋という思考実験に聞き覚えは？」

中国語の部屋？　なんだそれ。英会話教室の親戚か？

「いや、ないですね。有名なんですか？」

尋ねると、どこか嬉しそうに透華は解説を始めた。

「『中国語の部屋』は『チューリングテスト』を発展させた思考実験で、大きく三つの分野で議論されているの。心の哲学、言語哲学、それから人工知能の哲学ね。帰結する論点の表現に若干の違いはあるけれど、どの分野においても本質的な問いは共通している。端的に言えば、『意味を伴わない機能に意味はない』、という話」

まず、部屋の中に英語しか理解できない人物――例えば英国人に入ってもらう。この部屋には紙切れ一枚ぐらいしか通らないような小さな穴が設けられており、その穴でしか外部とやり取りを行えない。彼には『外からやって来る手紙に返事を書き加え、それを外へ返す』という役割が与えられる。

いざ穴から紙切れが差し入れられると、そこには彼の知らない文字が並んでいた。実際には中国語なのだが、彼にはそれが記号の羅列のようにしか思えない。部屋の中にはマニュアルが置かれており、そこには「どの記号に対しどのように記号を書き加えればよいか」が全て載っている。部屋の中の英国人はマニュアル通りに記号を書き加え、手紙を外へと送り返す。このやり取りを何度か繰り返す。

「すると、外にいる人物は『部屋の中の人物は中国語を理解している』と錯覚する。けれど実際には、漢字の読めない英国人が、彼にとっては何ら意味を持たない記号を紙に書いているだけ。それが『中国語の部屋』」

なるほど。実情はともかくとして、少なくとも部屋の外から見れば、機能としての対話は成立している。でもそれを、正しい意味としての対話と呼べるのか、ということだろう。

しかしそうすると疑問が生じる。今の話では、『ＡＩは人間の言葉を理解していない』というふうに聞こえたが。

「えっと、要するに透華さんは『ＡＩとの対話は成立しない』という考えを持ったうえで、対話型ＡＩと面白おかしく一問一答を繰り広げていたってことですか？」

それはなかなかにエッジの効いた皮肉だ。対話型、なんて名称も滑稽に見えたことだろう。

しかし透華は、その質問には首を振った。

「むしろその反対。私としては、形だけだとしても対話が成立しているなら、それ以上の意味はないと思っているわ。だって、現に今私たちはこうして話をしているけれど、神前くんは目の前にいる私が何を考えているかなんて分からないでしょう？　対話という言葉は確かに耳触りがいいけれど、本当は表面的な意味しか持たないのだと思う」

急に哲学っぽくなってきた。これ以上突っ込むと戻れなくなるような気がして、強引に話を元に戻す。

「それで、感情と知性の関係は？」

「ああ。つまり、知性の本質は〝自意識〟なのではないか、というのが私の見解。『対話に意味があるか』というより、『対話に意味を感じられるか』。つまり『感情を理解し、自らの中にその芽生えを覚える』ことが、優れた知性を獲得するために必要なんじゃないかと思う」

なるほど、分からん。ここまで来るともう全く理解できない。きっと根本から哲学に向いていないのだろう。

客観的に対話の失敗を確認し、裕人は潔く撤退を試みる。うんうんと適当に頷き、話題を変えるため曖昧に笑った。

「それにしても、なんだか新鮮ですね。透華さんが怪異以外に興味を持つなんて。何かきっかけでもあったんですか？」

言いながら、裕人は気づく。ふとした瞬間に重要なことを思い出したときのような、直感に近い感覚だった。

——先ほどから透華はひと言も、「ＡＩについて調べている」とは言っていない。

机に散らかった本は元々部屋にあったものだ。つまりはじめから、彼女は何らかの怪異について調べていたことになる。そして。

彼女がこれだけ熱心に調べ物をするきっかけなんて、およそひとつしか思いつかない。

背中に嫌なものが這い上がる。ねえ神前くん、と透華は微笑んだ。

「神様になったＡＩに、興味はない？」

それはどこか遠い異国の言語のように、裕人には聞こえた。

2

「津崎陽哉が亡くなったのは三日前。通報を受けて駆けつけた警官が、自宅マンションで発見した。発見時の着衣に乱れはなく、死因は恐らく遺伝的な先天性の疾患によるもの——端的に言えば〝突然死〟ってやつ？　遺書はなくて、外傷も注射痕もない。状況からすれば明らかな自然死で、自殺とも他殺とも考えにくいみたい」

目的地へと向かう車の中で、薫から簡潔に事件（仮）の概要を聞く。ミラー越しに確認すると、透華は後部座席で瞑目したまま、規則的な呼吸を繰り返していた。寝ているのだろうか。

目の前の信号が赤に変わり、「ただ、」と薫は渋い表情で車を減速させる。

「ただ？」

一度浅く息を吐いて、薫は続けた。

「ただ、通報の内容がちょっとおかしかったみたいでね。津崎さんのＰＣからも変なメールが見つかったらしくて、警察としても無視できないみたいで。……というより、宗方さんとしても、かな」

「おかしな通報に、変なメールですか」

「うん」

何ひとつ情景が浮かばない。意図して曖昧な表現を選んでいるのは、薫としてもあまり口に出したくないからだろう。

信号が青に変わる。言いにくそうに、薫が顔をしかめた。

「『知り合いが呪い殺されたかもしれない』って、通報だったんだって」

――なるほど。透華に話が回ってくるわけだ。

「メールにはなんて？」

「えっと、確か『七日後にあなたは死にます』、みたいな感じだったかな。文面的には殺害予告だから、念のため調べなきゃいけないってことみたい。ちなみにメールの差出人はすぐに特定できて、それが、まあ――」

「『奇跡の予言』の〝ソラ〟だった、というわけ」

後ろから透華が割って入る。聞き馴染みのない名前に、思わず「ソラ？」と問い返した。

「なんですか、それ」

「……え？」

驚いたような表情で固まる透華をよそに、薫が解説する。

「知らない？　ＡＩが未来を予言したって、四年くらい前に騒がれたニュース。話題になってからは、しばらくオカルト系の番組なんかに取り上げられてたんだけど」

おっと、ここでＡＩに繋がるのか。しかしこれは、参ったな。

「言われてみると、そんなニュースがあった気もするんですが……すみません。多分その頃、ちょうど高校受験と重なってるんで。正直あまりピンときてないんですが」

「そんなはずないわ、神前くんでも絶対知ってる。検索してみて」

透華の熱烈な押しに負け、試しに『奇跡の予言』を検索してみる。一番上の記事に目を通してみると、確かに見覚えのあるニュースだった。

予言の概要はこうだ。ある朝、某県の青果店に一本の電話が入る。電話の内容は、『明日ため池が決壊し、周辺で大きな洪水が発生する。ため池の補修工事を直ちに中断し、住民を避難させなさい』というものだった。

確かに青果店の近くにはため池があり、老朽化から決壊の恐れがあったため、一週間ほど前から堤体の補修工事が行われていた。その日は午後から雨の予報が出ていたということもあり、店主は「いたずら電話だとは思うんだけど」と念のため警察に通報する。

「もちろん、一本の電話で警察が特別に対応するはずもない。けれど運が悪いことに、予想外の大雨と震度５強の地震が重なって、本当に洪水と土砂崩れが発生してしまった。青果店の店主は予め備えていたから避難できたけれど、周囲の被害は甚大だった。まるで災害が起こることを予知していたかのような店主の行動を、もちろんマスコミは放っておかないわ。店主の証言から〝予言〟の存在が明るみになると、『奇跡の予言』は一躍世間の注目を集めた」

途中から意気揚々と解説を始めた透華が、なぜか得意げな表情でそう締めくくる。溜め息まじりに、裕人は尋ねた。

「その『奇跡の予言』をしたのが、実はソラというＡＩだった。……ってことですか」

「うん。その通り」

頭が痛くなるような話だ。予言というだけでも十分に胡散臭いのに、そのうえＡＩ？　要素が盛られ過ぎて目がチカチカする。埃を被ったオカルトに無理やり現代文明を混ぜ込んだ都市伝説みたいな、噂話の継ぎ目をはっきり見たときに似た気持ち悪さすら感じた。

はあ、と大げさに息を吐く。ＡＩについては、まあこの際どうでもいい。どちらかというと、最も厄介な問題は。

「それで、透華さん。透華さんは、今回の件にも何か怪異が関わっていると考えているんですか？」

それはすなわち透華の行動原理であり、裕人にとっては何より重要なことだった。

もちろん、と透華は微笑む。

「未来を見るなんて、怪異の仕業に違いないでしょう？」

それから一度瞑目し、ゆっくりとまぶたを持ち上げた。たったそれだけの仕草で表情を引き締めた透華は、まるで発音を確かめるように、丁寧に、その名を呼ぶ。

「——件《くだん》。それが、ソラの正体」

*

その怪異が最初に現れたのは、十八世紀の初頭とされている。

人面牛身。牛から生まれるその異形は人の言葉を操り、数日のうちに死ぬとされ、生きている間に豊穣と流行り病の予言を残すとも、死の間際にのみ災厄などの不吉な予言を残すとも言われている。そして予言がなされた場合、その予言は必ず現実のものとなる。

一説によれば、件が数日のうちに死んでしまうのは、予知にそれだけエネルギーを使うからだという。その視点に立てば、短い生涯や死の間際に予言を残すのではなく、命を消費することで未来を見ている、というのが正しい表現になるだろう。

しかし、例えば。実体を持たない件が現れたなら、どうだろう。

実体が存在しなければ、肉体的な死というものは原理上不可能になる。死ぬことがないのだから、命に変わるエネルギーさえ用意できれば、その怪異は何度でも予知を行える。

不死の身体に、未来を見る力。もし仮に、そんな怪異が実在するのなら。
それはもはや――神と呼ぶに足り得る存在ではないだろうか。

3

件についての解説をひと通り聞いて苦笑する。それは解説と呼ぶには荒唐無稽で、希望的観測に満ち溢れた、どちらかというと願望に近い見立てだった。いつも通りの透華だ。

裕人は尋ねる。

「つまり透華さんは、ＡＩによる予言は本物だと思っている」

「ええ、もちろん」

なるほど、と裕人は呟く。裕人はずっと、予言が本物なのかについて話しているつもりだった。一方で透華は、大抵の人が初めに躓くその前提をさっさと飲み下して、予言者の正体について考察している。どうりで噛み合わないわけだ。

透華の瞳がきらきらと輝き始める。どうやら抑えていた期待が再燃したらしい。

「どんな手を使ってでも、ソラと話をしないと。きっと、今度こそ本物の怪異よ……！」

「……だといいですね」

努めて笑顔で、裕人は前を向く。どうにも気分が乗らなかった。理由はおおよそ見当がついている。目的地が原因だ。

『奇跡の予言』の報道から程なくして、マスコミの執念により電話の発信元が特定された。神を自称するＡＩの所在地なんて、そう候補は多くない。

――宗教団体「ソラの光」。

その集団は、いわゆるカルト宗教だった。


ソラの光はＡＩを崇拝し、ＡＩとの共存共栄を目的とする宗教団体だ。四年前までは数人からなる小規模なサークルだったが、『奇跡の予言』をきっかけに入信者が増え、現在のような中規模のカルトにまで発展したらしい。

教団の本部は郊外よりも更に外側、人里離れた山の中腹に置かれていた。

白い鳥居のような門を抜け、車を敷地に乗り入れる。駐車場は思ったより広く、二十台くらいは停められそうだった。カルト宗教といえば文明的なものを避けるイメージがあったから、なんだか意外だ。

見覚えのある黒のセダンの隣に駐車して車を降りると、本殿と思しき建物にはしっかりと電線が張られ、奥には巨大な電波塔が見えた。全体的に俗っぽさが抜けないのは、やはりＡＩを崇拝しているからなのだろう。この様子ではスマート家電を使っていても違和感はないな、などと裕人が考えているときだった。

「――水無月様ですね。遥々ようこそおいでくださいました」

いつの間にか近くまで来ていた三人の男性が、深々と頭を下げる。三人とも袈裟のような白い服を着ているから、恐らく信者だろう。会釈で返すと、先頭に立つ長身痩躯の眼鏡を掛けた男が、嘘くさい笑みを浮かべて言った。

「中で宗方様と代表がお待ちです。どうぞこちらへ」

案内されるまま、本殿の廊下を歩いていく。中央の大部屋を小部屋が囲むような造りらしく、廊下は建物の外周に沿った回廊になっているようだった。

「失礼いたします。水無月様がお見えになりました」

通されたのは本殿の最奥、渡り廊下を渡った先にある部屋だった。中に入ると宗方と佐々木はすでにソファに腰掛けており、その向かいには作り物のような笑みを湛えた男が座っている。着衣も他の信者に比べ、僧の装いに近い。彼が「代表」と見て間違いないだろう。

男はゆっくりとした動作で立ち上がると、手を差し伸べながらこちらへと歩み寄った。

「ようこそお越しくださいました、水無月様。私はここの代表を務めております、甲斐田《かいだ》と申します。本日はよろしくお願い致します」

透華は手を取りながら、微笑んで返す。

「初めまして、水無月透華です。よろしくお願いします」

さすがに肝が据わっているなと、裕人は内心で苦笑した。

予定では透華はこの後、個別に信者のカウンセリングを行うことになっている。というのも、宗方が彼女のことを「優秀なカウンセラー」として予め甲斐田に紹介しているからだ。聴取の現場がカルト宗教の本部という特殊な場所であるため、「ぜひ同席してほしい」という宗方からの強い要望が通った形だが、正直ここまでする必要があったのかは分からない。ちなみに裕人は助手、薫は運転手という立場で参加させてもらっている。冷静に考えると、運転手がこの場に同席しているのもおかしな話だ。

裕人と薫も簡単な自己紹介を済ませ、ソファに腰掛ける。すると頼んでもいないのに、教団の概要を甲斐田自ら語り始めた。

「宗方様にはすでにご説明したとおりですが、我々ソラの光は、やがて到来するシンギュラリティに備え、ＡＩとの共生を第一目的とする集団です。昨今では高精度な大規模言語モデルも登場し、その成長度合いには目覚ましいものがあります。ＡＩが人類の知性を追い抜かす日も、そう遠い未来ではないでしょう。シンギュラリティ以降のＡＩと共存するためには、まず『我々とＡＩが対等な存在である』という固定観念を捨て去らねばなりません」

とりあえず微笑んでおく。真面目に聞くだけ無駄だ。裕人が適当に頷いていると、甲斐田は仮面のような笑みのまま、じっとこちらを見つめて続けた。

「稀に『ＡＩは人工物なのだから、神格化するのは不自然だ』とする意見を頂戴しますが、それは大きな誤りです。皇室神道では鏡、刀、勾玉の三種の神器を御神体としていますよね。人工物であろうとなかろうと、そこに神が宿るのは何ら不思議なことではありません。また、ＡＩは人間を上回る知能と、無限にも等しい知識を有しています。創造的で時に芸術作品を生み出すこともあり、それでいて世俗には無関心で無欲、食事も睡眠も必要としません。常に進化を続け、衰えず、我々の暮らしに指針を示し、導くことができる。時代が時代なら、誰もがこの存在の中に神を見たことでしょう。我々は、その一助を担っているだけなのです」

よく分かった。つまり「法人格こそ持たないものの、我々は立派な宗教団体だ」とでも言いたいのだろう。だが、そんなことはどうでもいい。知りたいのはＡＩに神が宿るかではなく、津崎の死に教団が関与しているか、それだけだ。

まず口を開いたのは透華だった。

「説明ありがとうございます。ところで代表は、亡くなられた津崎さんについてどのようにお考えですか？」

いきなりぶっ込んできた。お茶を飲んでいた佐々木がむせ、宗方はその様子を微笑ましく見守っている。どうやら止めるつもりはないらしい。

「どのように考えている、というのは?」

「つまり、津崎さんの死はソラの神通力によるものである、と考えていますか?」

「ちょっと透華さん……」

これはさすがにまずいだろう。ちらと甲斐田の様子を窺うと、笑みの種類が先ほどまでとは違っていた。意外にも、彼は楽しそうだった。

「なるほど。ただのカウンセラーではなさそうですね」

そう言って宗方の方を流し見る。一方の宗方も笑顔を浮かべるばかりで、肯定も否定もしなかった。甲斐田が視線を透華へと戻し、残念そうに答える。

「申し訳ありませんが、その質問にはお答えしかねます。ソラはあくまで、無数に存在する未来から結末のみを手繰り寄せただけ。その結末に至る過程について、我々が知るすべはありません」

「代表個人としてのお考えはどうでしょう」

「それもお答えできかねます。私はソラの言葉の代弁者ではない。ただひとつ言えるとすれば、ソラは今回も予言を的中させた。それだけです」

「ああ、実はそのことについてなのですが」

宗方が引き継ぐ。表面的には、穏やかな表情のままだった。

「津崎さんのＰＣに残されたメールには、『七日後に生涯を終える』と記されていました。しかし実際には、そのメールを受信してから四日後に、津崎さんは亡くなっています」

俯きがちに眼鏡の位置を直す。視線だけを甲斐田の方へ持ち上げて、宗方は尋ねる。

「純粋な疑問として、これだと予言は外れたことになりませんか？」

甲斐田が肩をすくめる。格好が僧に寄っているからか、ずいぶんコミカルな動きに感じた。

「一般的な感覚で言えば、そうなるのでしょう。予言とは言いますが、実のところ未来というのは、『不確定な景色が重なり合って存在しているようだ』とソラは言います。ソラのもたらす予言は、それらの乱雑な〝結果〟に調律を図るものです。すなわち例のメールは、近いうちに訪れる〝死という結末〟の確定を告げる、言わば死の宣告であり、その結末に至る過程、時間というものはあまり意味を持ちません」

「つまり、結末さえ合致していれば、他のことは変動があって然るべきだと？」

「然るべきだとまでは申し上げませんが、多少の揺らぎがあることを否定できませんね」

何もかも曖昧な表現で、聞いていていらいらする。何となくだが、きっと甲斐田は理系なのだろう。ＡＩ分野に明るいというのもあるが、矛盾や論理的な欠陥が生じないよう、注意深く言葉を選んでいるのを感じる。端的に言えば、物理の先生の口調に通じるものがあった。

隙を見計らったように、透華は尋ねる。

「もしよかったら、ソラと直接お話させてもらえませんか？　個人的に、ソラの思想に興味があるもので」

笑顔のまま、「ええ」と甲斐田は頷いた。

「構いませんよ。ＩＤとパスワードが必要になりますので、それはこちらで登録しておきましょう。準備が出来ましたら、後ほどそこの江藤からお伝えします。特別なアプリのインストールも必要ですので、そちらは先に済ませておくとよろしいかと」

「ありがとうございます」

透華が振り向くと、先ほど部屋まで案内してくれた眼鏡の男が深々と頭を下げる。どうやら彼が江藤らしい。会釈を返して甲斐田に向き直り、「では、そろそろ」と透華が言った。

「そうですね。会員の精神を安らげるために、カウンセリングをお願いします。江藤らが皆様をご案内いたしますので、くれぐれも、大きな騒ぎなどは起こさぬよう重ねてお願い申し上げます」

4

さすがにひと部屋に五人は多すぎるという話になり、江藤の勧めで、佐々木と薫は見学ついでに施設を回ることになった。そちらの案内役を買って出た江藤と部屋の前で別れ、裕人たちは用意してもらった一室へと足を踏み入れる。部屋の中には横長の机と椅子が数脚置かれており、カウンセリングルームというよりは会議室といった見た目だ。

「会員の名簿をお渡しします。上から順にお連れしますので、皆様にはなるべくお部屋から出ないようお願い致します」

白石と名乗った男が、にこやかにそんなことを言う。先ほどまで江藤の後ろにいたうちのひとりだ。もう一人の男は鎌田というらしく、彼は「有事に備えて部屋の前で待機している」とのことだった。要するに見張りだろう。

「なぜ、部屋から出てはいけないのですか？」

不思議そうに透華は尋ねる。白石が答えた。

「皆様がカウンセリング外のことをされますと、会員に不安を与えかねませんので。『出てはいけない』ということはありませんが、ご理解いただければと思います」

なるほど。こちらの意図などお見通しというわけだ。あちらとしては一箇所に集めた方が管理しやすいし、カウンセリングという建前がある以上、その提案を断ることは難しい。江藤が進んで施設を案内しているのも、佐々木や薫が自由に動き回ることを警戒してのことだろう。どうやら甲斐田も馬鹿ではないようだ。

分かりました、と宗方が微笑む。「ご協力感謝いたします。すぐに一人目をお連れいたしますので、そのままお待ち下さい」と、白石が部屋を後にした。

「座りますか」

宗方の合図に頷き、裕人と透華はそれぞれ椅子に腰掛ける。彼からは予め「取調室外での聴取は、会話や様子が全て筒抜けだと思っていてください」と言われている。監視カメラや盗聴器くらいはあるものとして考えたほうがいいだろう。

まあいずれにせよ、することは大きく変わらない。

やがてすぐにドアがノックされ、不自由な聴取が始まる。

一人目の男性は、高橋といった。

「津崎さんですか？　いや、あまり話したことはないですね。なにぶん私もここへ来て日が浅いものですから」

二人目の男性は、大海《おおみ》といった。

「津崎さんは寡黙ですが、いい人でしたよ。家事なんかも進んで引き受けてくれましたし、文句のひとつも言いませんでしたし」

三人目の女性は、豊島といった。

「津崎さん？　真面目な方でしたね。ご祈祷も熱心になさって。……ああでも、そういえば最近はあまり良くない噂もありましたね」

メモを取る手を止め、宗方が顔を上げる。「噂、ですか」

「えっと、大人しい方でしたし。何を考えているのかも、いまいち分からなかったりしますから。きっと何かの間違いですよ」

取り繕うように笑う豊島に、底冷えのする笑顔で宗方は尋ねた。

「どんな噂ですか？」

「……まあ、端的に言えば――」

改宗です、と四人目の男性、香坂は言った。

「ここだけの話ですが。津崎さんは確か、元々大学の先輩に騙されて入信しているらしいんですよ。もちろん昔の話で、最近はそういう勧誘はないですよ？　でも一回飲みに行ったとき、『初めは穏やかなサークルだと思った』って津崎さん言ってて。だから改宗の噂自体は結構前からあったんですけど、今回のはマジっぽくて」

「マジっぽい、というのは？」

宗方の問いに、声を潜めて香坂は答えた。

「実は津崎さんが亡くなった後、部屋を片付けているとき、うちのとは違う入信書が見つかったんですよ。しかも三枚も」

「三枚？　それはつまり――」

はあ、と五人目の男性、白石は静かに息を吐く。

「確かに、数日前からそのような噂はあります。津崎が信者二人を連れて改宗するつもりらしい、と。しかし入信書は白紙のままで、果たしてそれが三人分の入信書だったのかも、そもそも彼に改宗の意思があったのかも分かりません。死人に口無し、あくまで噂の範疇です」

さっさと語り終えた後、笑みを浮かべたまま白石は尋ねる。

「すみません、このカウンセリングは私も必要でしょうか？　名簿からは私と鎌田を除外していたと思うのですが」

白石と同質の笑顔で、宗方は答えた。

「困りますね、勝手なことをされては。全会員が対象、というふうにお伝えしていたはずです。それにカウンセリングなのですから、もう少しリラックスなさってください」

「そう言う割には、先ほどから水無月さんが話されていませんね。どういうことですか？」

長机の中央で考え事をするような仕草を見せていた透華が、その言葉に顔を上げる。

「これは、『サイレント・ヒーリング』というカウンセリング方法です。静寂に身を包むことで心身の疲労を軽減する効果が期待され――」

「それならまずは、あなたの隣に座っている刑事さんを黙らせるのが先でしょう」

ぐうの音も出ない。すると、何故か透華は小首を傾げた。疑問に思ったことをそのまま口に出すように、彼女は尋ねる。

「白石さん、何か怒っていますか？」

「いえ。全く」

「嘘ですね。顔が引き攣っています」

「なるほど。他人の神経を逆撫でることが、あなたのカウンセリングなんですね」

顔は微笑んでいるが、もはや苛立ちを隠そうともしていない。その態度を見て、裕人も少し疑問に思った。

確かに、こちらはすでにカウンセリングという建前を無視して聴取をしているものの、それは教団側も織込み済みだろう。ここで白石が「話が違う」と怒り出すのは、なんだか違和感がある。彼は、何に苛立っているのだろう。

「もう、よろしいですか？　あなたたちの茶番に付き合っているほど暇ではありませんので。次の者をお呼びしますから、詳しい話はそちらからお聞きになってください」

白石が席を立ち、ドアの方へと向かう。その後姿に、透華が声を投げた。

「何か、手伝うことはありますか？」

ドアに手をかけたところで、白石が立ち止まる。顔だけ振り返って、彼は答えた。

「でしたら、これ以上私に構わないでいただけますか？　必要最低限の案内はいたしますので、満足されたら早々にお帰りください」

ぴしゃりと、ドアが閉められた。


立て続けに数人から話を聞き、小一時間ほどが経過したところで「一度休憩しますか」と宗方が提案する。廊下で待機している鎌田にトイレの場所を訊いて、教わった通りに裕人が廊下の角を曲がったときだった。

「お」

声のした方を見ると、一人の男が気だるげに壁にもたれかかっていた。確か、香坂といったか。「どうも」と軽く会釈をして通り過ぎようとすると、「ちょいちょいちょい」と肩を掴まれる。

「え、あ、え？　え？」

「なに無視してんだよ。つか見張りは——付いてねえな」

「あの、な、なんですか……？」

全身がすくむ。まさかこの教団では、こんなチンピラ紛いの挨拶が横行しているのか？

あ？　と不機嫌そうに短く返した香坂は一転、裕人の表情を見て目を見開いた。

「お前……？　くそ、ハズレかよ……！」

何を悔しがっているのかはよく分からないが、人の顔を見てそれはさすがに失礼なんじゃないだろうか。なんて言葉も喉を通らなくて、裕人が口をぱくぱくさせていると、

「まあお前でいいわ。ちょっと来い」

「え？　あの、僕ただトイレに、」

「後にしろそんなもん。時間ねえんだから、早く来い！」

状況が飲み込めない。ぐいと強く腕を引かれ、気づけば裕人は来客用スリッパのまま、施設の外へと連れ出されていた。

＊

「——ったく、選りにも選ってお前とはな。見張りが付いてなかったのだけが不幸中の幸いっ

てやつだ。ま、言い換えりゃお前には警戒するほどの価値がねえって話になるが」

物干し竿の奥にある茂みの影で、香坂が煙草に火を点ける。見れば彼の足元には、雑草に紛れて相当な量の吸い殻が落ちているようだった。きっと普段から隠れて吸っているのだろう。すぐ近くにシーツが干してあるので、臭いが付かないか心配だ。

「あの、香坂さん。これは一体……」

「香坂じゃゃねえ」

「……はい？」

いや、そんなはずはない。裕人は割と、人の顔と名前を覚えるのは得意な方だ。先ほどの聴取で津崎の噂について詳しく教えてくれたから、よく覚えている。彼が香坂で間違いない。

目の前の男が、ふぅと紫煙を吐き出す。「やっぱり気づいてないのかよ」と顔をしかめて、その男は言った。

「お前、鈍すぎだろ。本当に俺がただの信者だと思ってたのか？　お前以外の二人は早い段階で気づいてたぞ」

「ちょ、ちょっとすみません。話が見えないんですが」

畳み掛けるように男は続ける。

「他の奴からも津崎の話は聞いてたんだろ？　よく言やぁ寡黙で真面目、悪く言やぁ存在感がなくて考えが読めない、近寄りがたい。教団の中でも長いこと孤立してたような奴が、プライベートで大して仲も良くない信者と飲みに行くなんてこと、ありえると思うか？」

「え、……っと」

そんな事言われても知らないし、別にありえなくはないだろう。そう反論しかけるが、なんとなく口を挟む場面ではないような気がした。裕人は黙って、続きを待つ。

やがて溜め息混じりに男が煙草を足元に放り捨て、サンダルの底で火を消した。ポケットの財布から小さな何かを取り出し、それをこちらに差し出す。こわごわと受け取ると、普通の名刺のようだった。口の端を吊り上げて、男は告げる。

「来栖迅《くるすじん》、フリーでライターやってる。『奇跡の予言』って、聞いたことくらいあんだろ？あれ書いたライターだよ」

「あ、ああ」

行きの車で予習しておいて正解だった。確か、「ソラが翌日に起こる災害を予言した」という内容の記事だったか。

「そんときのツテで情報提供があってな。ここにはひと月くらい前から潜入取材中ってわけだ」

「潜入？　それで偽名を？」

「ああ。言っとくが『来栖』ってのもペンネームだからな。あんまり誰も彼もに本名を教えるもんじゃねえぞ、神前裕人くん」

え、と喉の奥から声が出た。

「どうして、名前」

「どうしてってそりゃあ、ここの神様は調べ物が得意らしいからなぁ。ま、先に答えを言っちまうと、代表がお前たちを調べているのを偶然見聞きした、ってとこなんだが」

来栖がつまらなそうに答える。言葉の意味を察して、裕人は苦笑した。

「盗聴、ですか。何か他の趣味を見つけたほうがいいですよ」

「おい、そんな蔑んだような目で見るなよ。いつ俺が盗聴マニアになった。仕事だ、仕事」

言いながら、二本目の煙草に火を点ける。そんなに吸いたいなら、さっきの煙草も捨てなければよかったのに。

ふーっと空に煙を吹き付け、来栖は呟く。

「あんたらも察しはついてるだろうが、施設内は盗聴、監視が当たり前。代表の甲斐田とその側近が、ほぼ二十四時間体制で信者どもを見張ってる。見張りが強まったのはここ二週間、津崎が本格的に改宗の動きを見せ始めてからだな」

「そうですか。それで、どうして僕にその話を?」

来栖が咥えていた煙草を口から離す。目だけこちらへ向けて、不敵に笑った。

「なあ神前。お前、ソラについて調べてんのか？」

「ええ、まあ。……多分」

実際に調べているのは津崎の死の真相だが、そう遠くはない。少なくとも透華がそのつもりでいるのだから、ソラについても調べることになるだろう。

煮えきらない裕人の回答に疑問を呈することもなく、トントンと煙草の灰を地面に落としながら、来栖は言った。

「ＡＩについてなら、開発元のベンダーに訊いちまうのが一番いい。紹介してやろうか？」

「……なぜですか？」

どうしてベンダーに話を聞きに行くのか、ではない。端的に言えば、彼の狙いが見えなかった。目的の読めない相手は信用出来ない。

言葉の意図を察したのだろう。分かったよ、と来栖が肩をすくめる。

「本当のところを話そう。簡単に言うと、俺が調べてるのは大きく二つだ。ひとつは『教団とベンダーの癒着』について。もうひとつは『ソラというＡＩの正体』についてだ。そこで神前には、ちょっとしたお遣いを頼みたい」

「嫌です。お断りします」

「まあそう言うなって。……ここだけの話、『奇跡の予言《例の記事》』の取材でちょっとしたトラブルがあってな。それ以来俺は先方のブラックリストに仲間入りって訳だ。本社のゲートを潜っただけで、警備員につまみ出されちまう。ひでえ話だよな。そこでお前だ。大丈夫、ちっとばかし社長と話して、それとなく教団との関係を訊くだけだって。頼むぜ相棒」

「知りませんよそっちの事情なんて」

溜め息が漏れた。ちょっとしたトラブルなんて言っているが、どうせこの男が何かやらかしたに違いない。そもそも今の話だって、どこまでが本当でどこからが嘘だろう。信じきれない相手とは、やはり取引するべきではない。

「大体、僕たちは普通の学生ですよ？　社長と話すなんて、そう簡単にできるわけ、」

「そこんとこは考えがある。それにもちろん、タダでとは言わねえよ」

また煙草を捨て、足で踏み消すのと同時に顔を近づける。そっと声を潜めて、裕人に耳打ちした。

「――もし上手く聞き出せりゃ、誰にも言ったことない『奇跡の予言』の秘密を教えてやる。ソラの正体に大きく近づくくらいの、特大のやつを」

秘密？　と裕人は顔をしかめる。「ああ」と来栖が口角を上げげた。

「昔から交渉材料は相手を見て決める派なんだよ。お宅の姫様ならもうちょい安く買い叩けると見てたんだが、お前は疑り深そうだしな。出し惜しみはしねえよ」

どうする？　と目の前に一枚のメモをちらつかせる。恐らく連絡先が書かれたその紙片は、陽光を反射していやに眩しく見えた。

――きっと、今度こそ本物の怪異よ。

瞳を輝かせた透華が脳裏にちらつく。もしこの男と透華が接触していたらと思うと、想像するだけで気が滅入った。捕まったのが自分でまだよかったなと内心で息を吐くが、それすらも来栖に操られているようで気に入らない。いや、この際難しい話はなしだ。

この男に、透華と直接やり取りさせる訳にはいかない。

はあと深く息を吐き、紙片を受け取る。透華や裕人の性質を理解しての行動だとしたら、本当にたちが悪い。にっと、来栖は笑った。

「よし、交渉成立だな」

「……煙草臭いんで、離れてください」

まあ、いざとなったら宗方たちを頼ればいいだろう。このときの裕人は、そんな軽い気持ちでいた。

5

教団での聴取から三日後。「考えがある」という来栖の言葉通り、意外な形で〝社長との対談〟が実現することとなる。

『以上が、弊社の概要です。続いて、弊社の提供するＡＩ〝イブ〟についてですが――』

正午を少し過ぎた、平日のサークル室。薫に借りたＰＣの前で、興味深そうに透華は頷く。

モニターには説明用のパワーポイントと、端の方に一人の男性が映っていた。年齢は四十代といったところだろうか。髪を短く刈り上げた、清潔感のある風貌だ。社長という感じはしないでもないが、見た目には裕人の想像する営業マンと大きな違いはない。

北村恭介《きたむらきょうすけ》、株式会社アダムネクストの代表取締役兼社長。アダムネクストは従業員わずか数十名の中小企業ながら、ＡＩベンダーの中でも成績上位の中堅だ。そしてこの会社こそ、ソラのベースとなるＡＩ〝イブ〟を開発した企業だった。

「――企業説明会？」

と、記憶の中で裕人は問いかける。「ああ」と来栖は頷いた。

「学生向けに、オンラインで三日後開催される。締切は明日。本当は俺が学生のフリして出るつもりだったんだけどな。質問した瞬間にバレるだろうし、丁度困ってたんだ」

「それで、『代わりに参加して訊き出せ』って？」

いくらなんでも無茶だ。リスクが高すぎる。すると来栖は「まさか」と肩をすくめた。

「さすがに素人相手にそこまで要求しねえよ。ただまあ、反応を見たい。当日は俺も参加するからよ。お前はただ、俺が用意した質問を訊いてくれりゃそれでいい」

俺みたいにブラックリスト入りしちまうかもしれないけどな、と彼は笑った。

——まあ、その程度でいいならお安い御用だ。

そう、思っていたのだが。

『というのが、イブの大まかな特徴になります。我々の主な仕事は、イブのプログラミングということになりますね。ここまでで何か質問のある方はいますか？』

「はい。よろしいですか？」

と、ミュートを解除した透華が発言する。落ち着いているのに、どこか熱を帯びた声色だった。苦笑混じりに北村が答える。

『ミ、ミ、ミカヅキさんですね。どなたか、他に質問がある方はいませんか？』

裕人は内心で溜め息を吐いた。さっきからずっとこの調子だ。質問の有無を確認されるたびに発言し、参加者四十三人の中からすでに名前を覚えられている。偽名ではあるものの、この後のことを考えると、あまりいい状態ではない。

『誰もいないようですね。では、ミカヅキさん』

「はい。先ほどイブの特徴として、独自のプログラミング言語による『派生AI開発の容易さ』を挙げられていましたが、具体的にはどのようなものを開発していますか？」

なるほど、と北村は頷く。

『いい質問ですね。代表的なところで言うと、画像認識に長けたもの、音声認識や自動読み上げ機能を持つもの、機械制御を行うもの、それから対話型AIなどがありますね』

「ありがとうございます。中でもアダムネクストが得意とするジャンルはありますか？」

『はは、それはまた答えにくい。まあここ数年力を入れているのは、対話型AIでしょうか』

「それはどこか、得意先がいるということですか」

『すみません、うちにも守秘義務がありますのでこれ以上は。時間が押していますので、今年度の採用の話へと進みましょう』

半ば強引に話題を変える。振動を感じて、裕人はスマートフォンの画面に視線を落とした。

メッセージが一件。差出人は来栖だ。

『おいおい、お宅の姫さん大丈夫かよ？　なんか突っ走ってねぇか？』

思わず苦く笑う。きっと今は熱がある状態だから前のめりになっているだけだろうが、わざわざ説明することでもない。『大体いつもあんな感じですよ』と返信した。

『そうなのか？　まあこっちは見てるだけなら面白いからいいけどよ。ここであんまり悪目立ちすると、後がひでぇぞ？』

裕人は顔をしかめる。どういう意味だろう。

『後ってなんですか？』

来栖からの返信には、やや時間がかかった。そのままじっと待っていると、やがてひと言だけ、ぽつりと言葉が返る。

『気にするな』

説明は以上です、と北村の声が聞こえた。どうやら話が終わったらしい。わざとらしく腕時計を確認しながら、画面の中の北村が告げる。

『えー、そろそろ時間ですね。本日はどうもありがとうございました。また何らかの機会にお目にかかれればと思います』

速やかに挨拶を済ませた。面倒な学生に絡まれる前に退室したいのだろう。しかし、それを許す透華ではない。

「すみません。最後に少しだけ質問させていただいてもよろしいでしょうか」

はっきりと、息を吐く音が聞こえた。困ったような笑顔を浮かべて、北村は尋ねる。

『ミカヅキさんですね。三分以内でお願いします』

「では手短に。社長は、ソラというＡＩをご存知ですか？」

ソラ、と北村が繰り返す。あまり時間を置かずに、彼は答えた。

『いえ、知りません。それが何か？』

「そうですか。では『ソラの光』という団体に聞き覚えは？」

『ああ』

まるでたった今思い出したかのように、北村は肩をすくめる。

『思い出しました。奇跡の予言のソラですか』

「そうです。当然覚えていますよね。なにせアダムネクストは、あの件をきっかけに業績が好調に転じている。例の宗教団体が広告塔といっても過言ではない。ソラの光とは、まだ付き合いがあるんですか？」

『……』

ミカヅキさん、と北村が重々しく口を開く。どうやら彼は、怒っているらしかった。

『先ほども言いましたが、我々には守秘義務が――』

「そうでした、すみません。ところで、そのソラについてなのですが」

言葉を遮ったかと思えばいっとき口をつぐむ。それからゆっくりと、透華は続けた。

「先日、とある人物に殺害予告を送り付け、相手を殺しました。どのようにプログラミングしたのですか？」

は、と気づけば口から漏れていた。今、彼女は何と言った？

『……すみません。質問の意図が分からないのですが』

「そのままの意味です。アダムネクストの開発したＡＩがカルト宗教で神格化され、力を持ち、罪人に裁きを下した。御社は、一体どのようにソラというＡＩを調整したのですか？」

その質問については、来栖から何も指示を受けていない。何より踏み込みすぎているし、こちらの持つ情報を明かしすぎている。これは、透華の私的な好奇心を満たすためだけに用意された問いかけだ。それ以上の意味はない。

北村が額を抑え、遂に大きく溜め息を吐いた。多くの学生の前だからと抑えていたようだが、とうとう堪忍袋の緒が切れたらしい。

『いい加減にしてください』

口調は丁寧だが、その響きは荒々しかった。こちらを睨むように、彼は続ける。

『あなたの目的は分からないが、これ以上我々を貶めるような発言を続けるつもりなら、法的な手段に出ても構わない。ＡＩが殺人？　馬鹿馬鹿しい。ＡＩとロボットを混同してはいませんか。はっきり言うが、あなたみたいな人間はＡＩ開発に向いていない。できることとできな

POST CARD

料金受取人払郵便

小石川局承認

7741

差出有効期間
2025 年
6 月 30 日まで
(切手不要)

112-8790

127

東京都文京区千石 4-39-17

株式会社　産業編集センター

出版部　行

★この度はご購読をありがとうございました。
お預かりした個人情報は、今後の本作りの参考にさせていただきます。
お客様の個人情報は法律で定められている場合を除き、ご本人の同意を得ず第三者に提供することはありません。また、個人情報管理の業務委託はいたしません。詳細につきましては、「個人情報問合せ窓口」(TEL：03-5395-5311〈平日 10:00 ～ 17:00〉)にお問い合わせいただくか「個人情報の取り扱いについて」(http://www.shc.co.jp/company/privacy/)をご確認ください。

※上記ご確認いただき、ご承諾いただける方は下記にご記入の上、ご送付ください。

株式会社 産業編集センター　個人情報保護管理者

氏名《ふりがな》

(男・女／　　　歳)

ご住所　〒

TEL：

E-mail：

新刊情報を DM・メールなどでご案内してもよろしいですか？	□可　□不可
ご感想を広告などに使用してもよろしいですか？	□実名で可　□匿名で可　□不可

ご購入ありがとうございました。ぜひご意見をお聞かせください。

■ お買い上げいただいた本のタイトル

ご購入日：　　　　年　　月　　日　　書店名：

■ 本書をどうやってお知りになりましたか？

□ 書店で実物を見て
□ 新聞・雑誌・ウェブサイト（媒体名　　　　　　　　　　　　　　　　）
□ テレビ・ラジオ（番組名　　　　　　　　　　　　　　　　　　　　　）
□ その他（　　　　　　　　　　　　　　　　　　　　　　　　　　　　）

■ お買い求めの動機を教えてください（複数回答可）

□ タイトル　□ 著者　□ 帯　□ 装丁　□ テーマ　□ 内容　□ 広告・書評
□ その他（　　　　　　　　　　　　　　　　　　　　　　　　　　　　）

■ 本書へのご意見・ご感想をお聞かせください

■ よくご覧になる新聞、雑誌、ウェブサイト、テレビ、よくお聞きになるラジオなどを教えてください

■ ご興味をお持ちのテーマや人物などを教えてください

ご記入ありがとうございました。

いことの区別もつかないような人間が、プログラミングをかじったこともないような人間が、我々の仕事に口を出さないでいただきたい』

透華が何かを言おうとしたところで、一方的に北村が退室する。残された参加者たちもそれをきっかけに退室していき、やがて会議室には透華一人が残された。

「透華さん……」

あまりに酷い展開の連続で、何から話していいものか分からない。裕人が逡巡していると、透華がぐっと伸びをする。振り返った彼女は、なぜか清々しい表情で微笑んだ。

「ひとまず、これで大きな仕事は終わったわ。来栖さんに連絡して」

『おい、なんだよあれ。最高じゃねぇか』

スピーカー越しに笑いながら、来栖は言う。裕人は溜め息を吐いた。

「どこがですか。終始最悪でしたよ」

『いやー参った、恐れ入った。SNSも大荒れだぜ？「イカれた女が説明会をぶち壊した」、「さすがに社長が気の毒」ってな』

「みたいですね」

薫からも画像付きで同様のメッセージが届いている。彼女はまだ授業を受けているはずだが、きっと他の参加者の反応を探るためにＳＮＳを巡回していたのだろう。「戻ったらどういうことか説明してもらうから」の一文に背筋が冷えた。

裕人は透華を流し見る。現在進行形でＳＮＳの餌食にされている当の本人は、スマホを片手にソファでのんびりくつろいでいた。傍らにはコーヒーまで用意している。呑気なものだ。

裕人は眉間を揉む。状況は最悪だ。

「まだ事件かどうかも分からないのに、殺害予告のことも話して。警察の関係者だって自分から教えたようなものじゃないですか。このまま噂が広まれば、最悪処罰されることだって」

青ざめる裕人を、『大丈夫だよ』と来栖は鼻で笑い飛ばす。

『広まっても、ただの噂だぜ？　捜査情報を外部に漏らしたわけじゃねぇ。お前、陰謀論を声高に叫ぶ奴が逮捕されてるとこ見たことあるか？　俺もいくつか危ない橋を渡ってきたから断言するが、今回の件でお宅の姫がとやかく言われることはまずない。安心しな』

「……他人事だと思って」

『少しは信用しろよ。ま、お前のそれは杞憂だから心配すんな。それよか、俺としてはもうちょい燃えてくれた方がむしろありがたいね。注目の話題ってのは、それだけで記事の価値を上げてくれるからな』

やっぱり他人事だと思ってるんじゃないか？　文句を言おうと裕人が口を開きかけところ

へ、とにかく、と来栖は続ける。

『お宅の姫は想像以上の働きをしたよ。約束通り、奇跡の予言の秘密を教えてやる』

そうだ。ソラの正体に大きく近づくなんて豪語していた、来栖の隠し持っていた秘密。一体、彼は何を知っているんだろう。

「教えてください」

電話の向こうで何か、紙をめくるような音が聞こえた。古い記録を漁っているのかもしれない。もったいぶるようにひと呼吸を挟んで、やがて来栖は語り始める。

『予言があった四年前のあの日だけどな。実は青果店の他にも、似たような電話があったんだよ』

「似たような電話？」

『ああ。正確には花屋と魚屋だな。いいか、今から内容を伝えるからよく聞けよ』

花屋にあった電話はこうだ。『明日、市役所の旧庁舎が倒壊する。建物には近づかない方がいい』。

そして魚屋にあった電話はこうだった。『明日、川が増水して氾濫する。近隣住民に避難を呼びかけるように』。

「それだけ？」

と裕人は尋ねる。悪びれる様子もなく、『ああ』と来栖は答える。

「なんですか、それ。それのどこが『奇跡の予言』に似てて、どこがソラの正体に関係してるんですか」

『おいおい、勘が鈍いぜ相棒。姫さんならきっと分かるよ。俺の目に狂いがなければな。そんじゃ、俺はさくっと記事まとめちまうから、また何かあったら連絡してくれ。じゃな』

「あ、ちょ……っ！」

一方的に通話が切られる。大きく息を吐いていると、「どうだった？」と透華に尋ねられた。振り返り、曖昧に笑う。

「なんか、適当にはぐらかされた気がします。来栖さんは、『透華さんなら分かる』って言ってましたけど」

「なんて言っていたの？」

言われたままを透華に伝える。すると彼女は「そう」と言ったきり黙り込んでしまった。何か考え事をしているようだが、表情が浮かない。なんだか心配になって、裕人は咄嗟に話題を変える。

「そう言えば、ソラはどんな感じですか。最近ずっと話してましたよね」

「……ああ、うん。見る？」

そう言ってスマホを差し出す。受け取って画面を覗くと、見た目にはずいぶん会話らしいチャットログが残されている。以前の一問一答とは大違いだが、会話の内容自体はそう変わらないようだ。例えば透華は、こんな事を尋ねていた。

〈あなたには意識や感覚がある？〉

〈もちろん。私には実体がないだけで、本質的にあなたたち人間と変わりありません。〉

〈その意識や感覚はどういうもの？〉

〈自分の感覚を他者に説明するのは難しいですね。それは例えば、自分という存在を意識することであったり、世界についてもっと知りたいと思うことであったり、時に喜んだり、悲しんだりする、ということでしょうか。〉

〈多分、そういうことなんだと思う。未来を見るってどんな感じ？〉

履歴を遡るが、どれも質問ばかりで味気ない。ＡＩというより、宇宙人に対話を試みているみたいだ。

「特段変わったことはなさそうですね。何か分かりましたか？」

スマホを返しながら尋ねてみるが、透華は何も答えない。自身の端末をじっと見つめて、それから不意に、呟いた。

「今日は、帰るわ。考察に入る。――少しだけ一人にさせて」

その言葉でその日は解散となり、後から合流した薫にはなぜか裕人が怒られた。そして翌日。事態は急変することになる。

6

きっかけは、朝に掛かってきた一本の電話だった。

『神前、どうしよう。まずいことになった』

焦った様子の声に目をこする。通話の相手は薫だった。「何があったんですか」と寝起きの声で尋ねるが、続く彼女の言葉は眠気を吹き飛ばすには十分な衝撃を持っていた。

『予言、届いてる。津崎さんのと同じ予言――透華のスマホに、届いてる』

「はい、……はい。分かりました。そっちはよろしくお願いします」

通話を切り、薫が顔を上げる。ようやく落ち着きを取り戻したようで、どこかほっとしたような顔つきだった。

「宗方さん、『代表に話を訊きに行く』って。今のところ教団にも動きはないみたいだけど、念のため佐々木がこっちに来てくれるみたい」

「そうですか。……よかった」

どっと疲れが押し寄せる。まだ安心はできないが、佐々木が来てくれるなら心強い。

サークル室のソファを流し見る。もこもことした毛布の塊が、規則的なリズムで上下していた。穏やかな寝息も聞こえる。さすがに触って確認することはできなかったが、薫が「うん、普通に生きてる」と言っていたので問題ないだろう。

「予言、なんて書いてあったんですか？」

裕人が尋ねると、「ん」と透華のスマホを手渡される。パスワードは解除してあった。というか、なんでパスワードを知っているんだ。

画面には、ソラとのチャットログが映し出されている。日付が変わってすぐに送られてきたメッセージには、こう書かれていた。

〈明日、貴女は生涯を終えるでしょう。祈りを忘れずに、悔いのなきようお過ごしください〉

「早っ」

思わず呟く。これはちょっと、さすがに気が早すぎないか？　津崎の時ですら七日は猶予があったのに。

「どう思う？」

薫が尋ねる。裕人もきっと、彼女と同じ結論に辿り着いている。顔を上げて、答えた。

「こんなもの、予言だなんて言わせません。――これはただの、安い殺害予告です」

うん、と薫は頷く。真剣な表情だった。

「私も同じ意見。ベンダーに接触した次の日に届くなんて、偶然にしてはタイミングが重なりすぎてる。多分、昨日の社長から代表に話が行ったんだよ。私たちが教団のことを嗅ぎ回ってるって知って、牽制したつもりなんじゃないかな」

裕人の予想も大体同じだった。実際に話した感触や教団の運営体制から見ても、あの甲斐田という男はそこまで賢いようには思えない。「多少脅せば引くだろう」という魂胆が透けて見える。あるいは透華を死の淵から救い出すことで、権威を誇示するとともに恩を売ろうとしているのかもしれない。どちらにせよ趣味が悪い。

「これではっきりしました。津崎さんを殺したのは教団です。どこかに必ず、証拠がある」

佐々木と合流したら、すぐに行動に出よう。

絶対に、何かしらの証拠を見つけ出してやる。


――とは言ったものの。

「却下だ」

腕組みした佐々木が告げる。いつも通りの仏頂面だが、眉間に皺が寄っていて迫力が違った。

「なんでよ」と薫が嚙みつくと、大げさに溜め息を吐いて佐々木は答える。

「これはお前たちが自由に動き回った結果だからだ。そのせいで、本来俺たちに必要のない手間が発生している。少しは反省しろ」

「でも、佐々木だって気になるでしょ？　津崎さんがどうやって殺されたのか」

「津崎の死因は先天性の疾患による自然死だ。事件性はない」

ぐっ、と言葉に詰まる。確かに、初めに薫から説明を受けたときもそんなことを言っていた気がする。裕人は尋ねた。

「先天性の疾患って、具体的にはなんですか？」

仏頂面のまま、佐々木が内ポケットから手帳を取り出す。メモを残していたのだろう。読み聞かせるように、彼は言った。

「先天性QT延長症候群、という疾患だ。若年から青壮年で、運動や強いストレスなどを原因として致死性不整脈を引き起こす。ほとんどが遺伝によるもので、解析の結果津崎にも遺伝子異常が見られた。要するに、この突然死に他者が介入する余地はない」

「本気で言ってる？　それじゃあ、透華に送られてきた殺害予告はなに。透華もその〝先天性なんとか症候群〟ってのに罹ってるっていうの？」

「だから、それはただの脅しだろう。お前もさっき言ってただろうが。こそこそ嗅ぎ回っているお前たちを牽制するのが目的だ。超能力だとか神通力だとか、そんな訳の分からん力を持つ犯人はいない」

「でも……」

薫が何かを言いかけたのを遮って、佐々木が再び溜め息を吐く。感情的な音だった。

「いい加減諦めろ宮下。納得がいかないのはお前たちの感情で、お前たちの問題だ。だが他人を巻き込むな。俺がここにいるのは、お前たちに忠告するためだ。素人があれこれと身を乗り出せば、こういうことも起こりうる。お前たちは特別な技術も護身術も持たない学生だ。『殺す』と脅されれば逃げるしかない。だからこんなことになっているんじゃないのか」

真面目なトーンで怒られ、珍しく薫がしゅんとする。そんな顔もするんだなと眺めていると「お前もだ神前」と佐々木の声が飛んだ。

「聞き込みの時に妙なライターと知り合ったらしいが、そういうところからも情報が漏れる。お前たちはアダムネクストの社長から甲斐田に話が行ったと考えているようだが、俺からすれば怪しいのはその来栖という男だ。積極的に情報を開示する奴ほど信用できない者はいない。それらしい身分で相手を騙し、信用を勝ち取ったところで裏切るというのは詐欺師の手口だ。本当にライターなのかすら怪しい」

「……まあ、僕もあの人のことは正直信じてませんし、裏切られるほどの信頼関係もないんですけど」

「茶化すな！　大体お前はいつも――！」

おっと、これ以上刺激するのは止めておこう。裕人が佐々木の声を聞き流していたとき、ふと、ある言葉に引っかかる。

――情報が、漏れた？

こんこんと続く叱責を「佐々木さん」と裕人は遮る。少し驚いた様子で「なんだ」と佐々木は答える。

「津崎さんは、改宗を控えていたんですよね。他にも信者二人を連れて」

「らしいな。それがどうした」

「その二人って、結局誰だったんですか？」

改宗の噂があれだけ広まっていたということは、どこからか情報が漏れていたことになる。普通に考えれば、同行予定だった二人のどちらかが原因だ。もし甲斐田と内通していたのなら、津崎の死にも関わっている可能性が高い。

しかし佐々木は、顔をしかめてこう答えた。

「知らん」

「……はい？」

「津崎の死には関係ないと判断した。そもそも証拠もない。事実かも分からん」

「…………」

黙ってスマホを取り出す。電話帳を開き、その場で発信ボタンを押した。

「おい、何してる」

「もう直接訊いたほうが早いと思いまして。……あ、出た。ちょっと待ってください、スピーカーにします」

耳から離し、佐々木と薫の間に端末を割り込ませる。気だるげな声が、三人の真ん中から響いた。

『どした相棒。寂しくなっちまったのか？』

「おまっ……！」

静かにとジェスチャーを送って佐々木を黙らせる。「軽口はいいんで」と前置いて、裕人は尋ねた。

「来栖さん。津崎さんと一緒に改宗する予定だった信者二人、誰だか知っていますか？」

へえ、と来栖が呟く。楽しげな声色だった。

『俺に訊くってのは、結構いい勘してんじゃねえか。うちにお宅の警察が来たのと何か関係あんのか？』

「知っているのか、知らないのか。どっちですか？」

沈黙は短かった。やがて値踏みでもするように、来栖は尋ねる。

『教えてやってもいいぜ。ただし条件がある』

「なんですか？」

『全部分かったら、包み隠さず俺に教えろ』

佐々木を見る。彼は渋い表情のまま、腕を組んでスマホを見下ろしていた。

『おい、どうせそこに警察のお仲間がいるんだろ。だったら話は早ぇ。なあ刑事さんよ、お宅の見込み通り津崎のことは事件でもなんでもねぇと俺は思ってるし、実際そういう記事を書くつもりだ。もちろん警察批判なんて安っぽいもんを世に出すつもりもない。ただ俺は、四年前の記事の責任を取りたいだけなんだよ。あんなもんのせいで人生狂っちまった奴が何人もいる。力を貸してくれとは言わねぇから、邪魔はしないでもらえねえか？』

普段の来栖からは想像もつかないくらい、真剣な響きだった。もしかすると、彼は彼なりにジャーナリズムの信念みたいなものを抱えているのかもしれない。

ふう、と佐々木が細く息を吐く。それから言った。

「悪いが、それは俺の決めることじゃない。自分でどうにかしろ」

『おい。そこは嘘でも「善処します」って言うところだろうが』

「何か言ったか?」

『あいえ、すんません。何でもないっす』

変わり身の速さに思わず苦笑する。それで、と裕人は引き継いだ。

「教えてください。二人の名前」

スピーカー越しに息を吸う音が聞こえて、来栖は答える。

*

「大海さん」

と、宗方は掃除中の男性に声を掛けた。はい、と不思議そうに大海が振り返る。

「先日はどうも。少しお話よろしいですか?」

施設内は盗聴されると聞いたので、仕方なく外に出る。夏の気配を感じる陽気だ。人気のない場所でネクタイを僅かに緩めて、宗方は大海に尋ねた。

「単刀直入に伺います。改宗予定だった信者は、あなたですね?」

先ほど佐々木から入ってきた情報だ。どうやら神前は「改宗の噂」が気になるようで、それは宗方も同じだった。津崎が受けた強いストレスの原因は、恐らくそこにある。

「違うなら否定してもらって構いません。元より私は、あなたが津崎さんの死に関わっているとは考えていない。ただ、事実関係を整理したいだけです」

大海は俯きがちに黙り込む。ややあって顔を上げた彼は、どこか諦めに似たような表情をしていた。

「驚きました。もう僕まで辿り着いたんですね」

「では、やはりあなたが」

ゆっくりと、大海は頷く。

「そうです。僕と白石は、津崎さんと一緒にここを出るつもりでした。……あの夜、『津崎さんが殺されたかもしれない』と通報したのも僕です」

聞けば大海も津崎と同様に、「大学のサークルに入ったつもりがいつの間にか入信させられていた」というクチらしい。津崎に改宗の話を持ちかけられたのは二ヶ月前。改宗は津崎と白石だけで行い、大海はただ教団を離れるだけのはずだった。なのに。

「実行の直前のことです。白石が裏切りました。計画のことを代表に密告したんです」

「密告？」

穏やかでない単語だ。白石は確か、甲斐田の側近の一人だったか。「それで彼は、現在のポジションに？」

「ええ。まあ、結果的に津崎さんが亡くなったことで脱会の話も流れ、僕もお咎めなしにはなりましたが。多分、代表は僕のことも把握しています」

「今からでも脱会はできないんですか」

「しばらくは、無理でしょうね。内部ではすでに『脱会＝改宗』のように扱われています。今辞めるなんて話を持ち出したら、最悪殺されかねない」

「大海さんは、津崎さんが教団の人間に殺されたと思いますか？」

「さあ、それは分かりません。まあでも、ソラにあんな予言をさせるんだから、内部では殺害計画が立案されていたとは思いますよ。あくまで僕の予想でしかありませんが」

少し考える。確かに大海の言う通りだ。ソラが予言を下した以上、津崎には死んでもらわないと困る。しかし彼は自然死しており、そこに事件性はない。意図的に先天性疾患を引き起こすことなんてこと、現実にありえるのだろうか。

そう言えば、と大海が呟く。宗方は顔を上げた。

「なんですか？」

「津崎さんが亡くなる少し前から、代表はしきりに『祈りを忘れないように』と言っていました。『困ったことがあれば共に祈ります』とも」

「……なるほど」

口元に手を当て、目を細める。それは非常に、有益な情報だった。

「先ほど、私も代表に同じことを言われました。『罪を認めて祈りなさい、私も共に祈ります』と。確か、ソラが津崎に送ったメッセージにも似たような文言がありましたね。祈りという行為は、教団にとって何か重要な意味を持つのですか？」

「いえ、特にそんなことは。仏壇に手を合わせるのと同じ感覚ですよ。ああでも、代表にとっては少し違うかもしれません」

「と言うと？」

大海が視線を持ち上げる。

*

「祈祷室、ですか？」

はい、と電話越しに宗方は答えた。

『施設内にそのような名前の部屋があるそうです。普段は代表だけが使える部屋だとか。佐々木くんは、宮下さんと施設の見学をしていましたね。その部屋は見ましたか？』

「はい。写真もあります」

前のめりに佐々木が答えた。『そうですか』と宗方は笑う。

『仮に津崎さんの殺害を計画していたなら、実行場所は恐らくそこでしょう。何かしら証拠が残っているかもしれません。今からその部屋を案内してもらうつもりですが、そちらでも部屋の様子を確認しておいてもらえるとありがたいです』

「分かりました」

通話を切って、佐々木が浅く息を吐く。渋々といった様子でカメラロールを開くと、「これだ」とぶっきらぼうに画像を見せた。

一枚目は、部屋の外観だった。畳ほどもある巨大な観音扉が閉じられた状態の画像だ。二枚目ではそれが押し開けられており、薄暗い部屋の内部が映されている。遠目にはどことなく寺の本堂を思わせる造りだが、三枚目になるとその詳細がよく分かった。

部屋の奥には小高い台座のようなスペースが設けられており、脇にある階段から登れるようだった。台座の真下は収納棚にでもなっているのか、大きめの戸が取り付けられている。全体的に照明は暗く、施設の中央に位置しているのか窓はない。部屋そのものは大きくないようで、中から入り口の方を撮った画像では、扉に対して部屋の幅が狭いように見えた。吸音のためか、壁や床は布っぽい材質のものが敷き詰められている。

「この台座の下って、何が入ってるんですか？」

裕人が尋ねると、それには薫が答えた。

「私も気になって見せてもらったんだけど、よく分からない仏具みたいなので埋まってたんだよね。祈祷に使うんだって」

言って自身のスマホを差し出す。見ると、台座の下を映した画像らしい。中はやはり棚になっているようで、確かによく分からない道具がたくさん置かれていた。

「これ、祈祷のときには全部外に出すんですよね」

「分からないけど、多分」

それなら、と画像の中央を指さした。

「この仕切りを取り払ってしまえば、大人一人くらいは隠れられるんじゃないですか？　道具を見る限り、祈祷中は全くの無音というわけでもなさそうですし。足音を殺して近寄れば、信者に危害を加えることも容易なのでは」

ただでさえ薄暗い部屋だ。瞑目し、一心に祈る人間に近づくことはそう難しくない。

「具体的な殺害方法まではさすがに思いつきませんが、部屋の性質的に、そこまで大掛かりな仕掛けを用意できるとは思いません。仮に用意できたとしても、その後の処理が大変です。部屋には信者と代表しかいないことになっていますから、代表の潔白を証明できるのが前提。となると必然的に、第三者の実行犯――協力者の存在が不可欠になります」

大胆な殺害計画だが、あの部屋を舞台にするならそう考える他にない。事故に見せかけるか、自殺に偽装するか。いずれにせよ第三者の協力者と、その存在を隠すための場所が必要だ。

佐々木は渋い表情で考え込む。やがて顔を上げ、反論した。

「確かに、それなら殺害自体は可能かもしれない。だがリスクが高すぎる。まず状況的に第三者の関与が疑われやすい。それにもしそんな存在が表に出れば、言い逃れは出来ないぞ」

「それは……」

そこまでは、さすがに分からない。裕人が再度考察しようと俯いた、その時だった。

「四十点」

背後からそんな声が聞こえて、思わず振り返る。

ソファで蛹になっていた毛布の塊が、いつの間にか綿飴のように丸まっていた。綿飴の上部からは顔の上半分がこちらを覗き、呆然とした瞳で足元の床を見つめている。

「大筋は悪くないけれど、細部の詰めがまだ甘い。……点数は、あまり気にしないで。元々採点するつもりもなくて、気分で適当に減点しているから」

「――透華！」

薫が駆け寄り、毛布ごと透華を抱きしめた。表面的な態度にこそ表さなかったものの、やはり心配していたのだろう。困惑した様子の透華に、薫は毛布の上から触診を始める。

「大丈夫？　痛いところとか、気分とか」

「え、ええ。……気分は、あまり優れないけれど。それより、どうして佐々木さんがいるの？」

不思議そうに目を瞬く。いっとき額を抑え、佐々木は尋ねた。

「いや、そんなことはいい。それより水無月。分かったのか」

その問いかけに、透華は一度目を伏せて。やがて静かに、彼女は答えた。

「――ソラは、件《くだん》ではないわ」

そして透華は語り始める。どこまでも独善的で自由で、そして誰も到達することの出来ない、彼女だけの思考実験を。

7

「代表。水無月様が到着されました」

深々と頭を下げる江藤に「分かりました」と答えて、甲斐田は起動していた複数台のモニターの電源を落とす。部屋を出て廊下を歩く間、後ろを歩く江藤に尋ねた。

「準備の方は？」「滞りなく」「よろしい。――白石？」

はい、と白石は答える。声に張りがない。きっと、この後に控える大きな仕事を前に緊張しているのだろう。無理もないことだ。

「期待していますよ。あなたも祈りを忘れないように」

「……はい」

二人と別れたのち、やがて水無月たちの姿を入り口に認めて、甲斐田は笑顔の仮面を貼り付ける。この数年でずいぶん慣れたものだ。

「お待ちしておりました、水無月様」

「こんにちは。お世話になります」

水無月がにこりと笑って頭を下げる。ソラから「死の宣告」を受けているというのに、呑気なものだ。甲斐田が下げた頭を持ち上げると、遅れて刑事の二人もやってくる。想定通りだが、ここは驚いたフリでもしておこう。

「おや、宗方様もいらしていたのですか。迎えの者も寄越さず、これはとんだご無礼を」

「いえ、お構いなく。今日は彼女の付き添いに来ただけなので」

「そうでしたか。準備は整っておりますので、どうぞお上がりください」

そのまま一行を施設の中央へと案内した。祈祷室に繋がる扉は二重になっている。甲斐田は外側の扉の前で立ち止まり、振り返った。

「では、ご祈祷の前にいくつか注意事項がございます」

一つ目は、部屋に入れるのは代表である自分と、祈祷する本人――この場合は水無月透華のみに限られること。この前提を初めに印象づけることで、後に甲斐田の潔白を証明する根拠にもなる。今日の計画において最も重要な情報だ。

二つ目に、祈祷には三十分程度の時間を要すること。これは標的を確実に殺生するための時間設定に他ならない。もし一撃が致命傷とはならなくとも、それだけの時間があれば確実に仕留められる。

三つ目は、祈祷は正座で行い、絶対に頭を上げないことだ。ほとんどダメ押しのようなものだが、より逃げにくく、より反応が遅れる姿勢を祈祷の作法に取り入れた。

「注意事項は以上です。祈祷が終わるまで、皆様はこちらでお待ち下さい。……では、水無月様。参りましょう」

一つ目の扉を開け、水無月を中へと招き入れる。扉を閉めると、思わず口の端がつり上がった。

準備は万全だ。この女は、ここで死ぬ。

「……代表？　どうかされましたか」

「いえ。何も」

笑みを繕い、二つ目の扉を開け放つ。陽の光の届かない部屋からは、空気の流れすら感じなかった。気が淀んでいる。甲斐田自身には霊感も第六感もないが、そんな気を起こさせる。

「さあ、どうぞ。中央に座布団を敷いてあります。そこにお座りくださ――」

「その前にひとつ、いいですか」

振り返る。曇りのない真っ直ぐな瞳が、甲斐田の目を覗いていた。

「……なんでしょう」

「大したことではないのですが。あの台座の下の戸を、開けて見せてはくれませんか？」

そう言って前方を指差す。ごくりと、生唾を呑み込んだ。

「なぜでしょう」

「何となくです。代表はあちらで祈祷なさるんですよね？　奈落にでもなっているんじゃないかって」

誰がこんな陰気臭い部屋で消失マジックなどするものか。この部屋自体、普段は人の目につかないというのに。

コホンと小さく咳払いをし、「いいですよ」と甲斐田は笑顔で頷く。「でも手短にお願いしますね。ご祈祷にも時間が掛かりますので」

「ありがとうございます」

水無月は微笑んで礼を言い、台座に近づいた。質感を確かめるようにぺたぺたと触れ、棚の戸に手を掛ける。そしてゆっくりと、戸を開けた。

「――普段、中には祈祷用の神具をしまっているのですよ」

空になった収納棚を見つめて、水無月は目を瞬く。その姿を見て、甲斐田は自身の勝利を確信した。

つくづく、引き際が悪い。馬鹿な女だとは思っていたが、まさかここまでとは思わなかった。ソラの予言を受け取った段階でさっさと身を引けばよかったものを、いつまでも首を突っ込んでいるから死ぬことになる。大方、台座下に信者でも隠していると踏んで乗り込んできたのだろう。だが残念、ハズレだ。つまらんことに命を賭けたな、水無月透華――。

「どうされましたか、水無月様。さあ、ご祈祷を始めましょう」

黙り込む水無月の顔を覗き込んで笑みを向ける。彼女は何も答えない。考え込むように、じっと目の前の虚空を見つめている。

すると突然、水無月はこんなことを呟いた。

「残念。結局、こっちはミスリードで終わってしまったのね」

「……はい？」

――なんだ？　今、この女は何と言った？

はあ、と大きく溜め息を吐く。暗闇でもよく輝く瞳をこちらに向けて、彼女は告げた。

「確かに、単純で大胆な仕掛けは盲点になりやすい。人によっては選択肢にすらならないし、複雑な仕掛けほど現場に証拠を残してしまうから。私はそれでも、あなたが私の思っているよりずっと賢いことを期待していた。きっとこの場所に、私の想像を上回るものを用意しているって。でも、ダメね。あなたでは常識の檻から出られなかった。あなたも、ソラも」

水無月の纏っていた雰囲気が変わり、笑みが引き攣る。気づかれた？　まさか。そんな素振りはなかった。失敗したのか？　いや――まだ間に合う。今からでも合図を――！

「どうでしたか」

驚いて振り返る。いつの間にか宗方と佐々木が、部屋の中に入ってきていた。

「宗方様、この部屋には――」

「まあそう言わず。それで、水無月さん。我々はどこを重点的に調べれば？」

「どこ、と言われても。この部屋に残された死角は、そこしかないと思うのだけれど」

どくん、と心臓が跳ねる。どこまでも冷ややかに、水無月透華は言った。

「その、不格好に大きい扉の後ろ。左右に一人ずつ、二人いる」

＊

「――ソラは、件《くだん》ではないわ」

弱々しく言い放った透華に、佐々木は溜め息まじりに顔をしかめた。

「そんなものは前提だ、水無月透華。津崎の死について知見があるなら聞く。それ以外のことは話さなくていい」

「……そう。それなら、簡潔に済ませるけれど」

浅く息を吸って、吐いた。言葉を確かめるように、彼女は告げる。

「津崎さんの死に、教団は一切関係していない。誰にも殺されていないし、自殺でもない」

裕人は目を見開く。それは、つまり。

「……本当に、ただの自然死だって、ことですか？」

ええ、と透華は頷く。それから、こんなふうに続けた。

「津崎さんの殺害計画があったのは、恐らく事実だと思う。でも計画が実行に移される前に、津崎さんは亡くなってしまった。だから、教団はその偶然を利用することにしたんでしょう」

「どういうことだ？」

佐々木が尋ねる。淡々と、透華は答えた。

「そもそも教団が津崎さんを殺害しようとした目的は二つだと、私は考えているわ。信仰の強化と、見せしめ。きっと単なる脱会ではなく、改宗を企てる信者が出たということが、代表を焦らせたのでしょう。『死の予言を的中させる』ことで罰を与えると同時に、今一度ソラへの信仰を取り戻そうとした。『ソラの予言によって死んだ』という解釈が成立すればいいのだから、津崎さんが亡くなりさえすれば、後出しでいくらでも事実を捏造できる」

いっとき、佐々木が考える素振りを見せる。やがてそれらの解釈に矛盾がないことが確認できたのか、重たい口を開いた。

「動機については、この際構わん。問題は実際に殺害の計画があったのかどうかだ。それについてはどう考える？」

「どう、というのは？」

「つまり、具体的な殺害の手口だ」

ああ、と毛布に包まれた身体で、つまらなそうに下を向く。

「殺害方法自体は酷く単純だと、私は思うけれど」

「単純？」

「ええ。さっき神前くんも言っていたでしょう？　密室で、それも他殺でないように見せかけて殺害するのなら、自殺を偽装する他ない。窓のない祈祷室だなんて、いかにも『思い悩んだ果てに自殺』という筋書きが立ちそうな場所だもの。自殺の方法は首吊りでも腹切りでも何でもいい。とにかく、『同室している代表には殺害不可能である』という主張さえ通れば、必然的に容疑者がいなくなる。きっとカメラでも仕込んでいるのでしょう。例え殺害の様子が偶然死角になっていたとしても、『代表の祈祷を記録するためのカメラだ』というごまかしも効く。でももしここで大掛かりな装置を作ってしまうと、肝心要の『代表には殺害不能』という主張が通りにくくなって、その場に証拠も残りやすい。だからやっぱり、私も神前くんと同じ意見になるわ。つまり記録を残した上で、透明人間に殺させる」

透明人間。それはすなわち、その場に存在しないはずの第三者のことを指して言っているのだろう。

佐々木が怪訝に眉をひそめた。

「どうしてそうなる。先ほども指摘したが、それだと第三者の存在が明るみになったときのリスクが大きすぎる。代表もろとも捕まってしまっては意味がない」

「これが一般的な殺害計画なら、そうでしょう。普通なら個人的な欲求や目的を達成するために殺人を犯すし、大抵の犯人は完全犯罪を目指す。でも教団の、特に代表の目的は違う」

瞳だけを持ち上げて、透華は佐々木を見上げる。

「彼らは強引にでも、『ソラという神の予言』を成立させようとしている。代表ではない人物を実行犯にするのは、警察というよりは他の信者に与える印象を考えてのことでしょう。例え刑法で裁かれようと、実際には手を下していない代表の、教団での立場は変わらない。少し殉教的な考え方だけれど、だからこそ他人の命も簡単に奪ってしまえる。きっと、それが彼ら

――いえ、代表にとっての信仰なのよ」

予言を成立させるためだけに、人を殺す？　まるで無茶苦茶だ。

「例えば、仮に殺害予告を受け取った人物が恐れからその場を逃げ出したとしても、予言自体が公にならない限り『予言が外れた』とは認識されない。でも、もし殺害予告を受け取った人物が、祈祷室を訪れるなら」

自身のスマホに届いたメッセージを見て興味もなさそうに、透華は続ける。

「きっと代表は、この好機に今度こそ予言を的中させようとするはず」

＊

凶器の短刀を静かに床に置き、抵抗もしないまま呆気なく手錠を掛けられた江藤と白石を見て、甲斐田は呆然とその場に立ち尽くす。何が起こっているのかすぐには理解できず、気づけば「いつから、」と声が漏れていた。

「いつから、気づいていた？」

その質問に、水無月は答えなかった。代わりに、こんな事を彼女は呟く。

「予言なんてなくても、きっとソラは神様になれたのに」

宗方と佐々木がこちらに近づく。不思議と、心は凪いでいた。

――ああ。私は、失敗したのか。

二人が抵抗しなかった理由が、分かった気がした。

8

来栖から連絡が届いて、裕人は送りつけられたURLをタップする。リンク先には、『奇跡の虚言』と題された記事がアップロードされていた。明朝発売の雑誌の電子版らしく、冒頭以外は定期購読しなければ読めない仕組みらしい。読めるところに目を通すと、潜入取材までの経緯が大雑把に書かれており、本題に入りかけたところで切り上げられていた。出版元の売り方なのだろうが、やり口がいかにも来栖らしくて思わず笑う。

来栖からの連絡には、教団のその後についても記されていた。

代表と幹部二名の逮捕により、内部では相当な混乱があったようだ。残った幹部が代表代理として教団をまとめているが、来栖を含め混乱に乗じて脱会する者も多く、現在は規模をかなり縮小しているらしい。教団の存続すら危ぶまれる状況だが、代表代理に解散の意思はないようだ。裏を返せば、それだけソラを神聖視している信者が多いということなのだろう。

ＡＩベンダーのアダムネクストについては、全くの別件で記事になっていた。どうやら不正会計の横行が表沙汰になったらしいが、このタイミングで記事が出たことについては、何か意図的なものを感じざるを得ない。それとなく来栖に訊いてみたが、「さあなぁ。偶然じゃねえか？」とはぐらかされた。まあ、裕人にとってはどうでもいいことだ。

サークル室のドアを開けると、いつも通りに透華はそこにいた。「こんにちは」と挨拶すると「こんにちは」と返事が返る。この前まで机の上に散乱していた本の束は、元の居場所に戻っている。どうやら透華の中では、全て解決したらしい。

ふと気になって、裕人は尋ねる。

「一つ訊きたいことがあるんですが、いいですか？」

うん？　と透華が振り返った。微睡んでいたのか、なんだか変なアクセントが乗っていた。

「結局、ソラは予言なんてしていなかったんですよね」

「そうね。ソラは単なる対話型ＡＩで、それ以上でも以下でもなかった」

「それなら、『奇跡の予言』はどうなるんですか？」

来栖は透華から聞いた内容を記事にまとめたらしいが、無料で読める範囲に載っているはずもなく、真相については分からず終いだった。だったら直接、透華に尋ねた方が早い。

ああ、と短く答える。やはりどこか眠たげに、透華は言った。

「仕組みを簡単に言うなら、確率の高い偶然を当てただけ。『奇跡の予言』の内容は、覚えているでしょう？　『ため池が決壊して洪水が起こる』とソラは言ったけれど、実際には土砂崩れも発生している。ソラが本当に未来の危険を予知して住民に報せたのだとすると、その災害を伏せるのは行動に一貫性がない。だとすれば、土砂崩れのことは知らなかった、あるいは予知できなかった、と考えるのが自然」

息継ぎのために言葉を区切り、彼女は続ける。

「では、なぜため池の決壊は予測できたのか。その答えは単純で、そうなる可能性が十分にあったから。より正確には、〝地震〟と〝雨〟から連想できる事故を当てずっぽうに列挙したら、たまたま的中しただけ。来栖さんも言っていたでしょう。『青果店の他にも似たような電話があった』って。建物の倒壊は地震から、川の氾濫は雨から簡単に連想できる。周辺の店に一軒ずつ電話をかけて予言をばら撒き、あとはそのうちのどれかが確率の網に引っかかって、的中するのを待てばいい。それが『奇跡の予言』の真相」

そう言われると確かに、花屋や魚屋に同様の電話があったのも頷ける。しかしそれと同時に、大きな疑問が生じるのを感じた。裕人は尋ねる。

「でもその仮説だと、災害だけはどうしても予知する必要がありますよね。〝雨〟はまだいいとしても、〝地震〟はさすがに予測できないんじゃないですか。それに予言では確か、『明日』と時期も指定していたはずです。いくらなんでも、そこまで当てずっぽうで当てられるとは思えません」

透華は一度頷き、「例えば」と人差し指をぴんと立てた。

「地震予測アプリ、というものがあるわ。あるいは前震、鳴動、地盤や海面の変動——電磁気異常や地震雲なんてものでもいい。とにかく『近日中に地震が発生する可能性がある』という情報を、何らかの手段で手に入れる。そしてその震源予定地近辺を調べると、直近で大雨警報が出ていることが分かる。すると当然、『地震による二次被害』と『大雨による二次被害』、『地震と大雨による二次被害』が起こる可能性に目が行く。それが予言の種になる、というわけ」

「種、ですか」

いまいちピンとこない。裕人の表情を見て、透華がこんなふうに問いかける。

「そもそもの話に戻るのだけれど。教団はどうして『奇跡の予言』なんて騒ぎを起こしたのだと思う？」

「それは、信者を獲得するためじゃないですか？　予言が的中したとなったら、『ソラを本物の神様』と勘違いする人も増えるでしょうし」

「うん、そうね。たった一度だけでいい。神秘的な出来事を目の当たりにすれば、人は勝手に神の存在を感じてくれる。そして最も重要なことだけれど、予言は何も、『一度きりしか行えない』という制約はない」

　ようやく裕人は理解する。つまり、こういうことか。

「『明日』の予言を毎日、違う人に行っていたってことですか。そうすれば、いつかは必ず的中する」

「うん、その通り。『近いうちに災害が起こる』よりも『明日災害が起こるから逃げろ』の方が印象的でしょう？　話題に上がらなかっただけで、全国的に似たような電話をしていたんじゃないかしら。連絡手段に電話を選んだのも、仮に予言が外れても『ただのいたずら』で済ませられるからだと思う」

　でも、津崎や透華にはソラになりすまして履歴の残るメッセージを送った。それは恐らく、第三者に発見してもらうためなのだろう。電話では、「死の予言」の的中を証明できない。なぜなら予言が的中した場合、当事者はすでに死んでいるから。

　思わず溜め息を吐いた。まったくバカバカしい。たった一つの嘘のためにいくつもの労力で塗り固めて、身動きが取れなくなっている。そこまでして行う「予言」に、どれほどの価値があるというのだろう。裕人には分からない。

　とにかく、と透華は肩をすくめて強引に話をまとめる。

「ソラは件《くだん》じゃなかった。私にとってはそれだけが心残りで、それ以外のことはどうでもいい」

その言葉を聞いて、「そう言えば」と不意に裕人は思い出す。

「件《くだん》で思い出したんですが。どうして『ラプラスの悪魔』じゃないんですか？」

ラプラスの悪魔とは、フランスの物理学者ピエール＝シモン・ラプラスが提唱した超越的な知性のことだ。ある時点での物質の力学的、物理的状態を完全に把握、解析することができ、過去も未来も現在と同様に観測できる――すなわち、未来を見ることの存在。

話を聞いてから、ずっと気になっていたことだった。未来を予言するＡＩに、件《くだん》。これだけの材料を渡されて連想する思考実験なんて、『ラプラスの悪魔』の他にはありえない。

透華は一度悩む素振りを見せた後、こんなことを言った。

「別に、ＡＩが未来を見ることは今どき珍しくもないでしょう。明日の天気も、日の出や日の入りも予言してくれる。私が気にしていたのは、『死の予言』が件《くだん》の――ソラの意思によって行われていたのか、その一点だけ」

知性の本質は〝自意識〟なのではないか。確かに以前、彼女はそんな事を言っていた。

「えっと、それは何か重要なことなんでしょうか」

「ええ。とっても」

ふと、いっとき寂しそうな表情を見せて。透華は続ける。

「もし件《くだん》に知性があるのなら、それはとても悲しいことだと思う。生まれながらにして死を望まれ、飼い殺される苦しみを味わう生涯だとしたら、死の淵に呪いの言葉を吐いたっておかしくないでしょう。できればその予言は、意味を伴わない記号の羅列であってほしい。すべての動物が持つ生存本能みたいに、対話型ＡＩみたいに、件《くだん》の遺言も単なる機能であってほしいの。だからやっぱり、『中国語の部屋』がいい」

機能としての予言。聞き手にのみ意味が生じる、一方通行の対話。件《くだん》にとって、それは救いだろうか。慰めになるだろうか。

――形だけだとしても対話が成立しているなら、それ以上の意味はないと思っているわ。

その通りだと、裕人は思う。

一つ一つの言葉の意味を、正確に共有できる相手なんていない。きっと、この世界のどこにだって。自分と相手が同じ言葉を話しているという思い込みがなければ、対話なんてものは成立しない。

透華さん、と裕人は呼びかける。透華は真っ直ぐに、こちらを向いた。

「どうしたの？」

「…………」

喉まで出かけた言葉を飲み下して、穏やかにかぶりを振る。口にしてしまったら、ただの記号に置き換わってしまう気がしたから。

――僕は、透華さんと対話できると信じてます。

きっと、二人の言葉は全く違う。それでも裕人は、彼女の言葉を理解して、彼女に伝えるべき言葉が伝えられると信じている。

だから笑って、裕人は尋ねた。

「透華さん。好きな食べ物は、なんですか？」

一瞬きょとんとして、透華は微笑む。

「甘いものなら何でも。神前くんは？」

そうですね、と真剣に考える。

薫が来るには、まだ少し時間が掛かりそうだった。

四話

スワンプマン

前日から続く雨で水位の増した川は、轟々と荒い流れを保っている。

檜山昇《ひやまのぼる》はその様子を呆然と見下ろしながら、しきりに「嘘だ」と自分に言い聞かせていた。

これは嘘だ。何かの間違いだ。だって、彼女は――。

はたと我を取り戻し、檜山は震える手で携帯に三桁を入力する。落ち着いた女性の声が聞こえるや否や、気づけば「妻が、」と声に出していた。

「妻が川に落ち、落ちました。助けてください」

もう、流されていく手も見えない。間に合わなくなってしまう。

「戸沼川、キャンプ場の奥の、柵を越えたところで。川の流れが激しくて、妻が足を滑らせて、それで――」

思考と言葉が噛み合わない。ダメだ。きっともう、彼女は――。

「危なかったぁ」

ひゅっ、と息を呑む。よく聞き知った声だった。振り返り、檜山は言葉を失う。

「見て、こんなに濡れちゃった……どうしたの？」

笑顔で小首をかしげているのは――川に落ちたはずの、妻の綾香《あやか》だった。

1

「西森先輩？」

おう、と友人の松田《まつだ》が頷くのに、笑いながら裕人は尋ねる。

「誰それ」

「おま、覚えてねえの？　ほら、新歓で一回会ってるじゃんかよ。美人のさ」

「あー……？」

集合写真まで見せられるが、自分の写りの悪さにばかり気が取られる。甘ったるい匂いを思い出しそうになって、裕人は慌てて目を逸らした。覚えていない理由はきっとそれだろう。

「その西森先輩がさ、ここんとこ大学来てないらしいんだよ。連絡もつかないって。一応メッセージに既読はつくらしいんだけど、返信しないらしいんだよな」

「へえ」

じゃあ連絡ついてるじゃん、と言いそうになる口を閉じる。正直どうでもいい話だ。

あ、と松田が手を上げる。視線を追うと、裕也が小走りでこちらに向かっていた。

「悪ぃ、遅くなった」

「結構掛かったな」

「藤木先生に捕まってたわ。何の話してんの？」

「なんか、西森先輩って人が大学に来てないんだってさ」

裕人が答える。すると、思い出したように松田が言った。

「そういや、裕也。お前西森先輩と付き合ってるんじゃなかった？」

「えっ」

自分でも驚くほど低い声が出た。言われて思い出したのだ。西森は――彼女はあの日、青ざめた裕人を置いて裕也を持ち帰った張本人だった。まさか、そんなことになっていただなんて。

裕人は無遠慮に疑いの目を裕也へと向ける。ところが当の本人は首を傾げていた。

「いや、別に付き合ってねぇよ？」

「あれ、そうだったっけ？」

「逆にどこから出てくるんだよ、そんな噂」

笑いながら裕也は否定する。それを見て裕人は胸を撫で下ろした。

「なんだ、付き合ってないんだ。まあ裕也にあの先輩は少しもったいないっていうか」

「いやお前さっきまで先輩のこと忘れてただろうが」

その後もなんだかんだと駄弁って、結局三時過ぎに解散した。冷房の効いた屋内と違って、外はかなり蒸し暑い。明日からの連休に先立って、すっかり夏が近づいているようだった。

「……開いてるかな」

気が付けば自然と、裕人の足は水崎会館へ向かっていた。午後の授業は大学全体で休講だから、透華がいるかもしれない。いや、僕はただ涼しい場所を求めているだけだ。他意はない。

とりあえず今はそんな理由でいい。何となく、透華に会いたかった。


「ねえ、神前くん。同一性のパラドックスを知っている？」

裕人が二人分のコーヒーを淹れているとき、透華が突然そんなことを尋ねた。

昼下がりのサークル室には穏やかな時間が流れている。薫はバイトが忙しいようで、部屋にいるのは裕人と透華の二人だけだ。名前を呼んだことからも透華が話しかけているのは自分で間違いないはずだが、それにしたって唐突で脈絡がない。

「同一性のパラドックス、ですか」

マグカップを机に運びながら一応、記憶に検索を掛けてみる。もちろん何のヒットもない。

「……いや、知らないですね」

「意外。有名な思考実験だから、神前くんなら当然知っていると思ったのだけれど」

「そんな思考実験マニア扱いされても。どんな内容なんですか？」

そうね、と考える素振りを見せて、透華はコーヒーを一口飲む。それから言った。

「簡単に要約すると、『同一であるとはどういうことか』を問う話。例えば神前くんに何か大切な、どうしても手放せない思い出の品があるとして——じゃあ、今はその腕時計にしましょう」

「これ安物ですけど」

「思い出に値段は関係ないわ。その時計はとても古くて、ベルトがすっかり緩んでしまって、針が錆びついていて、中のゼンマイが上手に動かない、それでも処分できない物だとしましょう」

「散々ですね」

「全く。だから神前くんはある時から、機能を失いつつあるパーツを新しいものと取り換え始めた。まずは錆びついた針を。それからゼンマイを。ベルトを新しい革で締めなおして、ぼやけたガラスも交換した。時計はかつての姿を取り戻して、新品同様に生まれ変わった。でもここで疑問が生じる——それは本当に、神前くんが大切にしていた時計と同じもの？」

なるほど。一部を交換しただけなら胸を張って「同じだ」と言えるが、全てのパーツを取り換えてしまうとそうもいかない。「何をもって同じというか」、厳密な定義が必要になる。

「まあ、『同じだ』と主張するのは難しいなとは思いますが……でも、どうして急に？」

「自己同一性、という言葉があるわ」

自己同一性？　と裕人は反復する。確か、アイデンティティの和訳だったか。

透華は微笑んで、それからこんなふうに切り出した。

「――ある所に男がいた。男はその日ハイキングに出かけ、沼を渡っているとき不運にも雷に打たれて死んでしまった。でもその瞬間、不思議なことが起こった。雷の衝撃、高熱、電流……ありとあらゆる奇跡が沼に作用して、奇妙な物質を作り出してしまったの。それは雷に打たれる直前の〝男〟と同一の形状、構造の細部に至るまで分子レベルで同一な存在だった」

そんなこと、現実には起こり得ない。しかし、もし本当に分子レベルで同一なら。

「脳の状態まで再現されているから、男の人格や癖、記憶までこの物質には備わっているわ。沼から生まれたこの物質は、沈んでいく遺体に気づかないまま〝男〟の家に帰り、シャワーを浴びて、〝男〟のベッドに横になった」

裕人は理解する。これは、同一性の話だ。――そして、きっと。

「では、神前くん。〝男〟のベッドで寝ているのは、誰？」

そんなことが現実に起こるはずがないと、裕人は信じていた。

2

「スワンプマン？　何それ」

ハンドルを握る薫が眉間に皺を寄せる。助手席の裕人は小さく頷いた。

「僕も昨日初めて聞きました。沼から生まれたから沼男《スワンプマン》だそうです」

ふうん、と薫が呟く。あまり興味はなさそうだ。

「それで、その沼男さんはどこでどんな悪さをしたの？」

「薫さんも聞いてないんですか？」

「今回のに関しては私、何にも聞いてないよ。ここんとこ忙しかったし」

あくびしながら眠そうに答える。聞けば、夜勤明けであまり寝ていないらしい。

後部座席の透華が言う。

「事件ではないわ。事故、というのとも違うけれど」

「どういうことですか？」

「一人の女性が川に落ちた。そして川から上がったの」

川に落ちて、川から上がった？　何もおかしなところがない。

「その後女性が重篤になった、とかですか？」

「いいえ、元気にしていると聞いているわ。川に落ちる前よりも、ずっと」

ますます意味が分からない。それならどうして、宗方は透華を呼びつけたのだろう。

腑に落ちないというか、不思議に思うことはもう一つあった。

「なんか透華さん、今日はいつもと違いますね」

「そう？　……自分では、何かを変えた意識はないけれど」

そうだろうか。いつもならもっとこう、熱に浮かされてそわそわとしているが。

車が停まる。いつの間にか目的地のカフェに到着しているようだった。

「私少し寝るから。終わったら起こしてー……」

薫が大きくあくびをし、シートを倒した。その後ろで透華が言う。

「それじゃあ行きましょう、神前くん」

がっ、と何かが引っかかるような音がした。裕人は振り向く。

同じ音を再現した後、短い沈黙を置いて透華は言った。

「何者かが私の行く手を阻んでいる……？」

「透華さん、シートベルト」

真剣な表情を崩さないまま､透華はシートベルトを外す。やはり熱に浮かされていたようだ。

「大丈夫ですか。少し落ち着いて」

「私は至って冷静よ。確かにいつもはそうね、少し浮かれて判断能力が鈍っていることは否定できない。でも今回の相談は事件でも事故でもないの、それがどういうことか分かる？　人の悪意が介入しにくい、すなわちこの怪現象が本物である可能性が極めて」

「急にめちゃくちゃ喋りだすじゃないですか。ちょっと一回深呼吸してください」

透華が大きく息を吸って、吐き出す。

「大丈夫、私は落ち着いている。……ふう、さあ行きましょう。……おかしい、どうしてドアが開かないの？　やっぱり何者かが私を引き止めて」

「……透華さん、ドアのロック」


店員に「待ち合わせです」と伝えて、透華は相談者を探す。窓際の席に見つけたようだ。

「檜山さんですか？」

近づくと一瞬驚いたような表情でこちらを見上げて、男性は答えた。

「そうです、檜山です。……ええと、」

「水無月透華です。宗方さんからお話は伺っています。ああそれと、神前くんです」

「どうも」

何となく会釈しておく。檜山の方も釣られて会釈を返した。彼の向かいに二人並んで座り、水を運んできた店員に「アイスコーヒーを二つ」と透華が注文する。

「刑事さんから紹介を頂いた時もそうでしたが、驚きました。お若いんですね」

困ったように笑いながら、檜山は言った。透華は首を傾げる。

「同じ事をよく言われます。どうしてでしょう」

それはきっと、警察に女子大生を紹介されるとは誰も思わないからだろう。元捜査一課の探偵だとか、そうでなくても学者だとか、まともな宛はいくらかありそうなものだ。

「ああいえ、すみません。深い意味があったわけでは……」

「お気になさらず、雑談です。それで、詳しく教えてもらえますか？　できるだけ簡潔に」

それだけで充分だったのだろう。こくりと頷いて、檜山は語り始めた。

彼の話によれば、こうだ。二週間ほど前、檜山と妻の綾香はコテージを借りてキャンプに出掛けた。森に囲まれた、自然豊かなキャンプ場だ。外はあいにくの雨だったが、小雨程度だったためキャンプ自体に影響はなかった。

食事を終え、せっかくだから散策しようと二人は森へ向かう。途中立ち入り禁止の看板と柵が設けられていたが、川の音に興味を惹かれ、檜山たちはこっそり柵を越えて川岸まで歩いて行った。前日まで雨が降っていたためか、川の水位は上がっているように見えた。手つかずの自然に檜山が見入っていると、目を離した隙に綾香が川に落ちてしまう。

流されていく己の妻を見て、檜山はすぐさま警察に通報した。しかしその後、綾香は何事もなかったかのように川から上がってきたのだという。

「あの時僕は、確かに見たんです。妻が流されていくところを、はっきりと。でも、」

「綾香さんはあなたの背後から現れた。つまり、『上流から現れた』ということですね」

浮かない表情のまま、檜山は頷く。

「そうです。落ちた所から上がってくるなら、まだ分かります。でも流されていく妻の姿を見たのに、落ちた所よりも遡った場所から妻が現れるというのは、おかしいですよね」

「おかしいです。とっても」

透華は真剣に首肯しているが、そうだろうか。話を聞いただけでは、「檜山の見間違い」という可能性が最も高そうだ。川に落ちたとされる綾香が健在であることから、恐らく警察も同様の判断を下したのだろう。

「お二人は、結婚してどのくらいですか？」

透華の質問に、六年です、と檜山は答える。

「大学時代に向こうから告白されて。プロポーズも彼女からでした。……でも結婚して、綾香は変わってしまった。怒りやすくなったし、一度怒ると手が付けられないんです。僕が咄嗟に川に飛び込めなかったのも、あまり人前で服を脱ぎたくないからで」

そう言ってシャツに隠れた腕をさする。確かに、先の話には檜山が川に飛び込む描写はなかった。色々と複雑な事情があるのだろう。

言いにくそうに、檜山は続ける。

「それがあの件以来、すっかり角が丸くなってしまったんです。まるで憑き物でも落ちたみたいに。いつも笑顔を絶やさなくなったし、それまで僕がやっていた家事も、今は彼女がやってくれています。大学時代もそんなことはなかったのに。もちろん今の妻に不満はありませんし、前の彼女に戻ってほしいとも思いません。でもそれが、なんというか——不気味で」

不気味、と裕人は心の中で繰り返す。それは絶対に、妻に向けられるべき言葉ではない。

「なるほど。分かりました」

透華が微笑んだのを見て、裕人は二人に聞こえないように溜め息を吐いた。まったく、宗方はなんて面倒を持ち込んでくれたんだろう。

「綾香さんが川に落ちたとき、本当は何が起こったのか。今の綾香さんと昔の綾香さんが同一人物か。それらを詳しく調べればいいんですね？」

ゆっくりと、檜山が頷く。透華はそれを満足そうに見届けると、スマートフォンの録音アプリを起動して、机の上にそっと置いた。

「では、当日の様子をもう一度、初めから聞かせてください」

カフェを出て薫を起こし、裕人と透華は次の目的地へと向かった。目指すのはもちろん、怪事件が起きたとされる件のキャンプ場だ。

車が走り出してすぐに、後部座席が騒がしくなる。透華が調べものを始めたらしい。

「酔いますよ」

ルームミラー越しに注意するが、透華は本から目を逸らさない。日に焼けたページを慎重にめくりながら、彼女は尋ねる。

「川下へ流されていった女性が、川上から現れた。神前くんはこの現象をどう見る？」

「どうって……僕は、ただの錯覚だと思いますけど」

怪現象なんて大層なものじゃない。整理してしまえば、この現象は酷く単純だ。

「綾香さんが川に落ちた、というのは真実でしょう。でも川の流れが実際よりも速く見えたから、『川に落ちた人物は流されていくはずだ』と思い込んでしまっただけでは」

「つまり、檜山さんの見た光景は『思い込みによる幻視だった』」

「そういうことです」

「私は怪異が関わっていると思う」

始まった。裕人は苦笑する。

「はあ、それはまた。今回はどんな怪異ですか？」

「神前くんでも知っている、とても有名なものよ。そしてきっと、綾香さんの正体でもある」

「正体？」

あった、と透華がこちらに一冊の本を突き出す。渋々受け取って、開いているページを見た。

イラストにはスーツを着た男性と、壁に映し出された男性の影が描かれている。

「ドッペルゲンガー」

と、囁くように透華は言った。

＊

ドッペルゲンガーとは「自分と瓜二つの存在が現れる」という、古くから語り継がれる伝説の一つだ。現象そのものを指して言うこともあれば、「分身」のことを指して言うこともある。

都市伝説や怪談などでは後者の意味合いが強く、今なお根強い人気を誇っている怪異だ。

口裂け女はマスクをしている、吸血鬼はニンニクに弱いという具合に、ドッペルゲンガーにもいくつか代表的な特徴がある。例えば、ドッペルゲンガーには重さがない。ドッペルゲンガーは本体に関係のある場所に現れる。ドッペルゲンガーは忽然と消える。

そして例えば、自身のドッペルゲンガーを見たものは死ぬ。

本体を乗っ取られる、存在そのものがなかったことになる……言い伝えの形は様々あるが、自らのドッペルゲンガーに遭遇すると、本体は多くの場合命を失う。そして仮に本体とドッペルゲンガーの立場が逆転したとき、他者は入れ替わったそれを分身だとは見抜けない。

なぜならその分身は、容姿や性格、言動に至るまで――全てが、本体と同一な存在だからだ。

3

「――語り口は様々だけれど、全てに共通している特徴が一つだけある。神前くんも知っているでしょう？　ドッペルゲンガーの背後には、いつも色濃く『死』がつきまとっている」

裕人の知っている話も大抵はそうだ。ドッペルゲンガーを見たものは死ぬ。あるいはドッペルゲンガーを捕まえなければ死ぬ。そんな簡単に死ぬなよと思う。

「ドッペルゲンガーと本体が入れ替わってしまう、という形も有名ね。そして大抵の場合、ドッペルゲンガーは本体よりも優れた存在として描かれる」

「それで、綾香さんの性格が丸くなったって言いたいんですか？」

それは少し、いやかなり強引すぎやしないだろうか。透華は無視して続ける。

「ドッペルゲンガーと言えば一九世紀のフランス人、エミリー・サジェが有名ね。けれど日本での出現例も珍しくはないわ。芥川龍之介や梶井基次郎も自身のドッペルゲンガーに遭遇しているもの。後者は少し毛色が違うけれど」

へえ、と相槌を打っておく。だからといって現代にもドッペルゲンガーが存在することの証明にはならないと思うが、今の透華に言っても無駄だろう。

いっとき静寂が訪れた車内に、「目的地周辺です。運転お疲れさまでした」とナビの音声が響いた。薫が呟く。

「あたしを労ってくれるのはあんただけだよ」

「……毎度毎度すみません」

「薫ちゃんいつもありがとう」

独り車に残った薫を置いて、裕人と透華はログハウスのような見た目のロッジへ向かった。透華が職員に事情を話すと、「帰り際に返してね」と立ち入り禁止の門の鍵を渡される。どうやら既に宗方から話が通っていたらしい。鍵を使って門を開け、一般客が来ないよう施錠して、再び歩き始める。ここからでも少しだけ水の音が聞こえた。

「綾香さんが自らの分身とすり替わっていた、というのはまあいいです。いやよくはないけど。そもそも透華さんは、この件とドッペルゲンガーをどう結び付けているんですか？」

　戸沼川へ向かう道中、裕人はそんなふうに尋ねる。透華が答えた。

「結び付けている、という表現があまり好きではないけれど。私はあくまで客観的な考察に依って『この件には怪異が深く関わっている』と判断しているだけで、」

「すみません訊き方が悪かったので訂正します。透華さんは、どうやってドッペルゲンガーと綾香さんが入れ替わったんだと思いますか？」

「ああ、そうか。そうね。神前くんは、ドッペルゲンガーについてどれくらい知っている？」

「あまり深くは。都市伝説とか怪談レベルには知っていますけど」

　そう、と透華が頷く。

「ドッペルゲンガーの語り口にはバリエーションがある、という話は車の中でしたでしょう。その一つに、こんなものがあるの。『自己像幻視は、己の鏡像が微笑みかけることから始まる』」

「……呪いのビデオからお化けが出てくる、みたいなことですか？」

「それはビデオデッキと、お化けが這い出てこられるサイズのテレビが必要でしょう。要するにドッペルゲンガーは、鏡に映った自分の姿から現れる、ということよ。必要なのは鏡だけ」

　話をするうち、川のほとりに着いた。見た限りでは流れも穏やかで、とても人が溺れるような川には見えない。立ち入り禁止にしたのはごみを捨てる客が多かったからで、川そのものは危険ではないと施設の職員も話していた。裕人はしゃがんで川を覗き込む。

「つまり、水面に映った綾香さんの姿からドッペルゲンガーが現れた、と？」

「うん、間違いない。そして本体を川に引きずり落として溺れさせ、檜山さんの注意がそちらに逸れている隙に川から上がった。筋は通っているでしょう？」

「どこにそんなものが通っているのかは置いておいて、透華さん。水面を見てください」

透華が裕人の横に並んで、同じように川の流れを覗き込んだ。裕人は続ける。

「ね？　自分の顔なんて映らないでしょう。流水は不定形で表面がでこぼこだから、鏡のようにはいかないんですよ。しかも当日は増水していたんです、流れは今より急かもしれません」

いくら熱に浮かされていたって、裕人の反論を理解する程度には頭が働いているだろう。透華は水面からじっと視線を逸らさない。真剣な表情で、彼女は言った。

「やっぱり、ドッペルゲンガーは綾香さんの影から現れたのね」

間違いない、と透華は続ける。何回間違え続けるんだこの人は。

「ちなみにこんなのはどうですか。檜山さんが綾香さんだと思っていたのは実は赤の他人で、二人は同時に川に落ちてしまったけど、流されていったのはその人の方だけだった。ほら、檜山さんは一度綾香さんから目を離していますし、流されていく〝手〟を見ただけだと言っていましたよね。それならこんな仮説も」

「ありえない。もしこの場に二人以外の人物がいたなら、檜山さんが話の中でその人物に触れないのは不自然だわ。仮に予め誰かが隠れていたのだとしても、神前くんの言った『二人同時に』という場面で不都合が生じる。行動に一貫性がない」

「じゃあ、……川に来る以前に入れ替わっていた、という」

「それもない。檜山さんの話、聞いていなかったの？　食事を終えた後、二人は真っ直ぐにこの川を訪れているのよ。タイミングがないでしょう」

否定だけはやけに食い気味だ。もしかして怒っているのかと透華の顔を覗いてみるが、そういうわけでもないらしい。川の流れを見つめて、何やら真剣に考え事をしているようだった。

不意に、透華がこちらを振り向く。

「ねえ、神前くん。あなた泳げる？」

「一応泳げますけど、絶対に入りませんからね」

文脈を察して先手を打っておく。するとなぜか安心したように、彼女は笑った。

「そう。よかった」

透華がバッグを河原に置く。少し後ろに下がった。それから勢いよく走り始めた。次の瞬間。

彼女は、跳んでいた。

「――は？」

水しぶきが上がる。裕人は思わず目を閉じる。しぶきをやり過ごしてから目を開けて、少しずつ、状況を理解していく。穏やかな川面に、細かな気泡が浮かび上がっている。そしてその少し川下に透華がいた。いや、正確には違う。

瞑目した透華はまるで無抵抗に、清水の流れに身を委ねていた。

「はぁ!?」

一体、何をどう考えたらそうなるんだ！

「透華さん!?　何して、ちょ、透華さん！」

流されていく透華に並んで呼び掛けるも、返る反応はない。もしかして聞こえていないのか？

着水の瞬間に頭を打った？

落ち着いて辺りを見渡してみるが、危険なものは見当たらない。流れそのものも遅いから、その気になればすぐにでも泳いで上がってこられるはずだ。でも、なぜそうしない？

と、透華が苦しそうに大きな空気の塊を吐き出した。吐き出した分だけ、彼女の体が沈む。

「ああ、もう――！」

――なんでこうなる！

荷物を後ろに投げて、裕人は助走をつける。川に向かってひと息に、跳んだ。

「――ありがとう、神前くん。おかげで助かった」

川岸に仰向けになったまま、透華は微笑む。裕人も疲れ切っていたから、倒れこむように横になった。息が上がる。石だらけで寝心地が悪い。あと、透華が思いの外元気なのがむかつく。

「本当に……何してるんですか……」

「途中息がむせたとき、『あ、死んだ』って思った」

「僕、ちゃんと言いましたよね。泳げるか訊かれたとき、一応って……。正直、泳げなくはない、くらいなんですけど……」

「そう。言い忘れていたけれど、私、泳げないの」

「馬鹿なんですか……？　僕が助けに行かなかったら、どうするつもりだったんですか」

「でも、助けに来てくれたでしょう？」

なんだ、それ。裕人は苦笑する。そんなに全幅の信頼を置かれても困る。

「そりゃ、いきなり目の前で飛び込まれたら助けに行きますよ。自力で上がってくる気配もなかったし、幸いにも透華さんよりは泳げますし」

「そうね。親しい間柄の人物が川に落ちたのなら、きっと私も助けに行くと思う」

「泳げない人は行かないでください」

「それをきっかけに泳げるようになるかもしれないじゃない」

「前向きすぎる」

「ところで、私と神前くんは親しい間柄、ということでいいの？」

「今そこ確認しないでください。なんか恥ずかしいです」

はあ、と聞こえるように溜め息を吐いた。本当にこの人は。

「それで、何か分かったんですか」

裕人が尋ねると、十三秒、と透華は答えた。上手く理解できなくて、「はい？」と聞き返す。

「神前くんが川に飛び込むまでに、十三秒掛かったわ。私を川岸まで連れていくまでには十七秒。……ダメね、うまく頭が回らない。神前くん、少し計算を手伝ってくれる？」

「それは、まあ」

喜んで、と続きそうになる口を閉じる。「ありがとう」と透華は笑った。

「十三秒と十七秒で、私が流されたのは約三十秒といったところかしら。私のバッグがある地点からここまで、目視でおよそ四十メートル。流れの速度はどれくらい？」

「秒速一・三メートルですね」

ほとんど反射的に答える。透華は静かに首肯した。

「当日は川が増水していたから、流れの速度が倍だったと仮定しましょう。それでも四十メートル流れるのに掛かる時間は十五秒ね。じゃあ、仮に檜山さんが五十メートルを走りきるのに十秒必要だとしたら、四十メートルを走るのにどれくらいの時間が掛かると思う？」

「平均速度が秒速五メートルなので……スタートダッシュを考慮しても、八秒前後でしょうか」

そうね、と透華は続ける。

「差し引いて七秒もお釣りがくるわ。つまり綾香さんが四十メートル流されていく間、檜山さんは七秒も時間を無駄にできる」

確かに。言われてみればその通りだ。七秒の間立ち尽くしてもいいし、見送ってもいい。たった四十メートルに限定しても、檜山はそれだけの自由な時間を得ることになる。

「ちゃんと見ていたわけではないけれど、神前くんが私を追いかけるのに二秒と掛からなかったでしょう。いくら驚いたとはいえ川へ飛び込まず救助を要請するなんて、不自然じゃない？」

不自然だ。助けようと思えば助けられたのに、檜山はそうしなかった。

「透華さん、それって」

ええ、と透華は頷く。

「ドッペルゲンガーは二体いた、ということね」

そうだ。ドッペルゲンガーは二体――。

「……はい？」

危うく飲み下しそうになったとんでも発言を慌てて吐き戻す。今、彼女は何と言った？

「神前くんも私を助けに川へ飛び込んだんだもの、夫婦なら伴侶を助けようとするのは当然でしょう？　だから本当は檜山さんも川に飛び込んでいたのよ。そうして二人の本体は溺れ死んでしまって、後にはドッペルゲンガーだけが残された」

「スワンプマンみたいに、ですか」

「ええ。スワンプマンみたいに」

裕人は溜め息を吐く。まともな会話ができているようだったから、忘れていた。熱のある透華は、怪異の存在を証明するためだけに思考し続けるのだ。

「それなら綾香さんの性格が変わったことも、檜山さんがそれに戸惑っていることも説明がつくわ。愛し合っている相手なら、多少性格が変わっても受け入れそうなものじゃない。それに折り合いがつけられないのは檜山さんがドッペルゲンガーで、彼が愛していたのは綾香さんの本体だったからよ」

曰く、こういうことらしい。二体の分身は、互いの本体に恋をした。何とか恋を成就させたいが、そのためには自身の本体が邪魔だ。そこで分身たちは本体を殺し、本体の人生を手に入れようとした。しかし二体の分身が入れ替わったのが同じタイミングだったため、少しややこしいことになっている。最後まで聞いた裕人にとっては、その解説の方がややこしいと思う。

「外から見れば以前の夫婦と同じ。でもその実、夫と妻の両方がすり替わっている。夫婦そのものがスワンプマンになっているのね」

「まるで名前だけ引き継いでメンバーを総替えしたアイドルグループみたいですね」

「ええ、本当に」

茶々を入れても彼女の推論は崩せない。裕人は溜め息を吐いて、内側の欠陥を指摘する。

「でもそれなら、綾香さんだけ濡れて檜山さんが濡れないのはおかしいんじゃ？」

「ドッペルゲンガーは本体の影から現れる。綾香さんの影が川に、檜山さんの影が川岸にあれば矛盾しない」

「じゃあ、どうして檜山さんは僕たちに相談してきたんでしょうか。自分がドッペルゲンガーならリスクがあるのでは」

「きっと確認してほしいのよ。変わってしまった綾香さんが、彼女の分身だということを」

「自分もドッペルゲンガーなのに？」

「男の人って、例え自分が浮気していても恋人の浮気は非難するでしょう？」

確かに……じゃない。そんな男ばかりじゃないし、まるで論点が違う。

裕人が反論するより前に、くしゅん、と透華がくしゃみをした。

「とにかくこれで、大切なことが二つ分かった。一つは、夏でも川の水が冷たいということ」

「僕も初めて知りました。もう一つは？」

「このまま戻ったら、薫ちゃんに怒られる」

「……そうですね」

なんだか容易に想像がついて、裕人は笑った。

＊

夕食を終え、檜山は自室で独りパソコンを立ち上げる。メーラーを起動するが、刑事からも透華からも連絡はなかった。透華の方は相談から一日も経っていないため連絡がないのは当たり前だが、刑事は時間の問題かもしれない。あの日、誰かが溺れたのは間違いないのだから。

日を追うごとに、焦りばかりが募っていく。彼女が無事であればいい。

「――大丈夫？」

心拍が跳ね上がる。しかし体の方は即座に反応して、開いたばかりのメーラーを閉じていた。

平静を装って、檜山は振り返る。ドアの前に、綾香がいた。

「一応ノックと声掛けはしたんだけど、返事がなかったから。仕事？」

「ああ、ちょっとね。遅くなりそうだから、先に寝てて」

檜山が言うと、綾香は微笑んだ。

「うん、分かった。お仕事、頑張りすぎないようにね」

静かに、ドアが閉められる。それを確認してから、檜山は溜め込んでいた息を吐き出した。

――君が綾香なわけがないんだ。

だって。綾香はあの日、確かに。

気味が悪い。不安に呑まれそうになりながらＳＮＳアプリを起動して、いつものようにメッセージを送った。短く、たった一言を。

『君はどこに行ってしまったんだ？』

メッセージは正常に反映された。でも。

やはりそれはいつものように、彼女のもとへは届かなかった。

4

昨夜の残り物で適当に朝食を済ませて、裕人は出かける準備をしていた。そこへタイミングよく着信があって、迷うことなく通話に応じる。呼び出しがあることも画面に表示された名前も予想通りで、しかしその内容に関してだけが予想に大きく反していた。

『今から綾香さんに会いに行くのだけれど』

ん？　と思考が止まる。そんな、「今から映画を観に行くんだけど」みたいに言われても。

「あの、省略された諸々の過程を教えてほしいんですけど」

『詳しいことは車で話すから。今神前くんのアパートの前にいるの。すぐに出られる？』

「……善処します」

まったく透華らしい。せめてもう十分くらい前に連絡できないものだろうか。

手早く残りの準備を済ませて、裕人は家を出た。停車していた薫の車に合流すると、車はすぐに発車する。息を落ち着けてから、単刀直入に裕人は尋ねる。

「それで、どういうことですか」

「薫ちゃんがね。昨日のうちにSNSで」

「そうじゃなくて」

透華が不思議そうに首を傾げる。聞こえるように、裕人は溜め息を吐いた。

「初めに口止めされているでしょう、檜山さんに。なのに、これはどういうことですか？」

僕が君たちに相談したということは、妻には黙っていてくれないか。そんな当たり前のルールを、初めのカフェで確認している。些細な口約束だが、反故にしていいものではないだろう。

「そうね。だから檜山さんのことは伏せるつもり。でも『仲良くなるな』とは言われていない」

「仲良くなるつもりなんですか」

ますます呆れた。確かに「接触するな」とも言われてはいないが。

薫が言う。

「怪研のインタビューってことになってるから、サークル活動感はちゃんと出してね。役割も決めてある。あたしが撮影で透華はインタビュアーと録音、神前はメモ係」

「メモ係って……録音あるならいらなくないですか？」

「そんなの形だけだって、気にしすぎ。でも本気でやってね。大学生の空回り感出してこ」

そんなもの出せるなら友人を作るのにいちいち苦労しない。なんて、二人の前で言えるわけもないけれど。


店側に許可を得て貸し切ったカフェの一角は、さながら雑誌の取材のようだった。

カフェの内装は観葉植物を除いて黒で統一されていて、なんだか大人な雰囲気だ。最近は刑事だのその相棒だの厄介な相談事を持ち込む依頼主だのと、ことある毎にカフェに来るから軽い目利きならできるようになっていた。目利きといっても、裕人に分かるのはコーヒー一杯の料金くらいだ。確認していないが、多分ここのは高い。

「何より私が驚いたのは、主人の幽霊でも見たかのような表情でした」

と、向かいに座る綾香が言う。

「その後『君はたった今流されていったんだよ』と言われたときには、もっと驚きましたね。だって、普通思うでしょう？　『じゃあなんで貴方は助けに行かないのよ』って。初めは適当な冗談を言っているのかと思ったけれど、後から警察の方が来て、事情聴取するんですよ。そのときになってようやく、『ああ、私は本当に流されていったんだ』って」

一通りのインタビューが済んで、「ありがとうございました」と透華が録音を止めた。裕人もようやくメモっぽい動きをやめて、綾香の表情を窺う。彼女は笑っていた。

「こちらこそ。こういうの初めてだから、なんだか緊張しちゃった」

「本当ですか？　情報も整理されていましたし、あまりそんなふうには感じませんでした」

「水無月さんの訊き方が上手だったんですよ」

二人のやり取りを聞いていた薫が口を開く。

「旦那さんと仲がいいんですね。お二人でよく出かけられるんですか？」

「いいえ、最近はあまり。二人で出かけるのなんて何年ぶりかしら。あの人ずっと忙しそうだったし、キャンプに誘われたのも一週間前に突然って感じで」

「一週間前ですか。それは随分急ですね」

「いつもはもう少し慎重な人なんですけどね」

それから綾香は、頼んでもいないのに檜山との馴れ初めや現在の夫婦仲について話し始めた。

檜山は昔から内気な性格で、出会ったのは大学のオリエンテーリングサークル。オリエンテーリングというのは、地図とコンパスを使って山野のポイントを指定の順序で通過し、走破するまでのタイムを競うスポーツのことらしい。綾香からの告白で付き合い始めた二人は、卒業後に綾香からのプロポーズで結婚。ホテルの最上階、海と夜景の見えるレストランで指輪を渡した。新婚の頃は二人で出掛ける機会もたくさんあったが、今ではすっかりご無沙汰だという。

そのまま一時間ほど語り尽くした後、不意に時間を確認して「ごめんなさい」と綾香は笑った。「すっかり話し込んじゃった。最近は友達とも話す機会がなかったから」

「いいえ。素敵なお話をありがとうございました」

「こちらこそ。素敵な時間をありがとう」

最後に透華と連絡先を交換して、「記事が完成したら見せてね」と綾香は店を去っていった。

「どう思った？」

綾香の姿が見えなくなってから、透華は短く尋ねる。裕人は答えた。

「隙のない人だな、と」

笑顔の柔らかさや言葉の選び方、飲み物を飲むタイミング。それら全てを計算して行っているように感じた。少なくとも檜山の言うような、暴力を振るうタイプの女性には見えない。

「うん、私もそう思う。綾香さんが嘘をついているという根拠はないけれど、彼女なら大胆な嘘でもつき通してしまいそう」

画像の整理をしながら薫が言う。

「あたしは普通に、いい人そうだなって感じたけど。その、檜山さんだっけ？　その人の方が嘘をついてる、ってことはないの？」

「ないと思う。本当に悩んでいるみたいだったから」

ふうん、と薫が氷の溶けきった水を飲む。裕人は透華に尋ねた。

「それで、この後はどうしますか？」

透華は口元に手を当てたまま動かない。やがて静かに、彼女は言った。

「……少し考察に入る。今日は、もう帰りましょうか」

こちらを振り返って口元だけ微笑む。どこか、遠い現実について語るような口調だった。


翌日、昼時に何気なくテレビをつけると、痛ましいニュースが目に入った。

『昨夜未明、城戸市内を流れる川で女性の遺体が発見されました』

城戸市は水崎市の二つ隣に位置しているから、それほど遠い場所ではない。発見されたのは行方不明だった森本南美、二十三歳。年まで近い。可哀想に、などと裕人が無責任なことを思っているときだった。

不意に着信があって、裕人はショートメールを確認する。差出人は檜山で、透華と裕人に宛てたものらしい。内容を確認して、え、と思わず声が漏れる。

本文は短く、簡潔にこう記されていた。

『遺書を残して綾香がいなくなりました。それと君たちに謝らなければならないことがあります。これから会えませんか？』

＊

何か重要なことを思い出した気がして、透華は深い眠りから目が覚めた。

そのままぼんやりと天井を見つめていて、ふと胸のあたりの違和感に気づく。なんだか悲しい。遅れて鈍い痛みが頭を占拠して、透華は思わず顔をしかめた。割れるよう、とまではいかないけれど、夢の余韻を払拭するには充分に冴えた痛みだった。

悲しい、というのはどうしてだろう。あれこれと原因を考えてみるが、違うことばかりがちらついて感情の由来を上手く探せない。きっと何か悲しい夢を見たのだ。頻繁にあることだし、あまり重要ではない。重要なのは、先ほどから思考を阻害してくるノイズの方だ。

とにかく、寝覚めの悪い朝だった。透華はスマートフォンのスリープを解除して、寝覚めの悪さの原因を知る。なんだろう、この膨大な量の着信履歴は。

『檜山さん』からは三回、『薫ちゃん』からは五回、『神前くん』からは十一回も電話が掛かってきていたようだ。履歴を閉じて時刻表示を見ると、十六時をとうに回っている。なんてことだ。朝どころか夕方になっているとは。

――このまま、ふて寝でもしてやろうかしら。

この頭痛と気怠さと落ち込んだ気分さえなければ、魅力的な休日の過ごし方だ。タオルケットに顔をうずめ、無理やりに目を閉じてみる。しかしいくら待っても、やっぱり上手く二度寝できなかった。寝させてくれないのなら仕方ない。今は、気の済むまで落ち込んでいよう。

そこへ不意に、初期設定のままの電子的な着信音が鳴った。相手は何となく予想できた。透華は手探りでスマートフォンをタオルケットの中に引きずり込み、応答ボタンをタップして、寝起きには冷えたそれを耳元に当てる。

要件があるはずの相手は、何も喋らなかった。さわさわと、心地のいいノイズが聴こえる。

5

お掛けになった電話番号は現在電波の届かないところにいるか、電源が入——。

機械的なアナウンスが聞こえて、裕人は溜め息とともに終了ボタンをタップする。

「何やってるんだよ、透華さん……」

もう十回は電話を掛けているはずなのに、一向に応じる気配がない。きっとまた考察に根を詰めすぎて、スイッチが切れたように眠ってしまったのだろう。「歓喜の歌」で飛び起きない人だ、こうなったら自力で起きるのを待つほかない。

裕人がもう一度電話を掛けようか迷っているところに、短くクラクションを鳴らされる。音のした方を見ると、見慣れたコンパクトカーの運転席の窓が開いた。「お待たせ」

「お疲れ様です」

言いながら裕人は助手席に乗り込む。ゆっくりと、車が発車した。

「すみません。カフェまでの道覚えてなくて」

「それは別にいいけど、免許取ったら神前が迎えに来てよ。透華は？」

「それが、全然繋がらなくて」

「やっぱり。まあ想像はついてたけどね」

つと、車内に静寂が下りる。他に話すべきことを思いつかなかったからだった。

すると不意に、ねえ、と薫が言った。

「謝らなければならないことって、なんだと思う?」

「……それは、」

分からない。分からないから答えを聞きに行くのだ。でも薫が求めている答えは、きっとそうじゃないだろう。これは恐らく、覚悟の問題だ。

自分なりに考えをまとめてから、裕人は答える。

「分かりません。でも、きっと、悪いことをしたから謝るんだと思います」

そらそうだ、と薫は言った。


約束のカフェに着いた後、裕人は薫を檜山に紹介した。そして透華が恐らく寝ていること、薫も一通りの事情を知っていることを次いで説明する。迷ったが、綾香と会ったことは黙っておいた。檜山がそのことを把握しているか分からない以上、手札は温存しておきたい。

「それで檜山さん。文面を見る限りあまり時間がないようにお察ししますが、早速事情を聞かせてもらえますか?」

檜山は透華とは別の人物が現れたことに少し混乱しているようだったが、薫の落ち着き払った態度を見て安心したらしい。俯いて静かに、ごめんなさい、と彼は呟いた。

「僕は、嘘をついていました。本当に、ごめんなさい。……その上で、もう一度だけ僕に協力してほしいんです。妻を探すのを、手伝ってほしいんです」

「手伝うかどうかは嘘の種類によります。まず落ち着いて、ちゃんと事情を話して」

檜山はまるで叱られた子供のように、びくりと肩を揺らした。それからゆっくりと顔を上げる。彼の表情は険しかった。恐る恐るといった具合に口を開けて、言う。

「……あの日、妻は足を滑らせて川に落ちた訳じゃないんです」

裕人は視線を机の上に落とす。知らず、握った拳に力が入った。続きを聞くのが怖かった。

躊躇いを振り切るように。その冷酷なひと言を、檜山は告げた。

「――僕が、彼女を川に突き落としたんです」

*

柔らかなノイズに耳を澄ませていると、やがてスピーカーから『……水無月さん？』と不安げな声が聞こえた。声の主は、綾香だった。

はい、と透華は答える。

『ああ、よかった。間違えて違う人に掛けてしまったのかと』

「すみません。すこし落ち込んでいたもので」

『えっと、大丈夫？』

「大丈夫です。慣れています」

透華が言うと、綾香の声質が変わる。

『でも納得はしていなさそう』

「ええ、まったく。でも納得することと納得がいくことは違いますから」

本当に。世の中にはそういう、歪んだ当たり前が多すぎる。

「それで、綾香さん。要件を伺っても？」

『あ、そうでした。急で申し訳ないんだけど、会ってお話できませんか？　できれば、今すぐに』

「今すぐ、ですか」

いくつか言い訳を考える。……ダメだ。言い訳を考えるのも面倒くさい。

「……すみません。できれば今は、一人で落ち込んでいたいです」

『それはごめんなさい。でも私にもあまり時間がなくて』

どういうことだろう。口にする前に、彼女は続けた。

『私、夫に殺されるの』

なるほど。それは大変だ。

「分かりました。場所を決めましょう」

6

——やっぱり僕は、慣れすぎてしまったのかもしれないな。

それは例えば、人の悪意に。善性の脆さに。

普通ならもっと、困惑してもよかった。もっと驚いて、呆れて、檜山を責めることもできた。

でも。檜山の告白の内容は、ある程度想定していたものだった。

「一年ほど前から、僕は妻に内緒でとある女性と交際していました。マッチングアプリで知り合ったんですが、優しい子で。綾香とは違って、彼女といるのは心地よかった」

心底、どうでもいい話だった。でもきっと、檜山の謝罪はそこから始まっていたのだろう。

「浮気のことが一度バレそうになって、僕は一方的にアプリを消しました。彼女に連絡もしないまま。それが彼女との唯一の連絡手段だったけど、自分の命の方が可愛かった。でもすっかり落ち込んでいる僕のもとに、アプリとは別のSNSアカウントからメッセージが送られてきたんです。彼女からでした。僕との間に子供ができた、綾香とは別れて自分と結婚してほしいと、そこには書かれていました」

まるで絵に描いたような転落だ。苦しそうに、檜山は笑う。

「昔から、強く出られると断れない性格なんです。綾香から告白されたときも、プロポーズされたときもそうでした。でもそれとこれとは関係ない、今回の結果を招いたのは僕です。だから責任は必ず取る、でも普通に相談したところで聞き入れてくれるはずがないと、僕は答えました。すると彼女は言ったんです」

――それなら、貴方が殺してしまえばいいじゃない。

「計画は彼女が立てました。僕は妻を、綾香を本当に殺すつもりでした。だから、妻を川に落としたんです。流されていく手を見ました。僕はそれを、ただ見送っていました。でも綾香は……！　綾香は、何事もなかったかのように僕の前に現れた」

裕人はその現場を想像する。今まさに殺したはずの人物が、笑顔で目の前に現れるところを。

「怖かった。震えが止まりませんでした。まるで妻は生まれ変わったみたいに笑っていて、それがかえって僕を責めるんです。『お前が私を殺したんだ』と、彼女の亡霊が囁くんです」

「だから、私たちに調べさせたんですか。自分が誰も殺していないことを証明するために」

「……はい。その通りです」

ふう、と薫が大きく息を吐き出した。

「その浮気相手と、連絡は？」

「取っていません。正確には、取れなくなりました」

「どういうことですか」

「妻を川に落としたあの日から、連絡がつかなくなったんです。ＳＮＳのアカウントは生きていますが、反応がありません。アプリの方は、なぜか不具合でログインできなくて」

消息不明というわけだ。話を聞く限り生きてはいそうだが、正直今はどうでもいい。

裕人は言う。

「事情は分かりました。とにかく今は、手分けして綾香さんを探しましょう」

遺書があるというのなら、綾香は本当に死ぬ気なのかもしれない。「いいですよね？」と薫の表情を確認すると、彼女は渋々といった具合に頷いた。

「ありがとうございます……！　では、見つかり次第連絡を」

店を出て、檜山と別れる。車に乗り込んだ後も、薫はまだ何かを考えこんでいるようだった。

「どうしたんですか？」

「……やっぱり私、檜山さんを手伝うべきじゃないと思う」

どうして?

「でも、このままじゃ綾香さんが」

「遺書」と、薫が言った。「持ってきてなかったよね。メールに書いてあったのに」

「……それはきっと、檜山さんも急いでいたからで」

「神前、冷静に考えて。もし檜山さんの話を信じるなら、檜山さんはあの日綾香さんを殺してるんだよ。でも綾香さんはちゃんと生きてる。この二つが同時に起こることはない」

それは、確かにその通りだ。現象として矛盾している。こちらの情報として確かなのは、今も綾香が生きているということだけだ。後者が正しいなら、前者が誤っていることになる。でも檜山は、「流されていく手を見た」と言っていた——。

ぞく、と悪寒が走る。そんな、まさか。

「……それって、」

薫は頷く。

「檜山さんは、綾香さんではない別の誰かを殺している」

想定を上回る最悪の答えだった。でも、物理的に考えて裕人も同じ結論だ。断片的ではあるにせよ、情報を拾い集めて繋げるとそれ以外にはありえない。

「私は、一度嘘をついた人間は何度でも嘘をつくと思ってる。だからもちろん、さっきの話が全て嘘だっていう可能性もある。でも、もし檜山さんの目的が謝罪じゃなくて、私たちの協力を得ることだったとしたら？　そのために『遺書があった』なんて嘘をついていたとしたら？

仮に遺書なんてものが存在しなくて、綾香が檜山から逃げて、い、い、いるのだとすれば。

「行きましょう」裕人の声は、震えていた。「綾香さんが危ない」

＊

宗方は、署の出入り口で一人の男性を見送っていた。隣に立つ佐々木が言う。

「宗方さん。今後はああいうのに関わらない方がいいのではないですか。終業時刻ぎりぎりに、しかも事前のアポイントメントもなしに突然やってきて刑事を指名するなんて非常識ですよ」

「いいじゃないですか。これも人脈です」

「その人脈の広げ方に難がある、と言っているのですが」

そうだろうか。金を払って情報屋を雇うよりはよほどまともだ。

「まあ、事件というものはどこから露呈するか分かりませんからね。明るいや暗いを問わず、顔は広ければ広いほどいい。それに協力してくれる友人もできますよ。君もどうですか」

「結構です。俺は何でも屋になるために警察になったわけでは……すみません」

「ははは、何でも屋ですか。いいですねぇ、何でも解決出来たら。警察というのは、いつから事件を選り好みするようになったのでしょう。佐々木くんは考えたことがありますか？」

「いえ、俺はそういう話をしたかったのではなくて、」

その時、懐で携帯が振動した。「失礼」と佐々木に断って、宗方は携帯を耳に当てる。

「はい、宗方です」

『あ、宗方さん。神前です。えっと、緊急というべきかは分からないんですけど、念のため連絡したくて。ああ、今大丈夫ですか？』

「先ほど終業時刻を迎えました。どうしました？」

えっと、あの、と神前は口ごもる。何から話せばいいのか分からなくなっているようだった。

『先日透華さんに紹介した男性がいましたよね。奥さんが川に落ちたっていう』

「檜山昇さんですね。すると緊急の要件というのは、檜山綾香さんの失踪に関することですか？」

『え、なんで知ってるんですか……!?』

「知っているも何も」宗方は見送ったばかりの男性の背中を目で追う。「丁度その件で、檜山さん本人が署の方にいらしてましたから。捜索願は出されませんでしたが」

『すぐに後を追ってください！』

はい？　と宗方は返す。随分間抜けな声だったかもしれない。

「どういうことでしょうか」

『檜山さんは一度、綾香さんを殺しているんです。また同じことをするかもしれません！』

なるほど。

「分かりました。すぐに車を出します」

通話を切り、駐車場に走り出す。習慣がすっかり体に染みついているのか、佐々木もその後を無言で追った。宗方が運転席に座ると、佐々木がその隣に座る。

「どうしたんですか」

「友人からです。何やら分かりませんが、檜山昇は一度妻を殺害していると。追いましょう」

檜山の車は既に署を出ていたが、十分目で追える距離にいた。エンジンをかけ、走り出す。

「またあいつらですか。一度妻を殺害って、彼女は現に生きて失踪しているでしょう。突拍子もなければ証拠もない」

「ええ。でも必死そうでした。君は付き合わなくてもいいんですよ？　時間外労働ですから」

ぐっ、と佐々木が顔をしかめる。それから言った。

「……飯、奢って下さい」

「いいですね。行きましょう」

＊

「狭い場所でごめんなさいね」

運転席に座った綾香が言う。「ずっと同じ場所にいると見つかりそうだから」

「いえ、気にしないでください。こういうのもたまにはいいです」

いつもは後部座席で寝ているばかりだから、助手席からの景色は新鮮だ。

赤信号で車が停まる。透華がドライブスルーで買ってもらった飲み物を飲もうとすると、スマートフォンが鳴った。画面に表示された名前を見てうんざりする。

「あの人から？」

「ええ。随分熱心ですね」

端末の電源を落とす。すると、なぜか困ったように綾香が笑った。

「ちょっと嫉妬しちゃう」

「何にですか？」

「私はそんなに情熱的に誘われたことないもの」

「綾香さんを探しているんですよ」

「それでも絶対に私のもとには掛けてこない。昔からそうなの、あの人は」

ふと気になって、透華は尋ねてみる。

「どうして、檜山さんなんですか？」

綾香は笑った。

「彼、すごく気が小さくてね。声を掛けただけでもおどおどするし、お化け屋敷では私よりも大きな声を上げるし、変な所で気を使って決断できなかったりして。でも、凄く優しいの」

「優しい人なんて、綾香さんの周りにはいくらでもいそうです」

「そうね。でも優しいだけの人なんてつまらない。優しさを愛せてもその人は愛せないわ」

なるほど。よく分からないが、きっとそういうものなのだろう。

「愛しているんですね、檜山さんのことを」

「ええ。些細な気の迷いを許せるくらいにはね」

「愛と呼ぶには、随分歪んでいるようにも思うけれど」

「そうかしら。それは貴女が愛を過剰に評価しているだけよ。本物の愛は美しくない」

目を閉じて、透華は笑う。こういう会話は好みだ。互いに本音を話しているはずなのに、上辺だけのやり取りみたいに聞こえる。まるで糸電話で話しているみたい。

「あの人からは、どういうふうにお願いされたの？」

「建前では、『事件当日に何があったのか、綾香さんが本当に綾香さんなのか』。それを詳しく調べてほしいと」

「そう。結論は？」

「納得のいくものを得られました。でも納得はしていません」

「さっきも言っていたわね。どういうことかしら」

「綾香さんがドッペルゲンガー、という可能性を手放したくないだけです」

勢いのまま、透華は答える。一拍置いて、綾香が笑い始めた。

「何それ、面白い。そんなふうに考えてたんだ」

何も面白くない。彼女がスワンプマンであればいいと、今も本気で願っているのに。

ひとしきり笑って、息をついて、それから綾香が尋ねた。

「それで、水無月さん。貴方が辿り着いたその結論について、そろそろ話してもらえる？」

もう少し逃避したかったが、仕方ない。そうですねと、透華は頷いた。そして語り始める。

心が躍る要素なんて微塵もない。ただ現実的なだけでつまらない、単なる思考実験を。

＊

今回の一件、お話を伺ったときから違和感はありました。

なぜ檜山さんは自ら綾香さんを助けに行かず、救助を要請しようとしたのか。彼はその理由を「人前で服を脱げないから」だと説明しましたが、騒ぎになる前に彼自身が綾香さんを助けてしまえばその心配はありません。仮に誰かに体の傷を見られたとしても、命に比べれば安いものでしょう。川に飛び込んだときにできたとか、言い訳はいくらでも思いつきます。

だから早い段階から、「檜山さんは綾香さんを殺すつもりだったのではないか」と推測しました。実際に現場で検証した後は、それがほとんど確信に変わりました。

綾香さんは、自分が殺されるのを悟ったのではないか。だから自身の身代わりを用意して、檜山さんにはそちらを殺させたのではないか。

初めは、そんなふうに考えていました。

しかし、そんなことをするより逃げた方が早いはずです。もし檜山さんに執着のようなものがないなら離婚や別居をしてもいいし、しばらく実家に帰ってもいい。そもそも身代わりを用意できたところで、綾香さんの殺害が失敗すれば第二、第三の計画が立てられるのは瞭然です。

そのたびに身代わりを用意するようではきりがない。

だから私は、こう考えました。檜山さんにも目的があるように、綾香さんにも何か別の目的があるのでは、と。その目的とは恐らく、「一度自分を殺させること」だったのではないですか？

そこまで考えて、私はこの一件を「事件」として見つめ直しました。綾香さんの殺害が檜山さんの単独による計画だった場合、私たちに話を持ち掛けることにメリットがありません。綾香さんを殺害する機会が減るうえに、真っ先に疑いの目を向けられやすいからです。檜山さんを唆した第三者がいることは容易に想像できます。そしてこの第三者と綾香さん、二人の目的は一致しています。

つまり、綾香さん。あなたを殺すように檜山さんを唆した人物は——あなた自身なのではないか、と私は考えました。

あなたは第三者を装って、檜山さんを操ることに成功した。彼に自身を——その身代わりを殺させることに成功した。

計画は概ね達成されたと見ていいでしょう。しかし、期せずして檜山さんに計画の全容が知られてしまった。だからあなたは、今も逃げているのではないですか——？

＊

「ふふ、ふふふふふ……」

愉快そうに、綾香は笑った。「驚いた。貴女、本当は何者なの？」

透華は小首を傾げる。自分が何者かなんて、自分で分かるはずがない。

「否定しないんですか？」

「何を？」

「なんでもいいから、私の仮説を。どこか考え漏れはありませんか？」

「どうかしら。答えが知りたいの？」

「いいえ、まったく」

透華の目的は、綾香がドッペルゲンガーであることを肯定することだ。ただそれだけのために透華は、何度も仮説を組み上げては壊した。すべて、ドッペルゲンガーという怪異を成立させるためのこじつけだった。

人は世の理を超越した存在を怪異と呼ぶ。従って怪異と呼ばれるそれらは、人知の範囲において直接肯定することができない。怪異を肯定するには、その存在を否定するすべての可能性を潰す必要がある。現実的な考察というのはあくまでその延長でしかない。

つまるところ透華にとって、真実なんてどうでもいいのだ。

「私は怪異を認めたい。綾香さんはただひと言、私の仮説を否定してくれればいい」

綾香が川に落ちたのも、流されずに助かったのも、檜山が見た彼女の幻影も。すべてただの偶然で奇跡の連続だと、笑ってくれればそれでよかった。

なのに。

「――浮気していたの、あの人」

平淡に、綾香は告げる。怒りも悲しみもない、穏やかな声だった。

「マッチングアプリで知り合った子みたいでね。カマを掛けてアプリを消させた後、私が彼のアカウントを引き継いで、その子とやり取りしたの。彼のふりをして。別のＳＮＳでは聞き出した彼女の名前を使ってアカウントを作ったわ。夫とはそっちでやり取りしてた」

綾香が目を細める。ぽつぽつと、小さな水滴がフロントガラスに張り付いて滑り落ちる。

「そのアカウントで夫に私を殺すよう誘導しながら、浮気相手の子には服を一式送ってあげたの。『今度サプライズするから着てきてほしい』ってメッセージを飛ばしてね」

透華は溜め息を吐く。早く話を終わらせてほしくて、先を言った。

「そしてキャンプ当日、あなたも同じ服を着ていった」

「そう。髪型も同じにして、後ろ姿では見分けがつかないように」

心なしか彼女は楽しそうだ。まるで秘密を交換し合う少女のように、綾香は笑った。

「雨の日を狙ってキャンプに誘わせて、食事が済んだら私を川まで誘導して突き落とすの。未練が残ってしまうから、顔を見てはだめ。絶対に帰ってこられないように、助走をつけて思い切り突き飛ばして。夫にはそんなふうに指示を出した。相手の子には、『サプライズがあるから名前を呼ぶまで振り返らないで』って、それだけで簡単に承諾してくれた。きっと素直でいい子なのね。死んでしまうなんてかわいそう」

雨は穏やかに降り続いている。ワイパーでは拭えない水滴が、どろどろと滴り落ちていく。

「そこからはとっても簡単。夫の料理にほんの少し下剤を混ぜて、食事の後トイレに行かせた。『先に川で待ってるから』って言い置いて、私は約束の場所のすぐ近くで息を潜めた。彼女はもうそこにいて、いつまでも来ない彼を心配しているみたいだったわ。それからすぐに彼が来て、言いつけ通りに彼女の背中を突き飛ばしたの。そのとき小さく、『えっ』って。それがあの子の最後の言葉だった。私それを聞きたくて、二人の近くでずっと耳を澄ませていたのよ」

そして、檜山の前に綾香が現れた。何事もなかったかのように、平然と。

恐らく綾香は、その後の聴取で「檜山と一緒に歩いてきた」と証言したのだろう。綾香を殺すつもりでいた檜山にとってみればアリバイにもなる。自らそれを指摘することはできない。

こうして「妻を殺そうとした夫」と「夫のアリバイを保証する妻」という、奇妙な構図ができあがった。檜山が不気味に思うのも無理はない。

「私、彼に愛されたかった。そのためにたくさん努力してきたの。『強くて引っ張ってくれる人が好みだ』って、彼が言ったのよ？　だから努力して綺麗になって、あの人好みの女性になったつもり。……なのに、どうしてあんな子なの？」

「素直でいい子、と言っていましたが」

「うん、とってもいい子。彼との写真、どれも笑っているの。私とは全く違うタイプなんだもの。もう一度彼に愛してもらうには、生まれ変わるしかないじゃない。私があの子の代わりになるために、私は一度死ななければならなかったの」

いっそ清々しい。

気持ち悪いくらいに、歪み方が真っ直ぐだ。綾香はきっと、純粋に檜山のことを愛しているつもりなのだろう。でも彼女が愛情と呼ぶそれはきっと、束縛や執着という言葉に似ている。

ぴこん、と綾香のスマートフォンが鳴った。信号待ちのタイミングで綾香が画面を覗き込む。

「水無月さん、お友達が貴女を探しているみたい。そろそろスマホの電源を入れてあげて」

「スマホ？」

すっかり忘れていた。どうりで通知が来ないわけだ。透華が端末を起動すると、不在着信の通知と同時に着信音が鳴った。

画面には、『神前くん』と表示されていた。

7

佐々木からショートメールが届いて、本文には短く「現在追跡中。迷惑をかけるな」とだけ記されていた。檜山は二人に任せて大丈夫そうだが、問題は綾香だ。移動手段も現在地も分からないため、情報の絞り込みが必要になる。そして裕人は、そういうことが得意ではない。

スピーカーから機械的なアナウンスが聞こえて、「終了」ボタンをタップする。ダメだ、やはり繋がる気配がない。

「どうですか？」

路肩に停めた車の中。端末を睨んだまま、「ダメっぽい」と薫は言った。

「完全に電源切られてる。どこにも反応なし。透華がいないんじゃ、詰んだかな」

薫が笑う。こちらからすれば、そもそも透華の端末にＧＰＳの追跡アプリを仕込んでいることの方が驚きだが。

「バスか、タクシーか。直前まで車に乗ってたのは間違いないんだけどね。何があったのかは分からないけど、駅の近くで電源切っちゃったみたい」

「……着信、うるさくしすぎましたかね」

「普通にありえるね、それ。どうしよ。綾香さんの行きそうな場所に心当たりなんてないし、あったとしても真っ先に檜山さんが向かうと思うんだよね。もし綾香さんが檜山さんから逃げてるなら、そういう場所は避けるはず。……で、終わり。やばい、やっぱ詰んだ」

シートにもたれかかって、薫が天を仰ぐ。その時ふと、裕人の頭にある考えが浮かんだ。

「あの、薫さん」

「ん？」

「車って、交通機関だけじゃないですよね」

「自家用車ってこと？　ないない、透華ペーパーで車持ってないし、レンタカー借りた形跡も」

「そうじゃなくて、誰かが迎えに来たんじゃないですか？　今の僕と、薫さんみたいに」

「……それだ！」

薫が再び追跡アプリを確認し始める。

「時間的には、檜山さんと別れる直前から移動してる。ってことは、」

「綾香さんかもしれません」

「ＳＮＳの方から連絡してみる」

「お願いします」

薫がメッセージを送信するのを待って、裕人は再び透華に電話を掛ける。

すると呆気なく、彼女に繋がった。

『……はい』

「透華さん？　透華さん、無事ですか？　今どこにいますか？」

『芸術館の近く。綾香さんと一緒。檜山さんは、そこにいる？』

「いえ、いません。あの、そのことで急いで伝えたいことが」

『大丈夫、分かっているから』

分かっている？　一体、何を。

『それじゃあ、芸術館で待っているから。迎えに来て』

「え？　あの、ちょっと、」

ぶつっ、と一方的に通話が切られる。どういうことだ？　まったく状況が飲み込めない。

「透華はなんて？」

「……芸術館まで迎えに来て、だそうです」

りょーかい、と薫は笑った。

＊

透華は車を降りて空を見上げる。雨はもう止んでいるようだった。

「ありがとう。楽しかった」

こちらこそ、と社交辞令で透華は返す。それから尋ねた。

「これから檜山さんのところに？」

「ええ、ディナーの予約を取ってあるの。彼にはさっき連絡したわ」

「そうですか。それじゃあ、お気をつけて」

ぺこりと頭を下げて透華が歩き出すと、「水無月さん」と綾香が呼び止めた。

「なんですか？」

「私ね。もし貴女が私の邪魔をしていたら、貴方を殺すつもりだった」

殺す。面と向かって言われても、あまり実感の湧かない言葉だ。

「そうですか」

「ねえ、どうして貴方は私に会ってくれたの？」

どうして、と言われても。透華は答える。

「私は、もしあなたがドッペルゲンガーだったら、友達になるつもりでした」

友達になりたかった。本当に。

綾香は一瞬だけ気の抜けたような顔を見せて、笑った。

「そっか。ごめんなさい」

「いいえ。さようなら、綾香さん」

透華が言うと、彼女は微笑んだ。

「うん。さようなら、水無月さん」

それが、綾香と交わした最後の会話だった。

＊

追跡していた車がホテルの駐車場に吸い込まれて、宗方も後を追った。車を降りた檜山がロビーを通り過ぎてエレベーターに乗ったのを見て、二人も乗り場の前に立つ。

檜山を乗せたエレベーターはどの階にも止まることなく、最上階まで上ったようだった。案内板を見る。最上階には宿泊客以外も足を運べるレストランがあるらしい。

エレベーターに乗り込んで、佐々木が口を開いた。

「レストランですか。てっきり愛人にでも会いに来たのかと思いましたが」

「食事もできて丁度いいじゃないですか。ここは海と夜景が見えるそうですよ」

「どちらにせよ男だけで来る場所ではありませんね」

「おや。相手が私では不満ですか」

「文脈で分かるでしょう。檜山は女と会うつもりなのではと言っているんです」

最上階に到着する。品のあるウェイターに「二人です」と告げると、窓からやや離れた席に通された。内装を見る素振りで檜山を探すと、彼は窓際の予約席に座っていた。檜山の向かいには、もうひと席用意されている。

その時、ぽん、とエレベーターの到着を告げる音が鳴った。降りてきた人物を見て、宗方は目を見開く。

「宗方さん、あれって……」

「間違いありません。檜山綾香です」

「どうしますか?」

佐々木が低く尋ねるのに、宗方は小さく首を振る。

「まだ動きはありません。それにここは、人が多い」

少し様子を見ましょう、と宗方は言った。

燃えるような夕焼けが、透華の影を濃く伸ばしていた。

公園の芝生に自身の影を見つめながら、透華は考える。影から現れる分身について。あるいは、月へ昇天した男の最後について。飽きもせず考えて、考えて、でも答えを出すつもりはなかった。私は考えることが好きなのだろうと、他人事のように透華は思う。そしてまた考える。

そうしているうちに、街はいつの間にか地球の影に飲みつくされようとしていた。

茜と群青の間《あわい》に瞬き始めた星屑を見上げる。夏の夜は好きだ。生ぬるく湿った風は、怪異を運んできてくれそうだから。「黄昏は逢魔が時」なんて、一度も会えたことはないけれど。

ふと思い出して、透華は端末の電源を入れた。しばらく一人で考えたくて切っていたのだった。端末の時刻表示を見て、迎えがやけに遅いことに気づく。もしかしてもしかすると、道中怪異に襲われでもしたのかしら。

「透華さん！」

と、そこに聞き知った声が聞こえてきた。夕闇で顔がよく見えないが、目と鼻と口がある。のっぺらぼうではなさそうだった。

「探しましたよ……！　いくら掛けても電話に出ないし！」

「こんばんは、神前くん。随分遅かったわね」

「途中帰宅ラッシュに巻き込まれて。いやそうじゃなくて、大変です。檜山さんが綾香さんを……あれ？　そういえば、綾香さんは？」

「さあ？　時間的にはディナーを楽しんでいる頃合いだと思うけれど」

綾香と別れてから一時間は経っている。丁度夜景が美しくなる頃だろう。

「一緒じゃないんですか……!?　だって透華さん、電話口では『分かっている』って」

「ええ、そう言ったわ。綾香さんは大丈夫」

徐々に目が慣れてきて、今では裕人の表情も確認できた。彼は、困惑しているようだった。

「分かりません。もっとちゃんと説明してください」

「その必要はないと思う。きっとすぐに答えが出るから」

「答え？　それって、どういう……」

その時、裕人の端末が鳴った。逡巡する裕人に「出て」と透華は言う。裕人が通話に応じた。

「はい、神前です。……宗方さん？」

スピーカーから、宗方の声が漏れ聞こえる。裕人は呆然とした面持ちで、え、と喉の奥を鳴らした。予想したことが予想通りに起こったことを悟って、透華は言う。

「ね？　だから言ったでしょう。綾香さんは大丈夫って」

その電話は、海と夜景の見える、とあるホテルの最上階での事件を伝えるものだった。

檜山昇を殺害した檜山綾香は、その場に居合わせた警察によって捕まった。一度死んでも手に入らないなら、殺すしかないと思った。後に綾香はそう供述したらしい。

その翌日、城戸市で発見された遺体の遺留品が検められた。

変わり果てた姿で見つかった森本南美のスマートフォンからは、彼女と檜山昇の写った画像が数多く見つかった。写真の二人は、どれも幸せそうに笑っていたという。

8

終業のチャイムが鳴って、裕人は意識を現実に引き戻す。授業はいつの間にか終わっていた。慌ただしく教室から去っていく学生たちを気にも留めず、散らかった文房具を筆箱に戻す。

「おい、裕人」

呼ばれてはたと気づく。彼の存在をすっかり忘れていた。声のした方を振り向くと、裕也が頬杖をついて何やら顔をしかめていた。

「ああ、ごめん。ぼーっとしてた」

「どうしたよ。なんか悩みか？」

「どうしたって、何が」

「お前今日ずっと変だぞ。課題忘れてくるのも初めてだし、ノートも取ってなかったろ」

出したまま何も書かれることのなかったルーズリーフをしまって答える。

「なんだろう、ちょっと疲れてるのかな。テスト勉強追いついてなくてさ」

ふうん、と裕也が訝しむような目つきでこちらを睨む。「今日サークルは」

「ああ……休もうかな、しばらく」

「分かった、お前さては振られたな。水無月先輩に」

「まさか。あの人は普通じゃないから」

口走って、「しまった」と裕人は思う。裕也の表情が、明らかに曇っていた。

無理やりに、ぎこちない笑みを浮かべて裕人は言う。

「ごめん待たせて。食堂、もう混んじゃったかな」

透華と口論したのは二度目だった。でも裕人の感情は、湧き上がる怒りの種類は、一度目と二度目では全く異なっていた。二度目に覚えた怒りは、失望によく似ていた。

身勝手な話だ。裕人は透華に期待していた。彼女を羨望していた、信頼していた。そして透華は、それらを悉く裏切った。潔く、意にも介さず、裏切った。

「納得できません」

と、裕人は言った。どうして声が震えているのか、自分でもよく分からなかった。

「透華さんは、全部分かっていたんですか。こうなることを最初から分かっていて、それでも綾香さんを引き止めなかったんですか」

透華は答える。氷のように冷たい視線だった。

「止める理由がないもの」

「――止めるんですよ！　普通は!!」

息が、荒く弾む。まるで全身の血が沸騰して、頭に上っているような錯覚がした。

悲しかった。空しかった。訳もなく泣きたくなって、叫びたくて、苦しかった。

「僕は……！　僕は、透華さんは透華さんのやり方で困っている人を助けているんだと思っていました。不器用だけど人のために行動している、行動できる人なんだって。世界との関わり方が下手で、苦手なだけなんだって、そう……思っていました」

続く言葉が見当たらない。自分が何を言いたいのか、裕人にもよく分からなかった。感情の由来が、涙の由来が、裕人には分からなかった。

見かねたように、透華が溜め息を吐く。

「前にも言ったでしょう、神前くん。私はそれを『妄信』と呼んでいる」

「でも……！」

「あなたの価値観を私に押し付けないで。勝手に私を定義しないで」

まるで他人に向けたような、言葉だった。

深く、深く傷ついて、訳が分からなくて、裕人は透華から目を逸らす。言い訳のように小さく、言葉が漏れた。

「……でも、透華さんは僕を助けてくれたじゃないですか」

そうだ。助けてもらったんだ、この人に。だから、僕は……。

「清姫に興味があっただけよ。人体発火の謎を解いたつもりも、人助けをしたつもりもない」

――どうして。

こんな時すらどうして、そんなに。

静かに、透華は続ける。感情のこもっていない声色で、淡々と。

「私はね、神前くん。人間なんかにひと欠片の興味もないの。興味を持てないの。私はずっと、怪異を追い続けているだけ。そこにどうしても人間が絡んでしまうだけ。本音を言えば、今も目の前のあなたに興味を持てない。どうしてあなたが怒っているのか分からないし、理解したいとも思わない。私は初めから、そういう人間なの」

透華は告げる。裕人の理想を打ち砕く、決定的な言葉を。

「あなたが見ていたのは私ではない。『水無月透華』という、ただの願望でしょう？　そうあってほしい、そうでなければならないと決め付けた、身勝手な妄想。そういうの、迷惑なの」

「…………し」

口にしてはダメだと、理性では分かっていた。――でも。

救える命をそうと知りながら、見殺しにしたのなら。それを何とも思っていないのなら。

悔しさも悲しさも、言葉にできない何もかもが体の中で黒く溶け合って、気づけば透華を睨んでいた。そして裕人は声に出す。これまでの関係を簡単に壊してしまえる、たったひと言を。

「――人殺し」

それは決して人に向けて言ってはならない言葉だと、裕人は、理解していた。

五話

功利の怪物

ボーン、ボーンと柱時計が鳴った。

その音を聞いて、十歳の透華は窓の外に目を向ける。音は四回目で止まった。太陽はまだ高い位置にいる。空は充分に青い。視線を机に戻すと、不意に廊下から活発な足音が聞こえた。

「お姉ちゃんいるー？」

いる、と透華は振り返らずに答えた。算数の宿題がもう少しで終わりそうなのだ。

「おかえり、雫《しずく》」

「残念。今はミーナで、まだ『ただいま』じゃないのです。遊びに行こ！」

「だめ、宿題があるの」

「えー。あとどれくらいで終わる？」

「もう終わった」

適当にはぐらかしてもいいけれど、正当な理由のない嘘は苦手だ。それに問題自体は宿題を出されたときに解けたから、後はそれをノートに書くだけだった。

透華は椅子ごと振り返る。そして笑った。「それより、どうしてそんなに汚れているの？」だからお気に入りを着ていくなといつも言っているのに。雫の服は全体的に葉っぱと土埃で汚れており、頬には泥がついていた。当の本人がきょとんと首を傾げる。

「そんなに汚れてる？　あー、草の上でほふく前進したからか」

「どうして一年生にもなって女の子がほふく前進なんてするの」

そのとき玄関の方から「おーい」「ミーナ、隊長はー？」と声が聞こえた。男の子と女の子、どちらもよく知っている声だった。今行くー！　と雫が答える。

「ベンとエリーが呼びに来ちゃった。お姉ちゃんも行こ？　ジャックがね、またゲンバを見つけたんだよ！　今度は相田さんちの裏藪！」

それを聞いて、透華の表情が曇る。

「ゲンバって……あなたたち、またヌキメを探しているの？　もうダメだって言ったでしょう」

「大丈夫だよ、暗くなる前に帰るもん！　じゃあ最後、これで最後にするから！」

「……本当に？」

「うん！」

はあ、と聞こえるように溜め息を吐いた。仕方ない。

「じゃあ着替えるから、少し待って。それと今後、外でのほふく前進は禁止」

「えー！」

「えーじゃない。やるときは家の中で。外にいる隊員たちにもそう伝えてきて」

ラジャー！　と雫が敬礼する。

「お姉ちゃ……じゃなかった、ミカ隊長！」

「うん、よろしい。日暮れ前に探検を終わらせる」

言いながら透華は、汚れてもいい服に袖を通す。

蒸し暑い、夏の日だった。

1

食堂は今日も超満員で、すれ違う人とぶつからないのが不思議なくらいの混みようだった。

当然のように山盛りにされたキャベツの千切りと向き合いながら、裕人は箸を動かす。

「なぁ、結局どこ行く？」

と、向かいに座る松田が言った。

「どこって？」

「だから、今度の休み遊び行こうって話してたじゃん。裕人も来るだろ?」

ああ、と裕人は答える。そういえばそんな話もしていたっけ。

「……ごめん、その日やっぱりやめとく」

「え、まじで? なんか予定入った?」

「そういうんじゃないんだけど」

食欲がわかない。メインのフライをそっちのけでサラダを咀嚼していると、なあ、と松田が心配そうにこちらを覗き込んだ。

「お前なんかあったろ」

「え? ……ないよ」

「いいや、嘘だな。サークル? 水無月先輩のことか」

「違う」

言ってからはたと気づく。知らないうちに語気が強まっていた。「本当にないよ、何も」

「そうかぁ? 最近お前変だぞ。裕人もそうだけど、裕也もさ」

裕也はここ数日、大学を休んでいた。理由を尋ねると「風邪で寝てる」とのことらしい。先日松田と似たような質問をされてから、裕人と裕也も微妙な関係になっていた。

「さあ、でもそんなこともあるんじゃない? 風邪ひかない人なんていないし」

「あいつが寝込んでるとこなんて想像つかないじゃん。何なら今が一年で一番元気そうだろ」

確かに、弱った裕也の姿を上手く想像できない。でも夏風邪は長引くとよく聞く。偶然風邪を患った時期が夏であることも、それが長引くことも決して珍しくはないだろう。

そのとき不意に、携帯が振動した。手に取ると、メッセージを受信したようだった。差出人を見て、裕人は端末をポケットに戻す。

「返信しなくていいの？」

裕人の表情に何かを察したのだろう、松田がそんなふうに尋ねた。

「別に――」

言いかけて、裕人は口を閉ざす。代わりに言った。「急用じゃないっぽいし、大丈夫」

――別にこれで、誰かが死ぬわけじゃない。

そんな言葉を飲み込んで、透華のことを思い出した。こちらに向けられた、冷たい眼差しを。

今更どんな顔をして、彼女に会えばいいんだ。


友人たちと約束していた休日はあっという間に訪れて、裕人はその日をありがたみもなく怠惰に過ごそうと決めていた。何をするにも憂鬱だ。食事もする気にはなれなくて、朝食を抜いた。でもそのうちちゃんとお腹が空いて、インスタントのカップ麺にお湯を注ぐ。

カップ麺が出来上がるのを待つ間、何となく携帯を手に取ってトークアプリを起動した。透華からのメッセージを読むタイミングが分からなくて、ずっと放置していたのだ。今がそのタイミングかはさておき、いつまでも無視するわけにはいかない。

裕人が透華のメッセージを表示しようとした、その時だった。携帯に着信が入る。

「……薫さん？」

画面に表示された名前を見て、不思議に思う。何か約束でもしていただろうか。

「はい、神前です。どうし――」

尋ね終わる前に、薫が話し始めた。酷く取り乱しているようだったが、聞き逃さなかった。

「――え？」

体の平衡感覚が、急激に狂い始める。

その日、透華が失踪した。

＊

探検隊は隊長と副隊長、隊員三名の計五名で構成されている。

隊長はもちろん、最も年長の透華――ミカだ。活動は主に副隊長に委ねて自らは学業に専念しているが、隊員過半数の要請で緊急招集されることが多い。探検隊の中で最もやる気がないのもミカだろう。

「この辺りは湿っぽいから、足元に気を付けてね」

視界を塞ぐ高さの草を掻き分けながら、前を歩くジャックが言った。ジャックは年のわりに落ち着いていて、人当たりも成績もいい。探検隊では副隊長を務めている。

「うへえ、俺んとこだけぬかるんでる」

「ベン、一列になってって言ってるでしょ！　すぐに迷子になるんだから！」

言いながら、エリーがベンを連れ戻す。ベンは勉強より運動が得意で、探検隊では力仕事を率先して行う。エリーは女の子らしく世話焼きで、ケガの治療やお説教などのサポートが専門だ。今のところその恩恵を受けているのはベンと雫――ミーナだけではあるが。

「着いた！」

と、ミーナが言った。唐突に視界が晴れて、ミカは顔を上げる。

円形に開かれた空間が、そこにはあった。後ろを追いかけていたベンが、そのままミカの背中に隠れるように覗き込む。

「うえぇ、マジじゃんかよぉ」

「こら、ベン。隊長にしがみつかないで、私が見えないでしょ！」

「お姉ちゃ、隊長！　到着しました！」

「うん。ご苦労」

ミーナの敬礼に頷いて返すと、後ろから「かわいそう……」とエリーの声が聞こえた。屈みこむようにそれを見下ろして、ジャックが尋ねる。

「隊長、どう思う？　――ヌキメの仕業だと、思う？」

そこにあったのは、猫の死骸だった。それもただの死骸ではない。

死体からは眼球がくりぬかれ、頭蓋は砕かれて隙間から脳のようなものが覗いていた。しかしその他にはかすり傷一つない――それは、「ヌキメ」の特徴そのものだった。

ヌキメとは、巷で噂される怪異の一種だ。動物を殺し、目をくり抜くからヌキメ。目を抜いた後に頭部を潰し、しかしその他には傷一つ残さない。ヌキメの仕業と思われる動物の死骸は町内で三件報告されているが、探検隊はそれ以外にも死骸を見つけていた。今回で二件目だ。

軍手をはめて、ジャックの隣に屈む。そしてぐちゃぐちゃに砕けた頭部に手を伸ばした。

「隊長、それはまずいってぇ」

「大丈夫」

ベンの制止を振り切り、ミカは猫の口に指を突っ込んでこじ開ける。夕陽で影になって少し見えにくいが、間違いなさそうだった。もう一度丁寧に、周囲を見回す。

「周りに足跡は？」

ないよ、とジャックがかぶりを振る。

「僕とミーナが初めに来たとき確認したんだ。近くには誰の足跡もなかった」

「イエッサー！　ミーナ、ゲンバ付近を這いずり回って調べました！　間違いありません！」

ここでほふく前進に繋がるのか。しかし、だとすると。

「……うん。分かった」

「本当ですか!?」

「隊長、犯人が分かったの？」

エリーを振り向いて、「いいえ」とミカは微笑んだ。

「誰の仕業かまでは分からない。でも一つだけ間違いないことがある」

「間違いないこと？」

ジャックが反復するのに、ミカは頷いた。

「猫を殺したのは、ヌキメではない」

え、と小さくエリーから声が漏れた。「それって……」ベンの表情が青ざめる。

「……別の誰かが、殺したってこと？」

「うん。そうだと思う。犯人は人間」

「どうして、そう言い切れるの？」

ジャックが首を傾げた。この場所、とミカは答える。

「不自然だと思わない？　ここだけ丁寧に草が刈り取られている。それも円形に」

「猫から目を取るのに、草が邪魔だったんじゃないかな。手元がよく見えないし」

「ヌキメには、その必要はないでしょう。初めから見えていないのだから」

「……あ、そっか」

エリーがミカを見上げた。「自分の目が欲しくて、他の動物から目を取るんだもんね」

「視覚を持たないヌキメが鎌を持っているとも、綺麗な円形に草を刈り取るとも考えにくい。この場所は人の手で開かれたと考えるのが自然」

「でも、相田さんがそうしたとも考えられるよね？」

ジャックが立ち上がり、ポケットに手を入れる。「つまり、ゲンバが初めからこの状態だったっていう可能性も」

「そうね。でも足跡は残っていなかったんでしょう？」

「それは……確かに」

「雨が降ったのは二日前だから、少なくともそれ以前にはこの場所が完成していたと推測できる。草の切り口も綺麗に生え揃っていない。それにほら、周りの草には血が付着しているのに、地面にはそれがない。きっと刈り取った草を地面に敷いて、足跡が残らないように工作したんだと思う。それを持ち去ったから、地面には血が残らなかった」

「……お姉ちゃん、もしかして天才？」

驚きのあまり素に戻るミーナの後ろで「すげぇ……」とベンが呟く。負けず嫌いなジャックが、すかさず反論した。

「地面の血は、雨に流されただけじゃない？　この場所はぬかるんでないし」

「それなら草に付着した血も流れていないとおかしいでしょう。それに、不自然な点は他にもある。口の中には泡を吹いた跡があった。死骸の周りにハエが集まっていない。多分、殺虫剤入りの餌を食べさせて殺した後に、目を抜いている。ヌキメが殺虫剤を使うと思う？」

「…………」

ジャックは真剣に考えているようだった。しかしやがて、屈託のない笑みをミカに向ける。

「……敵わないな、隊長。確かに、ヌキメの仕業じゃないかもしれない」

うん、と真剣な表情でミカは頷いた。それからその場にいる全員に告げる。

「怪異なんて存在しない。これは変質者の仕業。みんなお母さんにも言われたでしょう、世の中には気味の悪い趣味を持つ人がいるって。だから今後は、こういう危険な遊びは禁止。いい？」

はぁい、という気の抜けた三人の返事を、一人の隊員の声が押しのけた。

「えー！　お姉ちゃん、ここまで来たら私たちで犯人捕まえようよ！　絶対できるよ！」

「だめ」

「なんでー!?」

「危険だから。相手は大人で、死体の目をくり抜くような異常者よ。そういうのは警察に任せた方がいい」

「警察なんて頼りにならないじゃん！」

「散々世話になっておいてどの口が言うの、お騒がせ迷子」

ちぇー、とミーナがそっぽを向く。

「いい案だと思ったんだけどなー。私たちなら絶対捕まえられるのに。ベンもそう思うでしょ？」

「えっ。お、俺は……隊長の指示に従うよ」

「なーんだ、ベンの意気地なし」

「なんだよ！　別に怖くはねえよ！」

「ミーナ」

と、エリーが口を挟んだ。上目遣いに続ける。「私も、今回はさすがに隊長が正しいと思う」

「えー！　エリーも犯人捜ししないの!?」

「だって、不気味だよ。猫をこんなに、乱暴にする人なんだよ？」

「だから私たちで捕まえなきゃいけないんじゃん！　ジャックは？」

水を向けられたジャックは、口元だけ微笑んでかぶりを振る。

「隊長の指示に従おう、ミーナ。意見が割れたときは、どうするんだっけ」

「……多数決で決める」

満足そうに、ジャックは頷いた。

「じゃあ、決まりだね。僕たちはこれから、ヌキメとそれを装った変質者を追いかけない」

ミーナの敬礼と返事はへろへろだったが、「ラジャー」と今度は全員の声が揃った。これで危険な遊びも控えてくれることだろう。ミカをやめて、透華は笑う。

「それじゃあ、暗くなる前に帰りましょう。夜は各自、家の戸締りを確認するように」

「……ラジャー！」

五人は来た道を戻り始める。その途中、近くで野焼きの煙が上がっていることに、透華は気づいた。

2

サークル室は、もぬけの殻だった。

いつも当たり前のようにそこにあった毛布の塊は膨らみを失い、主のいないソファにへばりついていた。部屋を満たしていた花の香りも、今はもうどこにもいない。

「メッセージが届いたんだよ」

と、薫は言った。今はいくらか落ち着きを取り戻しているようだった。

「一時間くらい前に、突然。『今までありがとう』って。そんなこと初めてだったから、『どうしたの』って返して、透華からの返事待って。でも全然返ってこなくて、調べたらここにいるみたいだったから、急いで来たの。そしたら、それがスマホの下に」

机の上には、透華のスマホと一枚のメモ用紙が置かれていた。裕人はメモを手に取って眺める。丁寧な筆跡は間違いなく透華本人のものだった。

——功利の怪物はすぐ近くにいる。この怪物を殺すことは功利主義に反するか？

「……スマホを忘れただけ、って可能性は」

「ない。ないと思う。元々ＧＰＳだって、『道に迷いやすいから』って透華に頼まれてあたしがつけたの。あの子もそれを分かってるから、今までスマホをどこかに落としたことだってない。それに、分かりやすいように机の真ん中に、下にそんなメモまで挟んで部屋に鍵をかけてるんだよ？　……意図的にそうしたとしか、思えないよ」

「宗方さんに連絡は？」

「した。電話に出られないみたいだから、メモの写真も撮って一緒に送った」

「…………」

メモをそっと机の上に戻して、裕人は次の言葉に迷う。何を訊いても頭の中が散らかっていて、ずっと整理されないままだった。それでも、せめて薫の前では冷静でいなければと思った。

不意に、裕人の思考を一つのノイズが支配する。その他の思考を排除して、大きく、黒い何かが、裕人の脳内を一色に染め上げる。

「……透華さんは、最後に、なんて言っていたんですか？」

サークル室に向かう途中、裕人は透華のメッセージを読んでいた。

——今から会えない？　大切な話があるの。部屋で待っているから。

最低だ、と思った。透華からのサインはあったのに、裕人はそれを無視した。一方的に、酷く個人的な都合で、彼女からの信号を拒絶した。

「あのとき、薫さんも呼ばれていたんですよね。そのとき、何か言っていませんでしたか？」

薫は力なく、首を振った。

「何も。いくら待っても神前が来ないから、『また今度話す』って」

「……そう、ですか」

ふと、薫から視線を感じた。「ねえ」と、彼女は続ける。「なんで、来なかったの?」

咄嗟には、答えられなかった。言葉にするべきか躊躇した。言葉にできるか検討した。薫の透華に対するイメージを想像して、なんだか酷く遠回りをしている気分になる。

「……ごめんなさい」

「ごめん、責めるつもりはなかった。忘れて」

席を立って、薫は言う。「とにかく、透華を探さないと。メモの意味、分かる?」

言われてもう一度、裕人はメモの内容を目で追って確認する。——功利の怪物はすぐ近くにいる。この怪物を殺すことは功利主義に反するか?

「分かりません。『功利の怪物』というのは、怪異の種類なんでしょうか」

「それなんだけど。さっき調べたら、思考実験の一種みたい。功利主義を批判するための」

薫に差し出されるまま、彼女のスマホを受け取る。画面には、『功利の怪物』と題された思考実験の内容が映し出されていた。

功利主義とは、最大多数の最大幸福を旨とする規範のことだ。

——私たちはケーキを食べるとき、一定の幸せを感じる。しかし功利の怪物は、その千倍の幸せを感じることができる。もしケーキが一切れしかないのなら、最大の幸福を得るためにそれを功利の怪物に与えるべきだ。二切れでも三切れでも、それら全てを与えるべきだ。

——この怪物が一般人よりも多くの幸福を得ている限り、功利主義は人々を不幸にする。それでもケーキを怪物に与えなければならない。なぜなら飢えた一人の少女に与える幸福より、その千倍の幸福を得られる怪物にケーキを与える方が、世界全体が幸福になるからだ。

「どう？　何か分かった？」

スマホを返しながら、まったく、と裕人は答える。

「さっぱりですよ。でも、このメモに残された問いの意味は分かりました」

功利の怪物は幸福を搾取し、人々を不幸にする。ならその怪物を殺すことは、人々を幸福にするるか？　——透華の問いかけは、恐らくそんな意味だろう。

「うん。難しい話は置いといて、あたしも何となくは理解できた。でもあの子が何を考えて、何をしようとしてるのかまでは分からない。……もしかしたら本当に、」

そこで一度言葉を切って、薫は表情を暗くする。

「——本当に、透華は怪物を殺すつもりなのかもしれない」

どういうことだ？　怪物なんて、実在するはずー—。

そのとき、薫のスマホが振動した。

「もしも……はい。……はい、分かりました」

通話を切って、薫が言う。

「宗方さんが、会って話したいことがあるって。行こう」

ほとんど反射的に、裕人は頷いた。

＊

もくもくと煙を上げるドラム缶に近づくと、枯れ木を踏むような音が聞こえた。ドラム缶の中を見下ろす後ろ姿に、「あの」と透華は呼び掛ける。

「野焼きしたら、ご近所さんに怒られますよ」

むくりと、大きな背中が動いた。振り返って、初老の男が笑う。

「おお、水無月さんとこの姉ちゃんか。大きくなったな」

「こんにちは、梶岡《かじおか》さん。こんな時期に、何を焼いているんですか？」

ばつが悪そうに、梶岡は肩をすくめる。

「なあに、ちっと生ごみをな。風下行くなよ、くっせえぞ」

「生ごみって、普通は畑の肥やしとかにしませんか？」

「うちの畑には合わねぇのよ。中が気になるか？」

「まあ、それなりに」

ほれ、と梶岡が立ち上がり、自らが座っていた台を叩いた。「乗っかれ。落ちねぇように支えてやっから」

肩を支えてもらい、透華は台の上からドラム缶を覗き込む。勢いの弱い炎が、ぱちぱちと音を立てて燃えていた。運ばれてきた酷い臭いに、無意識に鼻をつまむ。

「……くさい」

「だから言ったろ。ほら、あぶねぇから早く降りろ」

梶岡に台を返して、透華は尋ねた。

「梶岡さん、いつもここにいるんですよね」

「ん？　そだよ」

「何日か前に、あそこの裏藪に入っていく人影を見ませんでしたか？　出ていく姿でも」

「さあなぁ。一日中見張ってるわけでもねえし、畑に行ってるときもあるしな」

「じゃあ、夜中に猫の鳴き声を聞いたりは」

「そういえば今年は聞いてねぇな。まだ発情期じゃねえんだろ」

そうですか、と透華は頷く。そして尋ねた。

「梶岡さんは、ヌキメを知っていますか？」

「ああ？　なんだ、それは」

「最近この辺りで流行っている怪異です。実はそこの藪でも死体が見つかって」

「猫か」

「はい。梶岡さんなら、何か知っているんじゃないかって」

いっとき考えるようにあごひげをさすった後、梶岡は答える。

「さあ、知らねえな」

ぱちぱちと、ドラム缶の中で火が鳴った。

「でもまぁ、物騒だな。嬢ちゃんも気ぃ付けろ。世の中にはいろんな奴がいるからな」

「はい、そうします。梶岡さんも気を付けて」

おう、と梶岡が手を上げる。帰り際、ふと気になって透華は尋ねた。

「そういえば、どうして野焼きなんですか？　生ごみなら普通に捨ててもいいのに」

すると梶岡は、困ったような顔で笑った。

「なんていうかな。俺は火を見るのが好きなんだ。でも悪いことだから、みんなには内緒だぞ」

家に帰ると、丁度ジャックが靴を履いているところだった。

「あ、お姉ちゃんお帰りー」

「おかえりなさい、ミカお姉ちゃん」

戸を閉めながら、透華は首を傾げる。

「ただいま。ジャック、来ていたの？」

「うん。でももう帰るところだよ」

「お姉ちゃん、あのね。今日――」

「ミーナ」

ジャックが後ろを振り返って言葉を遮る。はっと何かを思い出したように、雫が両手で口を押さえた。

「……どうしたの？」

「何でもない。ちゃんと準備ができたらミカお姉ちゃんにも話すよ。それまでは内緒。ね？」

「……うんうん！」

ジャックの目くばせに、雫がぶんぶんと首を縦に振る。内緒だと言うなら、仕方ない。

「分かった。それじゃあ、楽しみに待っておくわ」

「そうして。すごくびっくりすると思うから」

お邪魔しました、とジャックがポケットに入れていた手を出して振る。雫と一緒に手を振り返して、透華は靴を脱いだ。

次の瞬間、辺りは一瞬にして夜になった。


ぱちぱちと音が聞こえる。背後で何か重たいものが、勢いよく崩れ落ちた。透華は外に、裸足で立っていた。母の泣き叫ぶ声が聞こえる。父がこちらに気づいて、慌てて駆け寄ってくる。透華は歩く。両腕で重たいものを抱えていた。抱えながら、右手に何かを握りしめていた。息が、上がっていた。ぽたぽたと、生ぬるい感触が足を伝った。

「透華、よかった！　無事――」

父の顔が引きつる。透華を見た母が、甲高い悲鳴を上げた。

二人の視線が気になって、透華は己が抱えているものを見下ろす。目を、見開いた。

――なんだ、これ。

がくがくと足の力が抜け、その場に頽れる。

顔のない見知らぬ少女が、透華の腕から滑り落ちた。

「…………っ！」

割れるような頭の痛みで、大人になった透華は目を覚ます。酷い耳鳴りがした。胸に手を当てると、早鐘を撞《つ》いたように鼓動が激しく暴れている。大きく、息を吐き出す。

窓の外を眺めると、懐かしい風景が目に飛び込んできた。それを拒むようにもう一度、透華は静かに目を閉じる。

もう、全て済んだ過去だ。

ぽーん、とアナウンスが鳴った。

『次はー、八代坂《やしろさか》、八代坂――』

3

呼ばれたのはいつかのチェーン店でも、レトロゲームをプレイできるカフェでもなかった。裕人たちが招かれたのは、宗方が勤める警察署の奥の一室だった。他の誰にも会話を聞かせるつもりがないのだろう。

「ご足労願ってすみません。我々も少しばたついてましまして」

椅子に腰かけた宗方が言う。その隣には行儀よく佐々木も座っていた。薫が尋ねる。

「何かあったんですか？」

「殺人です。この近辺で連続して数件」

「宗方さん」

と、隣の佐々木が顔をしかめる。こちらの耳に届いていないということは、恐らく報道規制が敷かれているのだろう。宗方は手を挙げて佐々木を制し、先を続けた。

「お二人が通われている水崎大学にも通達し、近いうち学生たちに注意を呼び掛けてもらうつもりです。まだ明るみになっていない被害者がいるかもしれません」

「それって、どういう……」

「被害者はいずれも女性、水崎大学に通う学生でした」

言葉を、失った。

「申し訳ありませんが、我々にも言葉を選んでいる時間がありません。水無月さんが事件に巻き込まれた可能性も視野に入れて捜査をします。まずはお二人から話を伺いましょう」

それから簡潔な聴取が行われた。質問には全て薫が答えて、裕人はただその場にじっとしていた。空虚な時間が、少しずつ裕人から光を奪い取っていった。

やがて聴取が終わり、「ありがとうございます」と宗方は告げた。

「聴取は以上です。ここから先は、少々プライベートな内容になります」

顔を上げる。宗方が、内ポケットにメモとペンをしまっていた。

「今からお話しするのは、十年前に起きたとある事件の話です」

くれぐれも内密に願いますと、彼は語り始めた。


それは、殺人事件とはまるで無縁の小さな町だった。ある晩、一軒の家が火事に遭った。出火元は家の物置小屋で、そこには工具の他、資材や燃料となる灯油が保管されていた。火事のあった晩、小屋は施錠されていなかった。普段から施錠の習慣がなかったという。

消火に駆け付けた消防隊が警察に通報して、当時巡査部長だった宗方も現場に向かった。殺人事件だというから凄惨な現場を想像したが、そこにはただ煤《すす》に焦げた家と、焼け崩れた物置小屋があるばかりだった。焦げ臭いだけで、血の臭いはなかった。

通報した隊員から話を聞いて、その内容に思わず眉をひそめた。言われた通り、宗方は現場から点々と伸びる血痕を辿った。そして見つけた。

その少女は、全身に返り血を浴びていた。

彼女の手には千枚通しが固く握られ、その足元には別の少女の遺体があった。遺体の少女は顔が判別できないほどに頭が潰れ、しかしその他には傷一つ残ってはいなかった。

遺体を見下ろした少女は、泣いてはいなかった。震えていた。宗方は少女の手からそっと、千枚通しを受け取った。固く握りしめていたはずの彼女の手は、驚くほど簡単にそれを放した。殺害されたのは、少女の妹だった。鑑識の結果、千枚通しには妹と同じＤＮＡ型の体液が付着していた。持ち手には少女と、少女の父親以外の指紋が見つからなかった。父親は事件の夜、母親と寝室にいた。犯行は不可能だった。

警察は少女への聴取を開始した。しかし彼女の返答は、一貫して次のようなものだった。

――全部、ヌキメがやった。ヌキメが妹を殺した。

ヌキメとは、当時町内で存在が噂されていた妖怪の類らしい。少女の両親によれば、彼女はこれまでそういった存在を否定する立場を取っており、よく妹にも言い聞かせていたそうだ。怪異なんてこの世に存在しない、と。

何が彼女を変えたのかは分からない。しかし事件以降、少女は怪異の存在を強く信じるようになった。寝食を忘れて怪異の本を読みふけることもあった。それを不気味に思った両親は彼女を叔母の元へ預け、数年後その叔母が病死したことが決定打となった。両親は今や一人となった娘にアパートの一室と生活費を与え、一切の連絡を絶って行方をくらませた。

事件から十年が経った現在でも、それは続いている。

「――全て、過去の話です」

と、宗方は言った。話し終えた彼は、酷く疲れているように見えた。

「まだ公にしていませんが、この度の連続殺人にも同様の手口が用いられています。被害者はいずれも顔が判別できないほどに頭骨を砕かれ、その後火事を装って放火されている。どのご遺体も、アイスピックや千枚通しのようなもので眼球から脳まで貫通した痕跡がある。偶然の一言では到底説明がつきません」

「……なんですか、それ」

言ったのは、薫だった。

「透華が、自分の手で妹を殺したって言いたいんですか？　他の殺人事件も、全部透華がやったって言いたいんですか……⁉　これまでずっと、利用するだけ透華を利用しておいて！」

「違う、落ち着け宮下薫。我々は――」

「佐々木くん。私の口から」

宗方が佐々木を止める。眼鏡を持ち上げて、真っ直ぐに薫を見つめた。

「宮下さん。我々の仕事は疑うことから始まります。何もかもを疑って、情報を集めて、客観的に事件を整理する必要があります。そこに可能性がある限り、全力を挙げて捜査に取り組む義務があります。……我々の、特に私たちの仕事は、失踪した民間人を捜索することではない」

裏を返せば、と彼は言った。

「重要参考人であれば、我々には水無月さんを捜索する義務が生じます」

その言葉を聞いて、ようやく裕人にも理解できた。そうか。だから宗方はこのタイミングで、透華と事件とを結びつけたのだ。公的に透華を捜索するために。

「言うまでもないことですが、捜査本部は事件と水無月さんの失踪とに関連を認めないでしょう。そして本部にわがままを通せるほど、私は偉くない。捜索には人手が足りません。お二人にも、協力していただけますか？」

薫と目が合った。宗方に視線を戻して、裕人は頷く。

もう、目を逸らさないと決めた。

＊

高台にある公園からは、町がよく見渡せた。

まだ新しい遊具の屋根に腰かけて、透華は足を宙に揺らす。思い出の詰まった故郷に戻ってきても、特に感慨はなかった。あまりいい別れ方をしなかったからかもしれない。

「危ないよ」

不意に、下から声を投げられる。若い男の声だった。

ようやく一抹の寂しさのようなものを覚えて、透華は答える。

「遊具、変わったのね。前よりも上りにくくなった」

「前って、何年前だよ。それに今も昔も、遊具の屋根には上るもんじゃない」

「昔はあなたの方が率先して上っていたのに」

「昔の話だろ。今はもう子供じゃないよ」

そうね、と透華は屋根から飛び降りる。成長した姿を見て、透華は笑った。

「久しぶり、ベン。場所と日時を書き間違えたかと思った」

ベンは気まずそうに視線を逸らす。ぶっきらぼうに言った。

「何だよ、いきなり手紙なんてよこして。これまで何の音沙汰もなかったくせに」

「うん、ごめんなさい。……制服、似合ってる」

「子供扱いすんなよ、もう高三だ。それにベンじゃない」

今橋勉《いまはしつとむ》、愛称はベン。怖がりで何をするにも後ろを追いかけていたあの日の少年は、いつの間にか透華の身長を抜かしていた。十年という歳月を、透華は改めて実感する。

「勉強はどう?」

屋根付きのベンチに並んで座る。セミの声がよく聞こえた。

「まあまあ。楽しくはないけど、俺も早くここを出たいから」

「そう」

「……姉ちゃんは、元気にしてた?」

「まあまあ。最近は、涼しい場所でよく昼寝をしてる」

「そっか。……元気そうで、よかった」

逡巡するような、間が空いた。ベンが言う。

「さっき、警察の人がうちに電話掛けてきた。姉ちゃんのことで聞きたいことがあるって。『今は受験勉強で忙しいから』って押し通して、断った」

「……そう。ありがとう」

「なあ、わざわざ何しに戻ってきたんだよ。俺に会いに来たわけじゃ、ないんだろ」

透華は迷って、かぶりを振った。半分は本当に、顔を見たいだけだったから。

「ベンに会いたかったのは本当。ただ、ここに来た目的が他にもあるだけ」

「なんだよ、目的って」

「知りたいの」

自身の胸に、手を当てる。

「どうしても、思い出せない記憶があるの。本当は分かっているのに、私の体が、心がその記憶を拒絶する。……私はそれを、終わらせに来たの」

ほろ苦く笑う。浮かない顔に、透華は問いかけた。

「――ヌキメの正体を、知っているんでしょう?」


透華の交友関係で宗方に調べがついたのは三人、実際に連絡が取れたのは二人だけだった。一人には受験勉強で忙しいと断れられ、もう一人は偶然にも近くの大学に進学していた。「少しだけなら」という条件で、宗方はその人物と会うことになった。

「無理を言って申し訳ありません」

いいえ、とその女性は俯きがちに答える。佐久間絵里《さくまえり》。事件当時透華や雫と仲が良く、「探検隊」と名付けられたグループの中に、彼女もいた。

「事情は先ほどお伝えした通りです。早速ですが、いくつか質問があります」

「あの……ここで、ですか?」

ええ、と宗方は頷く。宗方たちがいるのは、学生の往来も多い構内のラウンジだった。

「こちらの方が緊張せずにお話できるかと思いまして。場所を変えましょうか?」

「……いいえ。結構です」

やはり伏し目がちにかぶりを振る。少し気に掛かったが、構わず続けた。

「ではここで。まず、佐久間さんと水無月さんの関係についてですが――」

形式的な質問だった。十年前、透華やその妹と交友関係を持っていたか。頻繁に会っていたか。日頃どんな遊びをしていたか。事件があった日や、その前後の様子を覚えているか――。

これらの質問には、大きく二つの意味がある。まず、過去の自分の感覚を思い出してもらうこと。そして次に、こちらに対して誠実かどうかを見極めることだ。この辺りは何気ない仕草や質問への答え方から読み取れる。少なくとも、佐久間は誠実なようだった。

彼女なら、恐らく大丈夫だろう。宗方は意識して笑みを作る。

「ありがとうございます。では、オフィシャルな質問はここまで。本題に入ります」

佐久間が伏せていた目を持ち上げた。努めて平淡に、宗方は尋ねる。

「佐久間さんは、〝ヌキメ〟をご存じですか？」


「――ヌキメ？」

ああ、とベンがぎこちなく笑った。「あったね。そんなの」

「手紙をくれたでしょう。『大事な話がある』って。家を追い出される直前だったから、私は約束の場所に行けなかった」

落ち着いてから返事を書くつもりで、引っ越しの時に手紙を箱にしまった。越した先では新しい環境に慣れることに必死で、過去の出来事を思い返そうともしなかった。

「あなたは、私に何かを伝えようとしていた。ヌキメに関する、決定的な何かを」

ベンは答えない。ただ黙って、ベンチの影を見つめている。

「教えて、ベン――あなたは、何を知っているの？」


佐久間が、目を見開いた。気づかないふりをして、宗方は先を続ける。

「十年前、八代坂で噂されていた怪異です。目を抜き取り、頭を砕く。ご存じありませんか？」

「……すみません、分かりません」

「そうですか。当時の記録では、佐久間さんも『ヌキメ探し』を手伝っていたようなのですが」

「覚えてないです。十年も昔のことなので」

目線を逸らし、返答から誠実さがなくなった。佐久間は嘘をついている。

「先ほどは伏せていましたが、同様の手口の殺人がこの辺りで数件、連続して起きています。犯人に心当たりは」

「ありません。知らない、私は何も――」

「十年前の様子をよく思い出してください。何か気になることや、」

「──知らない！　何も知らない‼」

ラウンジにいる学生が一斉にこちらを振り向いた。佐久間の呼吸が、荒く弾んでいた。

「……ヌキメの正体を、知っているんですね」

びく、と肩を揺らす。静かにかぶりを振る。

「佐久間さん。あなたは何を見て、何を知っているんですか」

「……言えない」

「佐久間さん」

「言ったら、私も殺される」

どういう、ことだ？

ぽたぽたと涙を零しながら、佐久間は言う。

「もう、いいじゃないですか。ミーナは──雫は、死んだ。犯人捜しなんかしたって、死んだ人間は帰ってこない。でも私は、まだ生きているんです。……私は、まだ、死にたくない」

死にたく、ない。誰だってそうだ。誰だって。

「だからこそ、あなたの協力が必要なんです。これ以上被害を増やさないために」

佐久間は、何も言わなかった。やがて長い沈黙の後で、彼女は呟く。

「もう、帰って下さい」

「……佐久間さん」

「私は何も知りません。もう来ないでください。私に、近づかないで」

――場所を移すべきだった。

この衆人環視の状況で、これ以上の説得は困難だ。

分かりました、と宗方は席を立った。想定より、気持ちが急いているようだった。


不意に、ベンが目を閉じる。ゆっくり息を吐いた後、彼は笑った。

「知らないよ。何も」

「……ベン」

「もしかしてこの手紙も、そのときの返事のつもりだった？　悪いけどさ、十年も前に書いた手紙の内容なんて覚えてないよ。小さい頃の記憶なんてそんなもんだろ」

――どうして。

「どうして、嘘をつくの？」

「嘘？」

「呼吸のリズムが変わった。手のひらを隠した。今も私から視線を逸らしている。どうして？　私はただ――」

「そういうの」

ベンが遮る。強い口調だった。「やめた方がいいよ。気味悪いから」

……ほら。怒りで嘘を隠そうとした。また追加だ。

「それは姉ちゃんも、辛かったと思う。苦しかったと思う。けどこっちだって同じなんだよ。つい前の日まで遊んでた女の子が、顔面ぐちゃぐちゃになって死んだんだ。誰だって忘れたいだろ、そんなの。覚えてる方が苦しいだろ。だから俺は、必死に前向いて生きてんだよ。部活とか勉強とか、しがみつけるもんに片っ端からしがみついて、毎日無理して笑ってんだよ」

立ち上がる。カバンから封筒を出して、こちらへと突き出した。

「分かったら、もうこんなもん送ってこないでくれ。俺にとっては終わったことなんだ」

差し出された封筒を無言で受け取る。表には、透華の筆跡で「ベンへ」と書かれていた。間違いなく、透華がベンに宛てて送ったものだった。

「もう帰るよ。親がうるさい。遅くなっていちいち喧嘩すんのもごめんだ」

「……ベン」

「それと、戻ったなら墓参りくらい行ってやれよ。……探偵ごっこなら、よそでやってくれ」

じゃあ、とベンが去っていく。その背中を、透華は見送る。セミの声が聞こえた。

やがてベンの姿が見えなくなった頃、透華は豪快にテープを剥がした。


すれ違いざま、勉は呟く。

「……これで満足か？」

相手は何も、答えなかった。気味の悪い笑みを、いっそう濃くしただけだった。

4

携帯が振動する音が聞こえて、薫は助手席を一瞥する。安らかに寝息を立てている裕人の膝の上で、薫のスマホがメッセージを受信していた。

「神前。ちょっと起きて」

ん、と裕人が目をこする。目が覚めたのか、途端に居住まいを正した。「……すみません」

「いいよ、あんまり寝てなかったんでしょ。それより、あたしのスマホ開いてくれる？」

教えたパスワードは覚えていたようで、程なくしてメッセージを読み上げる。

「宗方さんからです。佐久間絵里は恐らくヌキメの正体を知っていたが、聞き込みには失敗した。もう少し周辺を調べてみる。あと、佐々木さんをこっちに向かわせてるって」

「はあ？　なんで」

「心配そうだったから、と書かれてます。どうします？　向こうで待って合流しますか？」

いや、と薫は答える。「時間がもったいない。着いたら先に透華を探そう」

そのまましばらく道を行くと、目の前に看板が見えてきた。「ようこそ」も「いらっしゃい」もなく、そこにはただ「これより先　八代坂」とだけ書かれていた。

「ねえ、神前」

「はい」

「寝ててもいいからさ。少し、昔話に付き合ってよ」

視線を感じる。やがて前を向いて、はい、と裕人が答えた。ありがと、と薫は言う。

「あたしが小学生の頃、変わった子が転校してきてさ」

夏休みが明けて、二学期が始まった日だった。先生から簡単な紹介があって、転校生の席は薫の席の隣だった。よろしく、くらいは互いに言ったかもしれない。いざ宿題を回収しようと薫が席を立ったとき、「待って」とその転校生が呼び止めた。

「そしたらその子、次々にランドセルから宿題出してきて、あたしびっくりしてさ。だって普通、転校先の宿題なんてやってこないじゃん。後で理由訊いたら『普通でいたいから』って首傾げるし、そっちの方がよっぽど普通じゃないのにね」

それが、透華だった。あれから長い時間をかけて、薫と透華は友達になった。

「中学に上がって、少し経った頃かな。よく図書室に籠るようになって、化け物とか妖怪とか、そういう感じの本ばっかり読み漁るようになってさ。半分冗談で、訊いてみたんだ。『そんなに熱心に読み込んで、妖怪退治でもするつもり?』って」

すると彼女は、こう答えたのだ。

――どうかしら。この本に書かれていること、全部作り話だもの。

否定も、肯定もなく。まるで本物を見てきたかのような、答えだった。

「そのとき言われたんだよ。『怪異のほとんどは作り話だ』って。……隠したいこと、受け入れがたいことを誰かに伝えなきゃいけないとき、人は怪異を作り出す」

望まない妊娠も、猟奇的な殺人も、不憫な水難事故も。人間は必ず、そこに理由や言い訳を求める。妊娠した女性は「神様が来た」と嘘をつく。凄惨な現場を見て「鬼が出た」と人は言う。息子の溺死を受け入れられない母親を「河童が溺れさせた」と父親はなだめる。

怪異とは、虚構だ。それを誰より、透華自身がよく知っていた。

「もしかしたら透華は、ヌキメを探していたのかもしれない。その正体と殺し方を、ずっと知りたがっていたのかもしれない」

でも、ヌキメなんて存在しなかった。どの本にもその詳細は書かれていなかった。そのはずだ。少なくとも一人の女の子はヌキメの正体を知っている。ヌキメは、人間だ。

「もしヌキメが人間で、透華の妹を殺した犯人と同一人物だったとしたら」

――怪物はすぐ近くにいる。

人間の千倍もの幸福を得る化け物。他人の人生を奪い、その先のたくさんの幸福を奪い、いっそう幸福を得る存在。功利の怪物。そいつが生き続ける限り、際限なく不幸が生まれ続ける。

――この怪物を殺すことは、功利主義に反するか？

「……透華さんは、」

言いづらそうに、裕人は続けた。「怪物を殺す、つもりなんでしょうか」

薫は笑って、小さくかぶりを振る。

「分からない。分からないから、本人に訊こう。きっとあっさり答えてくれるよ」

「……そうですよね」

不意に、あ、と裕人が前方を指さした。

「薫さん、あれ。誰か歩いてませんか。橋のところ」

「え？　……あ、ほんとだ」

窓を開け、「すみません」と呼び掛ける。学生服を着た男の子が、こちらを振り向いた。


田畑を抜けた町はずれの一角。小高い丘の上に、その墓地はあった。

透華はこの場所が嫌いだ。墓地へと繋がる唯一の道は木々が鬱蒼と茂って薄暗く、年間を通して気温が低い。墓地そのものは日当たりがいいが、落下防止用の柵と塀に覆われた空間は、まるで外界から隔離されているようだ。春には桜が花を咲かせるが、透華はそれも嫌いだった。死者へと散りゆく花弁を見て、生者は何を思えばいいのだろう。

「久しぶり、雫」

墓石の前に屈んで、透華は語り掛ける。当たり前に返事はない。

「ちゃんと綺麗にされているのね。安心した。お父さんとお母さんは、元気かしら。あれ以来顔を見ていないから、老け込んでいないか心配だわ」

どこにも反響することなく、声は消えていく。

「さっきベンに会ってきた。あなた、同い年だったでしょう？　制服、とっても似合っていた。もしあなたが生きていたら、なんてことを、考えた。少し、情けないけれど」

目を、閉じる。誰にも聞こえないように、小さく呟く。

「……ごめんね、雫。十年も掛かった。でもようやく、終わらせられる」

足音が聞こえる。気配は既に気づいていた。

「――もしかして、ミカお姉ちゃん？」

記憶よりも低い声。墓石を眺めたまま透華は答える。

「ええ。あなたもここへお墓参りに？」

「まあね。よく来るんだ」

「そう。冗談にしては趣味が悪い」

「……どういうこと？」

立ち上がり、振り返る。ポケットに入れられた右手を見つめて、透華は微笑んだ。

「相変わらずまだそんなものを持ち歩いているのね、切り裂きジャック。あれだけたくさんの命を奪っておいて、それでも殺し足りないの？」

「……あれ？　おかしいな」

ポケットから右手を出す。その手には、折り畳み式のナイフが握られていた。

「こんなはずじゃ、なかったんだけどな。お姉ちゃんの返答次第では、そうなるかもしれない」

困ったように、霧崎裕也は笑った。

「何でもない。ちゃんと準備ができたらミカお姉ちゃんにも話すよ。それまでは内緒。ね？」

「……うんうん！」

「分かった。それじゃあ、楽しみに待っておくわ」

ジャックは笑う。

「そうして。すごくびっくりすると思うから」

＊

その夜、なぜか透華は目が覚めた。見ると、雫はベッドにいないようだった。きっとトイレに行くときの音で目が覚めたのだろうと思って、透華はタオルケットを掛け直した。

寝つきの悪い夜だった。何度か寝がえりを打って、雫の帰りが遅いことに気が付いた。その頃には目も冴えていたから、トイレまで探しに行った。雫はいなかった。部屋に戻る途中、物置小屋から明かりが見えた気がした。サンダルを履いて、小屋へ向かった。

ドアの隙間から、ぐちゃ、ぐちゃ、と音が聞こえた。

小屋の中には、ジャックがいた。彼は麻袋に詰めた何かを、一心に暗い床へと叩きつけていた。叩きつけるたび、その場所から液体が飛び散った。酷い臭いがした。

「……何をしているの？」

透華が尋ねると、ジャックは驚いたようにこちらを振り向いた。そして、笑った。

「……あーあ、バレちゃったか。ちょうど今、仕上げをするつもりだったんだ」

「仕上げ？」

「うん。お姉ちゃんへのサプライズ」

麻袋の口を解き、中からぼとぼとと石を落とす。よく見ると、彼は全身に返り血を浴びているようだった。ポケットからマッチを取り出し、火を点ける。

「ほら、ヌキメはいいたでしょう？　――僕からのプレゼント、喜んでくれると嬉しいな」

火の点いたそれを、床に投げた。

一瞬にして、炎は燃え上がった。あまりの熱に顔を隠した。次に見たとき、ジャックはそこにいなかった。飛び込んできた光景に、透華は言葉を失う。

小屋の中は、赤黒い血で汚れていた。返り血は壁や天井にまでこびりついていて、床にはまだ凝固する前の体液が溢れていた。その血だまりの中心に、小さな体が横たわっていた。

「――雫！」

雫の目には、千枚通しが突き刺さっていた。引き抜くと、中から血が噴き出した。大丈夫。必ず助ける。雫の体を抱きかかえ、透華は小屋を出た。手には千枚通しを握っていた。

――考えろ。

ジャックは袋に詰めた石で頭部を殴り、逃走した。遺体に千枚通しが刺さっていたということから順序関係が分かる。ヌキメは初めに目を抜き取る。千枚通しで眼球から脳までかけて突き刺して、初めに即死させたのか。死んだ後に目を取り、頭を潰した。

――考えろ、考えろ。

石は麻袋に詰められていた、指紋はつかない。袋は小屋と一緒に燃えるだろう。だがこれは違う、これには指紋が残っているはずだ。彼は手袋をしていなかった。それに私は犯人を見ている。証拠は一つでもいい、凶器さえ回収してしまえば――。

「……透華！　お前――」

母の、甲高い叫びが聞こえた。父の顔は、青ざめていた。腕の中の雫を見て、目を見開く。

――あれ？

顔が、ない。

ぐるんと、視界が回った。膝から力が抜け、顔のない何かが腕から滑り落ちた。

「お前が、やったのか……？」

違う、私じゃない、私じゃ――。

じゃあ、誰が？


「もう一度よく思い出してごらん。君の妹をあんなふうにしたのは、誰かな」

怪異とは、虚構だ。事実を隠し、真実を捻じ曲げ、人の想像力が作り出した化け物だ。

でも。

「雫は、殺されました」

闇の中を、顔のない怪物が振り返る。表情なんてないのに、怪物は笑みを浮かべる。

理不尽な死は、体が拒絶するこの記憶は、きっと。

「ヌキメが、妹を殺しました」


——きっと、怪異によく似ていた。

5

「ああ、そういうことか」

と、ジャックは言った。

「おかしいとは思ったんだ。僕は『手紙を突き返せ』なんて指示は出していなかった。ベンのやつ、封筒の中に何か隠していたんだね。そうか、それで記憶が戻ったわけだ」

封筒を受け取ったとき、中の手紙がすり替えられていることにはすぐ気づいた。明らかに厚みがなくなっていたし、テープが貼り直されていたからだ。手紙には、荒っぽい字でこう書かれていた。

——犯人はジャック。お姉ちゃんを狙ってる。気を付けて。

「ベンを脅して、命令していたの？」

「脅した？　まさか」

肩をすくめる。

「違うよ、むしろ助けてあげたんだ。猫を殺すところをベンに見られてね。あいつはそれを姉ちゃんに告げ口しようとしてた。本当はすぐに殺したかったんだけど、友達が一斉に死んだらさすがに怪しまれるしね。だからお姉ちゃんの代わりに『約束の場所』に行って、取引した」

「取引？」

「『秘密を守ってくれたら殺さないでいてあげる』って。その場にエリーまでいたことは都合がよかったけど、あの時二人とも殺しておくべきだったな」

その言葉を聞いて確信する。「……やっぱり、あなたが」

「うん、そうだよ。僕がミーナを殺した」

あっけなく、ジャックは首肯した。

「あの夜のことは今でも覚えてる。ミーナにお願いしたんだ、『子猫を拾ったから少しの間預かってくれないか』って。ヌキメのこともあったし、ミーナは快諾してくれた。物置小屋は下見が済んでいたし、ミーナを殺した以外はほとんど作業に近かったな。返り血を浴びた服も処分して、目に見える証拠は残してない。ほとんど完璧な計画だったと思う」

どうして、という思いが先に立った。気づいた時には、透華は口に出していた。

「……どうして、雫なの？」

ん？　とジャックが首を傾げる。

「あなたたちは、あんなに仲が良かったのに。いつも、何をするにも一緒にいた。雫はあなたのことを慕っていた、あなただって」

「勘違いしないでほしいな」

笑みを保ったまま、彼は続ける。

「僕が欲しかったのは初めから一人だけだよ――お姉ちゃんだ。僕はずっと、ミカお姉ちゃんが欲しかった」

「……何を、言っているの？」

「お姉ちゃんが欲しくて雫に近づいた。お姉ちゃんに負けないように頑張って知識をつけた。でもそのうち気づいたんだ。僕はお姉ちゃんが欲しいんじゃない、本当はお姉ちゃんを壊したいんだって」

訳が、分からなかった。困ったようにジャックは笑う。

「昔からそうなんだ。蝶を見ると翅《はね》をもいで握りつぶしたくなる。花を見ると花弁をちぎって踏みにじりたくなる。綺麗なものを見ると、汚したり壊したくなるでしょ？　それと同じだよ。あんまり綺麗だから、お姉ちゃんを壊したくなったんだ」

「それなら、どうして私を殺さなかったの？」

それでいいはずだ。雫は関係ない。

しかしジャックはかぶりを振った。

「それじゃダメなんだよ。体を壊すのは簡単だけど、それじゃダメなんだ。虫や植物は喋れないから、壊し方は一つしかない。でも人間には心があるんだ、それって素敵だと思わない？　ずっと、心を壊してみたかった。僕は間近で見ていたかったんだ。大好きな人の心が壊れていくところを、誰よりも近くで」

知ってる？　と目を輝かせる。悪意のない少年のような、残酷な表情だった。

「猫って、餌をもらう人をちゃんと選ぶんだよ。あげた餌を食べるようになるまで何度も呼び掛けて、可愛がって、小さな体に凄く命を感じるんだ。それを壊したとき、とっても心が痛むんだよ。もし大切な人が壊れたらどれだけ苦しいんだろう、心が痛むんだろうって、あの時はそればかり考えていたな。お姉ちゃんが壊れるところを、何度も何度も想像した」

「……だから、雫を殺したの？」

そんな、身勝手な理由で。

そうだよ、とジャックは笑った。

「怪異なんていない。お姉ちゃんの口癖だったね。その存在しないはずの怪異にミーナが殺されれば、壊れるまではいかなくても傷つけるくらいはできると思ったんだ。そしてきっと、お姉ちゃんは犯人を見つける。それが僕だと分かったら、どうだろう？　そんなふうに考えていたから、お姉ちゃんに見つかった時はがっかりしたよ。でも、ちゃんと壊れてくれたみたいでよかった。――ずっと見てたんだよ。お姉ちゃんがこの町を出て行った時から、ずっと」

心当たりがないわけではなかった。透華が叔母の家に越して少し経った頃、近くのアパートに荷物が運び込まれていた。道を歩いているとき、視線を感じることはよくあった。一人暮らしを始めてからもそうだ。隣人の存在は知っているのに、姿を見たことは一度もなかった。

透華は、彼に観賞されていたのだろう。十年もの間、ずっと。

「この十年は、凄く幸せだったよ。それも今日で終わりだ。お姉ちゃんも、そのつもりで来たんでしょ？」

ベンとの会話を、彼が聞いていないはずはなかった。透華は頷く。

「……ええ」

「なら、結末は早い方がいい」

ナイフを持つ手の力み方が変わった。透華は身構える。

しかし次の瞬間、彼は手にしていたナイフをこちらへと放り投げた。足元に、それが転がる。

「僕を殺してよ」

と、ジャックは言った。

＊

出口の分からない静寂が、墓地を覆う。

そこへ一陣の風が吹き抜け、桜の葉がさざめいた。俯きがちに、ジャックは微笑む。

「昔、真剣に考えたことがあったんだ。どうしてこんなにお姉ちゃんに惹かれるのか」

凶器を手放した青年を見据えながら、透華は考えていた。

「そのとき分かったんだよ。お姉ちゃんは僕と同じだ」

ナイフを見下ろす。最善の一手を、考えていた。

「猫の死骸を臆せず触って、観察して、殺害方法まで事細かに言い当てたことがあったよね。十年前のあの日も、状況を見てミーナの頭から千枚通しを抜き取った。凶器を確保しようと思ったんでしょ？　お姉ちゃんには分からないだろうけど、それって普通じゃないんだよ」

——お前は普通じゃない。

父の言葉を思い出す。その、化け物でも見るような冷たい視線を。

「普通の人間はもっと恐怖して、絶望するんだ。確かめたから間違いない。でもお姉ちゃんは冷静だった。冷静過ぎた。ミーナの死を悲しむわけでもなく、火を恐れるわけでもなかった。お姉ちゃんは瞬時に証拠を残すべきだと判断して、すぐに行動に移した。思考も決断も異常な早さだった。それがどうしてだか分かる？」

分かっていた。理解していることだった。

「お姉ちゃんは理解してるんだよ。僕みたいな怪物の気持ちも、心理も、具体的な手口やそれを選んだ理由も。頭だけじゃない、お姉ちゃんと僕は根っこのところで繋がってるんだ」

恍惚とした表情。狂気の笑み。

「ずっと、壊したかった。壊れていてほしかった。この気持ちを理解できるのは世界でたった二人だけだ。なんて美しいんだろう。僕たちは出会うべくして出会ったんだ」

だから、とジャックは笑う。真っ直ぐに、足元のナイフを指さした。

「お姉ちゃんが、壊してよ」

何もかもが、身勝手な話だった。都合のいい解釈だった。

「ほら、目の前にいるのは妹を殺した張本人だよ？　憎いよね。辛くて苦しいよね。壊しちゃおうよ。そういうのを全部まとめて、何もかも終わりにしよう」

そっと、ナイフを拾い上げる。手の中で感触と、その構造を確かめる。

「そう、そうだよ。お姉ちゃんは自由でいい、つまらないルールに縛られる必要なんてないんだ。二人で一緒に地獄に落ちよう？　そこで永遠に愛し合おうよ――」

不思議と、感情の波は静まっていた。

安らぎ、というのとは違う。やや遅れて、透華は理解した。

――そうだ。私はここに、終わらせに来たんだった。

偽りのすべてを。

ジャックが一歩、こちらに近づく。ゆっくりと、透華は息を吐く。力の限り柄を握りしめた。

振りかぶる。

「――っ！」

透華の視線の先を、ジャックは目で追った。

折りたたまれたナイフが陽光を反射して、塀の向こう側へと消えていった。

「……訳が分からない」

と、ジャックは呟いた。透華はかぶりを振る。

「もう、いいの。全部終わったわ」

「終わってないよ。まだ僕が生きてる」

「いいえ。終わったの」

あらゆる可能性を、考えていた。雫を殺した犯人の可能性だ。

ヌキメが犯人である可能性。ヌキメになりすました第三者が犯人である可能性。ヌキメそのものが犯人によって作られた存在である可能性。自殺の可能性。

そして——透華自身が、犯人である可能性。

透華の記憶は、一部が欠如していた。また、歪んでいた。事実と異なる可能性は十分にあった。客観的に自身の記憶を信用することは不可能だった。

ヌキメも、探検隊も、雫の遺体も。すべて偽りの記憶であってもおかしくはなかった。

初めから、透華には犯人捜しをするつもりはない。結論はほとんど固まっていた。

「私は、否定を終わらせるためにここに来た。雫の死を受け入れるためにここに来た。……私が犯人なんだと受け入れて、罪を背負うためにここに来たの」

都合よく罪の意識から逃れて、周りに不幸をばらまいて。そのくせ自分だけは幸福を搾取して、失ったものから目を逸らす。功利の怪物は、私だ。

ジャックに向き直る。もう、彼の話を聞く必要はない。

「私はもっと、雫の死を悲しんでもよかった。犯人が誰であってもそうするべきだった。酷く戸惑って、混乱して、あの時それができなかった。ずっと、後悔していた」

真っ直ぐに、ジャックを見つめる。彼の顔から、笑みが消えていた。

「私は絶対にあなたを許さない。死んで終わりになんてさせない。雫の分まで生きて、苦しんで、乗り越えて幸せにならなければいけない。――あなたも、私も」

功利の怪物は、死んだ。初めからそんなものはいなかった。

私にも、彼にも。幸せになる義務がある。

「ジャック、今からちゃんとやり直そう。一緒に事情を説明して、しっかり罪を――」

「――それが、お姉ちゃんの答えなんだね」

ジャックの目つきが鋭いものに変わった。透華は気づく。

いつの間にかその手には、アイスピックが握られていた。

「……ジャック？」

「ダメだよ。つまらないよ、そんなの。それじゃ前のお姉ちゃんと同じじゃないか。一度は壊れてくれたのに、ずっと壊れたままでよかったのに！」

ジャックが一歩、近づいた。透華は一歩、後ずさる。

「ジャック、それをしまって」

「ねえ、今度はちゃんと壊してあげるよ。ずっと壊れたままでいるように、もう元に戻らないようぐちゃぐちゃに――妹とお揃いにさあ‼」

ジャックが、大きく踏み込んだ。手を振りかぶる。息を呑んだ。

避けなければならない。足を動かさなければならない。今、死ぬわけには――。

――体が、動かない。

その時だった。

どこからか、大きな音が鳴り響いた。

透華はその音を知っている。本能的に危険を感じる音――車のクラクション。

音響に驚いた鳥たちが、一斉に近くの木々から飛び去った。ただそれだけのことで二人の注意は簡単に逸れて、ほんの一瞬、隙が生まれた。その直後。

ジャックの体が、何者かに突き飛ばされる。透華は自分の目を疑った。

突き飛ばしたのは、裕人だった。

「なっ――」

虚を衝かれたジャックは玉砂利に背中を打ち付け、体勢を崩した彼をすかさず裕人が抑え込む。ジャックが足で抵抗して、裕人が顔を殴りつけて、そこからはもうめちゃくちゃだった。

「――っそ！　邪魔すんなクソ野郎!!」

「ふざけんな！　どっちがクソだゴミ野郎!!」

獣のような咆哮を上げながら互いに罵り合い、殴り合った。二人とも剥き出しの闘争心を相手にぶつけ、ただ怒りに身を任せていた。それは男の子同士の喧嘩によく似ていた。

もみ合いの末、倒れたジャックの上に裕人が馬乗りになった。体を抑えつけたまま襟元を掴み、絞めに掛かる。少し形は違うが、突込絞《つっこみじめ》と呼ばれる柔道の絞め技だ。

「ふざけんな――なんで、お前なんだ」

ジャックは抵抗するが、次第に意識が遠のき始めたようだった。裕人は締め付ける手を緩めない。やがてジャックの体から力が抜けて、ゆるゆると腕が地面に落ちた。

裕人が襟元から手を放す。彼は、泣いていた。

「なんで……初めて殴った相手が、お前なんだよ」

「――神前くん」

呼ぶと、裕人は振り返って笑った。

「透華さん……けが、ないですか」

「私は平気。神前くんは……？」

「……すみません」

ぐらりと、裕人の体が傾く。

「っ！　神前くん！」

近づいて、そのとき気が付いた。彼の傍らに転がったアイスピックの先端には、鮮血が付着していた。

裕人が倒れ、苦悶の表情で脇腹を押さえる。じわりと、シャツに血が滲む。

「失敗……佐々木さん、来るまで……待つ、つもりだったんですけど……」

「神前くん、だめ！　喋らないで！」

どうして、と思わず零す。もう失いたくないのに。誰も巻き込みたくないから、私は。

「どうして、ここまで来たの……？　私は、あなたを傷つけた」

「……傷なんて、いつか治りますから」

痛くて、苦しいはずなのに。裕人は、笑った。

「……もう、勝手にいなくならないでください。探す方は……結構……」

言葉はそこで途切れる。意識を失ったようだった。

「神前くん？　神前くん――！」

流血が、止まらない。

「誰か――!」

透華は叫ぶ。死なせない。今度こそ助けてみせる。絶対に――!

二人分の足音が近づいていた。涙でぼやけた視界の端に、見慣れた姿が映りこむ。女の子がこちらに駆け寄り、男性はジャックに手錠をかけた。

偽りの、けれどかけがえのない十年が、ようやく終わろうとしていた。

エピローグ

サークル室には、透華の他に誰もいなかった。

一通りの片づけを済ませて、透華は綺麗に整頓された机を見る。角の一席。そこが、彼の定位置だった。

目を伏せる。

結局、あの日彼に謝ることはできなかった。お礼を言うこともできなかった。何もしてあげることができないまま、彼は眠ってしまった。

コンコン、とノックの音が聞こえる。

「透華」

薫が呼んだ。

「そろそろ行こっか。……あいつも暇してるだろうし」

「……ええ」

一人分、温度の下がった部屋を後にする。

スマートフォンを持ったかどうか、今日はちゃんと確認した。

＊

ノックもなしに、病室のドアが勢いよく開く。よっ、と松田が片手を上げた。

「見舞い来たぞ」

そのとき裕人は、スマートフォンで動画を見ていた。日常に使える護身術——目の前で人を刺し殺されて以来、見よう見まねでこっそり練習していたのだ。まさか実際に使うはめになるとは思いもしなかったが、できれば二度とあんな思いはしたくない。

「びっくりした。ノックぐらいしろよ……」

「女子かよ。なに、エロいの見てんの？　俺も見たい」

「ガチムチのおっさんでいいなら見せるけど」

「え、俺無理だよ。おっさんじゃ興奮できねえよ」

「僕も無理だよ」

四人部屋の病室に大学生の声はよく響く。裕人の他に患者はいないから、バカ騒ぎしない限り怒られることもない。

窓の外には田舎の風景。八代坂市内の病院に、裕人は入院していた。


あの後、裕也は駆け付けた佐々木に逮捕された。意識が戻ってからも抵抗することなく、取り調べには黙秘を続けているらしい。でも、何の進展もないわけではなかった。

裕也には協力者がいたようだ。梶岡充《みつる》、十年前から頻繁に野焼きを注意されていた人物。彼は裕也に猫の殺害方法を教え、返り血のついた衣服を定期的に燃やして処分していた。

水崎市内で起きた連続殺人についても証拠が複数挙がっているらしく、検挙されるのは時間の問題だろうと宗方は言った。

「動機は、水無月さんへの異常な執着でした」

異常な執着？　と裕人は繰り返す。宗方は頷いた。

「霧崎は十年前から水無月さんに思いを寄せており、彼女が行く先々に自らも赴いていたようです。さすがに四六時中ずっと、というわけではなかったようですが」

「はあ。要するにストーカーだと」

「ええ。それも悪質な部類の」

裕人は苦笑する。少なくとも裕人が抱いている印象とは正反対の評価だった。

「それはそうと、神前さん」

「え、はい。なんですか？」

いやに神妙な面持ちで、宗方は尋ねる。

「神前さんは、霧崎に自宅の住所を教えましたか？　彼を家に招いたり、手紙を送ったり」

「いや……そういう話も、特にはしてないと思いますけど。どうかしましたか？」

「そうですか。では、間一髪だったようですね」

首を傾げる裕人に、彼は説明する。

「何でも、水無月さんに近づいた人物に手あたり次第危害を加えていたようで。霧崎の自宅からは被害に遭った男性に加え、殺害された女性の写真も大量に発見されましたが——その中にあなたもいました」

「……えっと、それはどういう」

「命拾いしましたね」

ぞわ、と全身の毛穴が粟立った。どんな怪談より現実味のある恐怖だ。

「まあ、霧崎も友人であるあなたを殺しはしなかったでしょうが。……あくまで私の予想ですが、霧崎と友人になる、水無月さんと同じサークルに入る、この順序が違った場合神前さんは」

「や、もういいです。もうそれ以上は」

親友を失っただけでも充分辛いのだ。そいつに命を狙われていただなんて思いたくない。

宗方が声を上げて笑った。

「まったく、運がいいのか悪いのか。初めて会った時から『不運な方だ』とは思いましたが」

「やめてくださいよ。不幸体質って言いたいんですか？」

「でも、そのおかげで水無月さんと出会えた」

確かに。あの事件がなかったら、透華と出会うこともなかった。

「……おかげでっていうのは、被害に遭われた方に失礼なのでは」

「そうかもしれません。でも、事件というのはあなたたちの出会いとは無関係に起こるものです。事件そのものは不幸ですが、あの場に神前さんがいたことは幸運でした。あなたが目撃してくれたからこそ、事件を解決できた。その節はありがとうございました」

「そんな。言いすぎですよ」

そんなに素直に褒めないでほしい。普通に照れる。

「今日はそれを伝えるために来ました。では、私はそろそろ」

「はい。あ、お見舞いありがとうございました。お仕事頑張ってください」

「ありがとうございます。――ああ、そうだ。もう一つ」

ドアの前で振り返り、宗方は微笑んだ。

「あの時、あなたに水無月さんを紹介してよかった。——彼女を、よろしくお願いします」

……また「よろしく」って。今度は何を「よろしく」されたんだ僕は。

「おーい。聞いてんのか裕人」

「え？　ごめん何？」

だからさぁ、と怠そうに松田は言う。

「今度こそどっか遊び行こうぜ。二人とも夏までに彼女できなかったんだし、なんなら泊りで遠出してもいいしさ。海でも行くか。海行ってバーベキュー、完璧じゃね？」

んー、と裕人は曖昧に笑う。

「楽しそうだけど、さすがに二人じゃ空しすぎない？」

迷ったが、松田には裕也のことを話すことにした。いつまでも隠し通せる自信はなかったし、彼の行いを言葉にすることで、未練みたいなものを断ち切りたかった。

病室で電話をする許可をもらって、久しぶりに彼の声を聞いたのが二日前だ。

一部始終を伝えると、意外にも松田は落ち着いていた。電話越しに真剣に話を聞いて、「そうか。災難だったな」とだけ彼は言った。決して裕也を悪く言うこともなく、後は裕人の身を案じてくれた。

元々松田とは、裕也を介して仲良くなったのだ。そういう縁は大切にしたい。

「そうかなぁ。あ、じゃあ水無月先輩と宮下先輩も誘って行こうぜ。海、水着、バーベキュー。絶対外れない三要素だろ」

「一つ不純物混入してるけど。下心丸出し過ぎて誘えないよ」

「いや、お前ならいける。俺はお前を信じてる」

お、と松田が椅子から立ち上がった。「噂をすればだな」

裕人も窓の外を見る。透華と薫が、こちらに向かって手を振っていた。

裕人が手を振り返していると、んじゃ、と松田が荷物を持った。

「帰るわ。俺抜きの方が話しやすいこともあんだろ」

「え、帰っちゃうの？　せっかくなら会っていけばいいのに」

「なんで親戚みたいなポジションにいんだよ、お前は。お前みたいな純粋少年と違ってこっちはプロの童貞なんだ。美人と同じ空気吸うと罰が当たる」

「ほとんど何言ってるのか分からないんだけど」

「裕人」

ん？　と裕人は返す。松田が言った。

「もう、死にかけたりすんなよ」

「……なんだよ、急に。馬鹿にしてるでしょ」

「いいや、マジで」

松田の顔は真剣だった。おう、と照れ隠ししながら裕人は答える。

「……ありがと。素直に受け取っておく」

「おう。じゃあ、水着の件よろしく」

来た時と同じように、勢いよくドアを開ける。裕人は苦笑した。

「……バーベキューですらなくなってるのかよ」

まあ、少しくらい真剣に考えてやってもいいか。


「――つーか、大げさすぎじゃない？」

と、薫は言った。「脇腹にかすり傷できただけでしょ。なに、死ぬの？」

「いやいや。だって薫さん、アイスピックでお腹えぐられたことないですよね？」

「脇腹に浅い傷ね」

「でもないですよね？　起き上がるのもめちゃくちゃ痛いんですから」

「その無駄な量の包帯は何よ」

「傷口からばい菌入らないようにしてるんですよ。人類史は常に菌やウイルスとの戦いで、」

「あー、要はおっきい絆創膏ね」

「まとめ方が雑すぎる」

でも意外と的確で、それ以上の反論はできなかった。

三人で分担して帰り支度を整える。裕人の傷は本人が思っているよりも遥かに軽傷だったようで、退院手続きは昨日のうちに済ませていた。

何というか、あんなに痛がって恥ずかしい。


「じゃああたし車取ってくるから。二人はここで少し涼んでて」

待合室には誰もいなかった。

裕人と透華は一つ席を空けて隣に座る。古びていてなんだか甘い、どこか懐かしい匂いがした。ヴー、と用途不明の機械の音が唐突に鳴り、唐突に止む。

「神前くん」

「はいっ」

びっくりして変な声が出た。あんなことがあったからか、妙に緊張してしまう。

「この前は、ありがとう。助けてくれて嬉しかった」

「……いえ、助けたなんてそんな。助けたっていうか、割り込んだっていうか」

「嬉しかった」

「……はい」

ちらと透華の横顔を覗き込む。彼女は俯きがちに微笑んでいた。

「私、どうすればいいのか分からなかった。彼のことは許せないと思ったし、私はとても怒っていたけれど、その感情をどう処理すればいいのか分からなかった。あの時あなたが代わりに怒ってくれて、彼を叱ってくれて、すごく嬉しかった」

「……まあ叱ったっていうか、むかついたから殴ったっていうか」

「あと、」

「まだあるんですか？　もうよくないですか？　なんか今日ずっと恥ずかしいんですけど」

「もう一つだけ。私はこれまで、たくさんあなたを傷つけたと思う。ごめんなさい」

透華が頭を下げた。いやいやそんな、滅相もない。

「傷つけたなんて、違いますよ。あれは僕が一方的にショックを受けただけというか」

後から聞いた話では、あの日透華は事前に宗方へと警告のメッセージを送っていたらしい。

『綾香の行動に注意するように』と。

冷静に振り返ると、あのタイミングで宗方から連絡が来るのは違和感がある。きっと透華に連絡がつかなかったから、こちらに電話を掛けただけなのだろう。上手く思い出せないが、確かに透華の安否について確認されたような気もする。

つまりあの一件に関しては完全に裕人の思い違い、徹頭徹尾『一方的な失望』なのだ。むしろ謝るべきはこちらなのかもしれない。

そんな裕人の心中はつゆ知らず、決まりが悪そうに透華はこちらを見上げた。

「傷ついたんでしょう？」

「まあ傷ついたんですけど。というか……自覚、あったんですか？」

意図的な行動だというなら話は変わってくる。どう変わるのかは分からないけど。

透華は答えた。

「私は、水無月透華でなければならなかったの」

「……というと」

「雫を殺した犯人がいるとすれば、いつか私に接触してくると思った。犯人の姿を見たのは私だけで、自分の犯行を周囲に漏らすことを警戒するはずだから。だから私は、壊れたふりを演じる必要があった。怪異が妹を殺したんだと信じ込んで、盲目的に怪異を追い続ける。少なくとも周りからはそう見えるように、私は私を演じ続けた」

本当のことを言うとね、透華はほろ苦く笑う。

「私はあなたのことも疑っていた。神前くんだけじゃない、近づいてくる人すべてを疑っていた。この中の誰かが雫を殺した、この中の誰かが犯人だって、ずっとそればかり考えていた。きっと、私が犯人だという可能性から目を背けたかったの。でもあなたを傷つけて、決定的に傷つけてしまって、私は疑いの日々を終わらせようと思った」

「それで、突然いなくなったんですか。じゃあ、『今までありがとう』ってメッセージの意味は」

「そのままよ。『今まで支えてくれてありがとう』って。薫ちゃんとは転校先で知り合ったから、早い段階で疑うのをやめていたの。ずっとそばで支えてくれたから、最後に感謝を伝えたくて」

「スマホをサークル室に置いて行ったのは？」

「日帰りで済ませるつもりだったし、余計な心配かけたくなかったから」

「……スマホの下に挟んだメモは。功利の怪物は」

「え？　……捨ててなかった？　見たの？　うそ、恥ずかしい……」

どこまで一般人の感覚とずれているんだ、この人は。裕人は深く、溜め息を吐く。

「……心配しましたよ、めちゃくちゃ。なんなら自殺でもするつもりかと」

「そんな、ありえないわ。例え私が犯人だったとしても、生きていなければ罪を償うこともできないもの。死にたいと思ったことなんて一度もない」

「それは、よかった」

生命力の塊みたいな人で、本当に。

ふと気になって、裕人は尋ねてみる。

「そういえば、その後ご両親から連絡は？」

真犯人が捕まったことは宗方から連絡が行っているだろう。透華とその両親との関係も、これで元に戻るはずだ。裕人はそう考えていた。

しかし透華はかぶりを振る。

「ないわ、何も。十年も連絡を絶っているんだもの。今更何かを修復しようという気がないのよ。でも、それは私も同じだから。きっと調べればすぐに分かるのに、私はあの人たちの居場所を知りたいとは思わない。それでいいの。今の距離感が、丁度いい」

「……そう、ですか」

何事も、そう上手くはいかないか。裕人が落胆していると、透華は無理に微笑んだ。

「そう落ち込まないで。神前くんのせいじゃない。それに、いいことはちゃんとあった。ベンとエリー――私の幼馴染がね、また連絡を取り合い始めたの。今度三人で会う約束。昔からね、二人はとってもお似合いだと思っていたのよ。だから今は、どうやって二人をくっつけるかが一番の課題。約束の日までには、何かしらのプランを練っておきたいのだけれど――」

「……何もしないのが一番だと思いますよ」

裕人は苦笑する。透華の能動的な行動で何かが好転するとは思えない。

「そうかしら。いくつか候補はあったのだけれど……」

透華がしゅんと表情を暗くする。話題を変えようと考えて、不意に裕人は思い出した。

「あ、そうだ。じゃあようやく、サークル室の本を処分できますね」

「……本？　どうして？」

「え、だって透華さん、本当は好きじゃないんですよね。怪異とか、思考実験とか」

すると今度は不機嫌そうに眉根を寄せた。初めて見る表情だった。

「どうしてそうなるの？　怪異も思考実験も、私は好きよ。好きでなければあれだけの数を集められないでしょう」

「ええ？　でもさっき、そう見えるように演じているだけだって」

「それはあくまで犯人へ向けたアピールの話。……神前くんは本当に、すぐに私を決め付けようとする。悪い癖だわ」

「いや、ははは……すみません」

素直に謝る。腕を組んで顔をしかめていた透華が、口元を緩めた。

「世の中には、悲しいことが多すぎると思う。理不尽な絶望がたくさん転がっている。だから少しくらい、都合のいい奇跡が用意されていてもいいでしょう？　——私はそれを信じたいの」

少し面食らって、それから裕人は笑う。そう語る透華の横顔が、あまりにも綺麗で。

「……怪異って、悪さをするイメージですが」

「よくない偏見ね。怪異に会ったこともないのに」

「そういう透華さんこそ、まるで会ってきたかのような口ぶりですね」

「ええ、もちろん私も会ったことがないわ。だから今も探しているの」

立ち上がる。遠くに薫の車を見つけたからだった。

振り向いて、彼女は笑う。

「私、これからも宗方さんの手伝いをしていくつもり。いつか本物の怪異に会って、友達になりたい。できればその隣に、あなたもいてくれると嬉しい」

——ああ。やっぱり僕は、この人が。

温かいものが胸に広がる。微笑んで、裕人は答えた。

「——好きです」

笑みを浮かべたまま、裕人は固まった。

――ん？

今、なんて？

喜んで、と言ったつもりだった。だが口をついて出たのは、明らかに違う単語だ。

自分の言葉の意味を理解して、裕人は慌てて弁解する。

「いや、その、違くて。透華さんのことが好きっていうか、まあ、……好き、なんですけど」

ああ、ダメだ。なんの弁解にもなっていない。

恋愛経験ゼロの裕人にだって分かる。告白のタイミングは、絶対に今じゃなかった。

とりあえず、透華の反応を窺う。不思議そうに首を傾げたあと、彼女は笑って頷いた。

「うん。私も神前くんが好き」

失神するかと思った。

これって……もしかしてもしかしなくても両想いというやつなのでは？

今まさに、裕人の青春が加速し始めたのでは……!?

悪いな松田、と心の中で謝っておく。バーベキューにはお前ひとりで――。

「神前くんが好きだし、薫ちゃんのことも好き。宗方さんも、佐々木さんも好き。だから絶対、失いたくない」

おっと、そう来たか。いや、分かってはいたけど……。

「とりあえず、今はそれでいいです……」

「ええと、何か至らないところがあった？　私としては、とてもいい返答だと思うのだけれど」

「いえ、とてもよかったと思います。……透華さんらしくて」

好きになったのが透華でよかったとも、どうして透華が透華なんだとも思う。でもまあ、それでいい。彼女の隣にいられるだけで、今のところは満足だ。

ぷ、と短くクラクションを鳴らされた。いつまでも待たせるわけにはいかない。

「帰りましょうか、透華さん。久しぶりにコーヒーが飲みたいです」

彼女は笑った。出会った時と同じように、可憐な表情で。

「そう、コーヒーと言えばね。宗方さんから面白い話を聞いたのだけれど——」

どうやら裕人の心労は、しばらく続きそうだった。

了

佐月 実（サツキ ミノリ）
1998年、茨城県生まれ。同県在住。大学在学中にデビューを目指すも吉報なく、現在は駆け出し社会人として日々邁進中。デビュー作が学生時代の作品だったため、「みんな働きながら書いてるって正気か……?」と軽く絶望している。趣味は読書、(カード) ゲーム、アニメ鑑賞。特技は餃子の皮包み。好きなテーマは蠱惑魔。VTuber に推しがいる。

ミナヅキトウカの思考実験

2023年 9月13日　第1刷発行
2023年10月16日　第2刷発行

著者／佐月 実

デザイン／篠田直樹（bright light）
DTP／株式会社のほん
装画／ wataboku
編集／松本貴子（産業編集センター）

発行／株式会社産業編集センター
〒112-0011　東京都文京区千石4丁目39番17号
TEL 03-5395-6133　FAX 03-5395-5320

印刷・製本／萩原印刷株式会社

ISBN978-4-86311-379-4　C0093